本书由省学位与研究生教育质量强化建设—世界史经费、山东省重点新型智库建设试点单位—太平洋岛国研究中心建设经费资助出版

潮起太平洋

岛屿环礁穿行之见闻

[澳]汤姆·巴姆福斯 ○ 著
TOM BAMFORTH

马　越　解祥伟 ○ 译

陈德正 ○ 校

中国社会科学出版社

图字：01-2020-7293 号
图书在版编目（CIP）数据

潮起太平洋：岛屿环礁穿行之见闻／（澳）汤姆·巴姆福斯著；马越，解祥伟译．—北京：中国社会科学出版社，2023.8
书名原文：The Rising Tide：among the islands and atolls of the Pacific Ocean
ISBN 978-7-5227-2233-7

Ⅰ.①潮⋯　Ⅱ.①汤⋯②马⋯③解⋯　Ⅲ.①故事—作品集—澳大利亚—现代　Ⅳ.①I611.73

中国国家版本馆 CIP 数据核字（2023）第 129851 号

First published in the English language by Hardie Grant Books in 2019
Copyright text Tom Bamforth 2019

出 版 人	赵剑英
责任编辑	耿晓明
责任校对	李　莉
责任印制	李寡寡

出　　版	中国社会科学出版社
社　　址	北京鼓楼西大街甲 158 号
邮　　编	100720
网　　址	http://www.csspw.cn
发 行 部	010-84083685
门 市 部	010-84029450
经　　销	新华书店及其他书店

印刷装订	三河市华骏印务包装有限公司
版　　次	2023 年 8 月第 1 版
印　　次	2023 年 8 月第 1 次印刷

开　　本	710×1000　1/16
印　　张	15.5
字　　数	215 千字
定　　价	79.00 元

凡购买中国社会科学出版社图书，如有质量问题请与本社营销中心联系调换
电话：010-84083683
版权所有　侵权必究

图1　巴布亚新几内亚布干维尔岛的集市

本书彩图是作者专门为中译本提供的（The colour photographs in this book were specially provided by the author for the Chinese edition）

图2　布干维尔岛海边的独木舟

图 3　布干维尔岛布卡港

图 4　巴布亚新几内亚莫尔斯比港
　　　博物馆的鳄鱼木雕

图 5　马绍尔群岛杂志社编辑的
　　　工作桌

图 6　马绍尔群岛埃贝耶岛孩童玩耍街景

图 7　埃贝耶岛市中心建筑

图 8　埃贝耶岛上玩耍的孩子

图 9　马绍尔群岛马朱罗的路标

图 10　马绍尔群岛马朱罗环礁泻湖风景

图 11　所罗门群岛霍尼亚拉港鱼市　　图 12　所罗门群岛马莱塔岛红树林里的村庄

图 13　马莱塔岛村落

图 14　马莱塔岛夕阳泛舟

图 15　基里巴斯南塔拉瓦岛的路边咖啡摊

图 16　基里巴斯北塔拉瓦岛的传统茅草会议厅

图 17　北塔拉瓦岛海边的传统茅草屋

图 18　汤加努库阿洛法王宫

图 19　南太平洋上无人居住的环礁

前　　言

从空中俯瞰，基里巴斯（Kiribati）非常壮观：一个太平洋天堂的形象，就像旅游册子和度假网站所宣传的那样。塔拉瓦（Tarawa）岛的主要环礁是一个薄薄的，细长条的L形象牙白沙滩，沿着沙滩排列着一片若隐若现的椰树林，周围是绿色和天蓝色的环礁湖水。它看起来就是一个蜜月旅行、冬季避寒、家庭冒险、远离生活和工作压力的地方。

当飞机从万里无云的空中下降时，我梦想着从着陆跑道直奔大海，跳入它凉爽的、闪烁着色彩的水中。这样，先前在飞机和机场候机室里十二个小时令人窒息的空调冷气所带来的痛苦，就可以彻底地抛诸脑后，想必很多人都曾如此梦想。20世纪90年代初，一个叫丹·威尔逊（Dan Wilson）的英国学生在波兰与德国的边境上找了一份假日工作。当时正值气候和经济萎靡不振的严冬，在几乎山穷水尽之时，威尔逊突发奇想，异想天开地给基里巴斯政府写了封信，他在信中建议他们任命自己为该国的桂冠诗人，并富有诗意地说明他会有所回报：

　　我想住在基里巴斯，
　　我认为这是我理想的国度，
　　为这里的人民写诗，

在椰子树下。

基里巴斯政府对此非常惊讶，尽管威尔逊的打油诗并不怎么吸引人，但基里巴斯政府还是接受了他的提议，让他如愿以偿，为他安排了一间小屋居住，而为了使他不会对其他人造成太大的滋扰，其住处位于外岛（Outer Islands）[①]上的一个交通便利之地。

从空中看，塔拉瓦泻湖的海滩、棕榈树和晶莹剔透的海水使它看起来是在椰树下写诗的完美之地，但地面上的现实却并不如此理想。2009年我第一次访问塔拉瓦就发现一个有趣问题，它的人口主要集中在南部。基里巴斯的国土面积，包括领海部分，大约为澳大利亚的一半，是太平洋地区最大的"海洋之国"。然而，这个拥有十万人口的国家，其中的大多数人都从外岛大量拥向南塔拉瓦环礁去找工作。与太平洋其他岛国一样，该国人口最初分散在各个岛屿，但在1979年独立后的几年里，随着经济活动和国家资源集中到首都，这一情况发生了变化。货币经济的引入以及职业和生活方式的变化，导致从外岛至塔拉瓦的移民加速。实际上，整个太平洋地区都出现了类似的城市化现象，由于核试验、气候变化、拜金主义盛行、移民海外的可能性增加以及日益艰难而过时的农业生活，造成了各个地区岛民的传统生活模式逐渐衰落。在乡村种植山药和捕鱼作为一种生活方式，已经让位于在首都地区的商店购买方便面、芬达橙汁和肉罐头。这些商店通常由新近抵达的中国移民经营，反映出中国在这个地区日益增长的影响力。这给当地人带来一些地缘政治方面的担忧，甚至使得中国移民有时会遭受不同程度的诋毁。就像我在汤加的时候，不管需要什么东西，每当问起去哪里购买，总有人推荐我去"中国商店"，仿佛

[①] 外岛，也被称为装饰岛，是主地图上围绕主岛的许多较小岛屿的统称。

汤加首都数百家企业都是由中国人经营似的。在太平洋的一些地区，特别是基里巴斯、马绍尔群岛和法属波利尼西亚，在那些被核试验影响的岛屿上，传统的生活和生计更是不再可能。

　　太平洋岛屿人口稠密的城市生活会额外带来令人担忧的问题。对于早先，特别是对那些住在环礁上的人来说，海洋是岛屿生活极好的清洁处。由于岛上人口稀少，废物、废水和排泄物一经产生会立即被太平洋的巨大洋流带走。而今在基里巴斯，由于大部分人口蜂拥到一块儿小环礁上，当地的生态平衡已经开始被打破，在水域较浅的海边尤其明显。在我访问期间，就目睹到那里的海水被污水污染。我被郑重提醒，不要吃鱼，以免被有毒鱼肉侵害。更令人震惊的是，原本太平洋各环礁国家所依赖的雨水，通过环礁岛中死珊瑚的缝隙渗透成了一个淡水透镜体①，漂浮在海洋较重的咸水上。但是随着海平面上升和人口的增加，以及越来越多的、不可预测的严重干旱已经开始改变透镜体水体中盐水和淡水平衡，其结果是现有的淡水资源正在变成咸水。随着人口的增加，为了满足生活需求，需要额外打井抽水，因而使这一问题更加复杂，人们的垃圾和污水重新排入环礁湖，有时也会排入淡水透镜体。据统计，到2014年，在发展和气候变化的双重压力下，前总统艾诺特·汤（Anote Tong）执政时的基里巴斯政府，买下了远在2000多千米外的斐济土地，以满足将来迁徙定居的需要。

　　自从2009年我第一次访问后，基里巴斯为了应对未来气候变化可能导致的严重情况，在这方面投入大量资金，做了许多努力。不过，我所遇到的一位管理大规模基础设施投资项目的国际援助

---

① 岛屿达到一定的面积，埋藏于岛屿下不深，不在大范围内上下层面稳定延伸的地下水，由于这种地下淡水的含水层呈透镜体状分布（像凸透镜形状，水平为主分布），故叫作浅层地下淡水透镜体。——译者注

官员，在面对周围倒塌的海堤和由于缺乏维护及持续的海洋压力而土崩瓦解的减灾项目的烂尾工程时说："我们完全支持基里巴斯，但是私下我们也认识到，从长远来看，有尊严地移民是更好的选择。"

如果说气候变化、城市化和移民给太平洋地区的生活带来了巨大变化，那么该地区也因其创造性、韧性和独立性而引人注目。南塔拉瓦可能过于拥挤，但基里巴斯——就像许多太平洋岛国一样——已经取得了非凡的成就。它是一个富有活力、社会稳定、财政管理良好的国家，在地球上最大的海洋岛屿和环礁上保留了自己的语言和文化。这些小小岛国，像基里巴斯、图瓦卢（Tuvalu）、斐济（Fiji）与马绍尔群岛（Marshall Islands）在气候变化、环境可持续性、核裁军、世界海洋的未来等最紧迫、棘手、复杂的全球性议题上扮演着重要的角色。为了表明它们的信心，这些所谓的微型国家，比如只有11000人口的图瓦卢，拒绝以人口和土地面积为意见重要性的衡量标准。他们信奉祖先无畏的远洋精神，更愿意被称为"大洋洲国家"。尽管有殖民主义、核试验、资源开发和大国争夺的经历，但语言、习俗和认同仍然被保留下来，并往往成为各种形式抵抗的基础支撑。马绍尔群岛制造独木舟的古老艺术之复兴和布干维尔（Bougainville）革命①，在某种程度上是对采矿造成的环境破坏的一种反应，是岛民选择自己未来的方式，尽管有时要付出巨大代价。当传统的太平洋社会在逆境中生存下来的时候，迁移到城市的人们见证了这一地区更新以及更具活力的城市文化新发展。

这本书是对当代太平洋地区问题思考的结晶。它成书的基础是

---

① 布干维尔革命是指1990年，巴布亚新几内亚布干维尔岛"革命军"宣布脱离巴布亚新几内亚，成立"布干维尔共和国"的事件。——译者注

我的个人旅行经历，以及2008—2019年，作为一名救援人员参与该地区救灾工作的观察与思考。虽然书中大部分故事是基于我独立旅行的经历，但有些故事也反映了我在自然灾害结束后的善后工作中所处的环境以及在工作中遇到的人和事。有些时候，除了一些我能直接接触到的，比如一个国家的官场、非政府组织（NGO）以及复杂的援助和紧急情况，为了更好地了解这些国家的其他方面，我对许多以前工作过的地方做了重访。有时候，我也会访问一些我从未去过的地方，那里的岛民虽然与我素昧平生，但都为人热情、慷慨，不仅分享给我许多他们的故事，还邀请我去他们家里做客。我并没有试图去访问太平洋上所有的国家、岛屿或社区。相反，我大部分时间是在城市里度过，走相对平坦的路。我的目标是捕捉这个地区的当代性与变动性，而非把主要精力用于调查、记录偏远地区的社会状况。

2014年，当我第一次考虑写这本书的时候，我参加了当时的澳大利亚外交部部长在堪培拉（Canberra）的一次演讲。他在演讲中宣布了一种"新的援助模式"，以代替之前广受赞誉的援助计划，即将援助削减到历史最低水平，服务于狭隘的澳大利亚在太平洋上的经济和战略利益。他大言不惭地鼓吹，考虑到太平洋海平面上升可能带来的影响，"新援助模式"将"在经济上涨的浪潮中托起所有船只"。这时候我知道我已经为这本书找到了一个好标题。这本书将从岛民自我权益视角去展示一个复杂、古老及不断变化的社会，而不是描述一个在经济、环境及战略发展等体制上需要外部引领的落后地区。

在这个演讲之前，我对太平洋地区生活的了解，主要是通过在澳大利亚墨尔本（Melbourne）的一个国际援助机构工作时获得的。因此，我倾向于通过官方校准，国际发展机构通用的语言来认识这一地区。这往往是一种技术术语、军事用语和20世纪90年代商学院修辞体的奇怪组合。"背景噪声"一词有时被用来描述可能干扰援助项目正常运作的历史、政治、个性和文化。尽管这些援助项目很重要,但我感兴趣的是太平洋地区以自己方式生活的社会。在这里,我开始意识到,在援助和发展项目工作之外,我面对的是覆盖地球表面 1/3 面积的巨大空间,这里有无数的新奇等待我去经历、体验。

这本书就是关于"背景噪声"的。我筛选掉了很多关于援助和发展的讨论,因为这些是我上一本书《深领域:来自救援前线的报道》(Deep Field: Dispatches From the Frontlines of Aid Relief)中讨论的主题。相反,这本书的内容则更加轻松:沟通、种族、殖民、气候变化、核试验、抵抗运动、文化保护、城市生活、美味的烤猪,快乐的黄昏泛舟。

我希望书中的故事——来自 11 个国家,写于不同的时间和不同背景——能够描绘出整个太平洋地区的真实样态。太平洋上有 25000 个岛屿,这些地区的文化和社会形成了许多条完全不同的发展轨迹,本书不可避免地有详有略。本书不是通过一次旅行写就的,而是基于十多年间的多次访问、互动和对话而形成的,其中很多极具个性化的描述,这导致它在本质上带有我个人性的偏见与偏好。不过,通过我与岛民不期而遇的接触,书中描绘、记录了我不断尝试认识与深入理解这个地区的努力过程。

人们有时常说,太平洋之于当代世界,就像地中海之于古欧洲人,大西洋之于 20 世纪。那么,阅读这本《潮起太平洋——岛屿环礁穿行之见闻》就是一次进入太平洋所代表的未来世界的旅程。

序曲：海岛之歌

摩托车上的图瓦卢

  我拉开车库，打开油门，用最快的速度发动那辆生锈的摩托车。夜晚温润的空气中弥漫着浓浓的咸味，我骑上车以最快的速度向小岛远处疾驰而去。车子像飞起来一样，我感觉眼中的环礁在变窄，路边的房子在变小。短短几分钟后，我就到了富纳富提（Funafuti）[①] 环礁湖一带的地峡。这是一条一米宽的狭长地带，它把月光照耀下水银一样的湖面和太平洋上的巨浪分开。图瓦卢（Tuvalu）是地球上最小的国家之一，从它最大环礁的一端到另一端，即便骑一辆破旧的摩托也仅需 20 分钟而已。但是，这趟短暂的旅程中却可以欣赏浩瀚的星空，经过大洋、沙滩，看到数不清的星星——这些元素和谐统一地在一起——使得图瓦卢实际上比它所有小岛加起来的面积总和更大。在白天，受"海岛热"影响，小岛游客众多，人声鼎沸，让人产生一种被永远困在这个小小珊瑚环礁上的局促感觉。但是当夜晚降临，人们都进入梦乡后，这个国家的空间与自由便无限扩展开来。我会迫不及待地骑上摩托车奔进诱人的黄昏，经过镇子边上的议会大厦，路边简陋的小屋，而耳边响起的，有波涛汹涌的海浪声，也有当地的猪沉睡中的呼

  [①] 太平洋中西部岛国图瓦卢首都所在地，是由 30 多个礁屿组成的环礁。——译者注

噜声。

*

一位生气的家长面对整个机舱中的乘客，怒气冲冲地对他的孩子喊道，"你总是添乱，兰德尔（Randal）"。飞机后部传来阵阵喧嚣，在旅途压力之下，一些游客家庭成员之间出现了争吵，像"我根本就不愿意来这个地方"之类针锋相对的声音此起彼伏。穿着背心和短裤，期待着在太平洋享受日光浴度假的年轻情侣们，此刻被飞机上的冷气吹得瑟瑟发抖。婴儿因为颠簸的气流和不稳定的气压而哭闹，需要安慰。十几岁的孩子在无聊的飞行中躁动不安，需要呼喝，他们的父母在经过几个小时折腾后，早已失去冷静，恼怒不已。清晨，当到达中转站斐济（Fiji），走出机舱，从发霉的冷气中逃离后，迎面而来的是停机坪上空气稀薄的热浪，这让那些刚下飞机的人更加绝望。

当我们再次向北飞向 3 小时里程之外的图瓦卢的时候，飞机里才慢慢安静下来。那些刚才还在吵嚷的人们朝着离去的飞机呼喊着一路顺风，然后涌向期待中的度假胜地，在一排排整齐种植的灌木、高尔夫球场和人造白色沙滩中体验理想的太平洋之旅。斐济完美地运营着这些度假区。喜气洋洋、英俊潇洒的斐济人为太平洋定下了平和的基调，与此同时，在前台和后台办公室里，印度裔斐济职员和会计们辛勤工作赚取报酬，并时刻确保他们的客人既不缺阳光、笑脸，更不缺啤酒。如果不考虑那些穿着衬衫和丁字裤的游客，这里看起来与 1960 年成为度假区前的斐济没有任何变化：一个独立前欧洲人的理想乐园，当地人对他们百依百顺，所有需求可以随时得到满足。

当我们离开斐济，飞得越来越远的时候，除了发动机的轰鸣声和远处海浪相互击打出来的白色浪尖，什么都听不见、看不见。

那些浪花冲着天空高高跃起，和白蓝相间的云彩相映成趣。先是一个被珊瑚环礁包围的潟湖苍白的轮廓映入眼帘——一个巨大的被漂白的半圆形，就像古代传说中海怪的下颚骨——这意味着更多适合居住的环礁即将出现。

一些环礁与古代传说中海怪有很多相似之处，这显然令早期的图瓦卢原住民感到震惊，他们认为鳗鱼和比目鱼是这片土地的创造者。在他们的叙述中，鳗鱼和比目鱼原本是朋友，但却为了比试谁能搬得动一块巨石而发生争斗。鳗鱼肚子上挨了一击，受了重伤，但它用魔法诅咒比目鱼，使比目鱼被压扁，身体变得又瘦又平，变成了图瓦卢的这片土地，而鳗鱼在大快朵颐比目鱼的尸体时，变成了圆圆的椰子，这就解释了图瓦卢岛上有椰子树的原因。鳗鱼在吃完比目鱼后，又去捡回引起它们吵架的那块石头，它注意到石头有蓝、黑、白三种颜色。他把石头抛向空中，其中蓝色的那部分被卡住了，没有回落地面。它生气地将石头再次抛向空中，这次黑色的那部分也被卡住了。于是，白天和黑夜就这样被创造了出来。鳗鱼又说了几句咒语，剩下的白色部分掉了下来，产生了光。石头上还保留着蓝颜色的那一小部分，鳗鱼便把它分成了八部分，形成了图瓦卢的主要环礁。

图瓦卢的环礁不仅激发了神话和民间传说，对西方科学发展也具有重要意义。查尔斯·达尔文（Charles Darwin）关于珊瑚环礁起源的理论，就主要是在富纳富提环礁上得到证明的。为什么珊瑚环礁出现在海洋中间，而珊瑚本身却只出现在浅水区，达尔文认为原因是它生长在古代火山缓慢下沉的火山口上。珊瑚的生长与火山的沉降保持同步，最终形成了一个原本在火山边缘的可居住陆地。20世纪30年代，伦敦英国皇家学会（The Royal Society）组织了多次地质考察，在富纳富提环礁进行钻探，在很深的地方发现了浅水生物化石的痕迹，从而证明了达尔文的观点是正确的。

我来图瓦卢的目的是负责一个国际发展项目的管理工作，但这个项目出现了一些问题：工作延误、缺乏工作报告，而且预算也日渐不足。当我不能接通墨尔本总部的电话时，我就预感到情况要变得更加糟糕了。不知为何，在图瓦卢打的电话被转接到了美国中西部，我下午打到图瓦卢办事处的电话，再被转到了半夜俄亥俄州（Ohio）的五金店老板和怀俄明州（Wyoming）的福音派教会那里。当我最终与图瓦卢的首都富纳富提的同事取得联系时，发现他们的担忧与我的完全不同。他们没有谈论援助计划，而是热烈讨论了即将到来的外岛合唱团百年庆典。未来的日子，甚至连续几周都被宣布为合唱节日。很明显，这个拥有11000人口的主权国家距离救援机构所在的澳大利亚总部很远，要想知道这个由珊瑚环礁组成的群岛上到底发生了什么，唯一的方法就是亲自去看看。

飞机在富纳富提（其国际机场代码是"FUN"）上空盘旋一阵，最后滑翔而下，当我们接近地面时发现，这个环礁并不那么像块骨头，而更像一个适宜人类定居之地。我跌跌撞撞地走出密闭的机舱，被跑道上突如其来的光照得睁不开眼。这架飞机每周抵达富纳富提的这一航程是当地的一件大事。这里的大部分土地都被美国人在第二次世界大战期间修建的简易机场占据了。土地不足，意味着白天机场成为孩子们游玩的主要场所。晚上，年轻的情侣和那些想要逃离家庭束缚的人则在这里露营，感受海风拂面，聆听大海呼啸。在我们着陆不久前，一辆消防车被派去赶走最后逗留的孩子，乘客们兴奋的接机人则聚集在附近，戴着贝壳项链和花卉头饰作为欢迎礼物。市场上的货摊生意不温不火。一些当地人午饭后会抓紧时间在面包树下打个盹——否则整个下午都昏昏欲睡。

在富纳富提一切似乎都是微型的。图瓦卢国家开发银行（the

Development Bank of Tuvalu）是离机场几米远的一座只有一个房间的建筑。议会大厦是一个小型的开放式会议厅，常常被孩子们用来观看每周从斐济飞来的航班。政府行政大楼有三层，是环礁上唯一一座超过两层楼的建筑，而南太平洋大学（University of The South Pacific）图瓦卢校区（Tuvalu Campus）则不过是由一间小教室和一张户外会议桌组成。在飞机起落跑道、主干道和政府大楼之间，有一条迷宫般的小道，其岔路则通往建筑物林立的居民点。在那里，一个大家庭（有时多达30人）挤在铁皮屋顶的狭小房子里。

飞机跑道已经成为岛上居民社会生活的中心，最初为建它人们也付出了很大的代价。在第二次世界大战期间，这个牛角面包形状岛屿的每个狭窄的角尖部分的珊瑚，都被从环礁上切割下来，用来铺平跑道，在切割处留下了深深的壕沟。由于富纳富提岛的人口随着外岛移民的到来而逐渐增加，在他们唯一可利用的土地——壕沟，社区便如雨后春笋般出现。社区不断扩大，一些人在壕沟里建起了棚屋，随之壕沟里便堆满垃圾和杂物。每当有暴雨或强风来临时，其中不稳定的房屋就会遭到破坏，而在干旱期间，则会出现相反的问题。缺水和四处散布的垃圾对该地区的公共卫生安全造成隐患。富纳富提因其独特的魅力，吸引了大量人口拥入，如今这个小国也不得不面对城市化带来的压力。

图瓦卢人用来居住的土地并不多，而且还时常面临来自大海的威胁。每年，在大潮来临期间，水从多孔的珊瑚中冒出来，富纳富提的1/3土地会被水淹没。更令人担忧的是，虽然图瓦卢一般被认为在气旋带之外，但气旋偶尔也会造成一些破坏。1972年台风贝贝（Bebe）的袭击导致富纳富提完全被淹没，岛上所有的建筑都被摧毁。当我参观图瓦卢国家气象办公室时，墙上的旧照片显示，科研人员正勇敢地在齐膝深的水中工作。

*

一位图瓦卢同事对我说："我们今晚9点来接你。"他很想一个人待着，为晚上的娱乐活动做准备。我是在图瓦卢合唱团百年庆典时无意中来到这里的，而现在他们正处于鼎盛时期。空气中有一种激动不安的气氛，这在富纳富提是很少见的。1914年由传教士建立的唱诗班就像部落的大聚会一样聚集在一起。最优秀的歌手和社区长老们从遥远的环礁出发，航行几天时间才到达首都，每个岛屿都有自己的社区，社区中心是一个开放式的会议大厅，他们也称之为"马尼阿帕"（Maneapa）。

那天晚上，我们穿着碎花衬衫，头戴鸡蛋花王冠，前往马尼阿帕。我小心翼翼地跟在后面，意识到这是一件严肃的事情，而非轻松的景点旅游。要不是因为被热诚邀请而盛情难却，我是不会主动观摩这种活动的。许多图瓦卢人用鲜花装饰了一辆精致的小型机械运输车，车子走起来缓慢且吱吱呀呀，看上去既庄严又略显滑稽。人们站在上面，膝盖向外弯曲以保持身体平衡，我们骑着摩托车缓慢地跟在后面。

夜晚天气凉爽，社区成员被组织起来，接着似乎是按照等级围成了一个个的同心圆，观看最里面的表演。在内圈，各岛组织的乐队就节奏、音量和鼓声进行了激烈的表演竞赛，他们都想超越对方。支撑马尼阿帕巨大屋顶的是八根柱子，每一根代表图瓦卢的一个岛屿。每个社区的领袖背对着其中一根柱子坐着，他们一起组成了一个小圈子，里面都是些消瘦的长者，他们作沉思状，给整个活动增添了庄严的气氛。

人们一班一班争先恐后地表演。年轻的女孩先开始，她们原地挥舞着鲜花和露兜树①跳起舞来。她们跳的是波利尼西亚（Polynesian）传统风格的慢步舞，肩膀轻轻摆动，手臂的动作经过精心编排——表现出环礁湖的宁静——然后年长的妇女们随着鼓声日渐雄壮的节奏站起来，晃动手臂的幅度也随之更大。随着鼓声的共鸣，深沉的太平洋男人们也唱起了歌，节奏继续加快，他们也站了起来，鼓声和歌声继续高涨，他们跳动得更加奔放自如。接着他们表演起一些滑稽的情节，例如突然做出疯狂地划动独木舟的动作，假装多情地求婚但被无情地拒绝。边上的人群看到这些欢呼起来，笑声越来越大，越来越欢快。不久，人们全都站起来，声音嘈杂，鲜花和露兜树叶子乱舞。这种仪式一圈又一圈地进行着，声音越来越大，人们越来越陶醉，舞者们都想超越对方。一些表演者对仅有一个音调感到不满，他们不断重复着最好的和最响亮的部分。在一片混乱中，手持柠檬香味古龙水喷雾瓶的老年妇女们，向精力充沛的舞者们喷出浓浓的香水，让他们沉浸在岛屿芬芳的狂喜之中。

在马尼阿帕后面，女人们为表演者和观众准备了盛宴。烤架上的几头猪被慢慢地旋转着，新鲜的金枪鱼刺身被切成令人垂涎三尺的薄片，并用海水浸润。还有一桶桶淡盐水泡着的飞鱼，露兜树果实做成的甜点以及成堆的芋头和面包果。这是一场真正的盛宴——每天晚上为数百人准备的食物。每天晚上都有新的庆祝活动，这些活动一直持续到黎明，因为有更多的船只抵达，官方的合唱仪式也随之举行。宴会继续进行，每个外岛的代表会被送回到他们的船上，踏上回家的漫长旅途。在三个星期里，唱歌、跳舞、设宴，每天都从夜里持续到天亮，除了准备食物、吊嗓子和

---

① 露兜树（学名：Pandanus tectorius Sol.）别名林茶、野菠萝、簕角、水拖髻。常绿分枝灌木或小乔木，主要分布于东半球热带地区，常生于海边沙地。为常见观赏树种。——译者注

为那天晚上戴的花冠采摘鲜花，其他一切活动都停止了。

进完餐后，一直沉默的长者们站起来作总结发言，向人们提供生活的忠告，要大家学会幽默，遵守宗教教义，并表达来自他们各自岛屿的正式问候。在这个过程中，长者们对传统失落的隐忧也表露无遗。最后，长者们分享了他们赖以成长但却已经有了诸多变化的经验知识。他们详细介绍了传统的设置捕鱼器的方式细节，露兜树的多种用途以及独木舟的制作工艺。这些太平洋生活和生存的古老技能被长者们庄严而正式地传递下去。还有一个小测验——一个斯多葛派的尝试，目的是让图瓦卢的年轻人了解这些长者们认为非常重要的文化元素。

"图瓦卢的哪个岛屿最先信仰的基督教？"
"富纳富提。"
"哪一位罗马将军否认耶稣是上帝之子？"
"查克·诺里斯（Chuck Norris）！"[1]

一个莽撞的年轻人从马尼阿帕的后面喊道。

"你怎样知道你是谁？"

最后一个问题的答案很复杂，但在某种程度上，对他们也至关重要，它涉及信仰、圣经研究和岛上生活。在面对这个国家未知的将来时，极具活力的表演是对集体身份认同的强化。

---

[1] 查克·诺里斯（Chuck Norris），美国电影演员。2005 年因在肥皂剧中夸张的演出成为风靡一时的网络现象，网络上出现无数版本的"诺里斯事实"，于是他成了全球恶搞的代表。——译者注

午夜时分，我离开马尼阿帕，骑着摩托车去探索夜间的富纳富提。岛上不同地方的其他马尼阿帕也在进行着同样的仪式，此时，我不再是一个坐在迷人的马尼阿帕里层的客人，而是一个隐藏在郊区远处的旁观者。我遇到一个具有重要地位的马尼阿帕——一个偶尔兼作国家议会会场的地方。它是用混凝土做成的——这是财富的象征——它的墙壁上有精心编织的露兜树坐垫，人们用精美的传教士铜版画拼出了图瓦卢所有岛屿的名字。这里的马尼阿帕都是更小且更朴素的木制建筑，屋顶是波状铁皮的，但里面的噪声一样大，围的同心圆更小更紧，表演的强度也更大。对于当地长者提出的奇怪问题，这里没有人会毫不客气地喊出"查克·诺里斯"。音乐仍在继续，数百人摇摆着，歌唱着，鼓点声此起彼伏，这是一种既欢庆又有所保留的激情。似乎解决海平面上升、移民、城市化和外岛生物减少的办法就是把鼓敲得更响。在这个边缘之地一切都更坚硬，更本能，连舞蹈都具有挑衅性。它造成的效果就像一台音乐离心机，它的力量不断放大，并向内倾斜——中心的焦点逐渐消失。

尽管外岛唱诗班唱的如痴如醉，但这并不是富纳富提年轻人喜欢的娱乐方式。马尼阿帕的歌声和鼓声会一直持续到夜晚，年轻人不会等到结束就摘下他们头上的花冠，脱下露兜树做成的裙子，蹑手蹑脚地离开。他们会换上短裤和紧身T恤，前往"鸡棚"跳"扭身舞"——这是当地对现代舞蹈的一种称呼，似乎让人联想到久别此地的美国大兵。"鸡棚"是跑道另一边的一个钢结构建筑，离房子很远，富纳富提的大批年轻人在那里喝着啤酒，听着俱乐部巨大的扩音器里传出的嘻哈音乐，挥汗如雨地度过一个晚上，然后在停机坪上倒头就睡。

最后，我回到酒店，在那里，驻唱乐队正在演出。我睡着时，一首图瓦卢—斐济雷鬼音乐①低声响起："如果你扭动屁股，我就给你炸鱼和薯条。"

第二天早上，我和前一天晚上的那些朋友一起，早早离开了旅馆。我们挤进一艘小汽艇，前往富纳富提环礁湖的富纳富拉（Funafala）。对图瓦卢人来说，这是一个"逃离一切"的机会，逃离富纳富提的大都市，回到他们儿时熟悉的岛上生活，那时公路、商店、飞机和货币经济还没有彻底改变他们的社会。我们在相对平静的咸水湖上滑行了45分钟。随着时间一分一秒地过去，海水的颜色变得越来越青绿。前方的海滩闪闪发光，椰子树和露兜树的枝叶上果实累累。我们上了岸，和我们在一起的孩子们立刻消失了，他们沿着海滩追赶起受惊的螃蟹。其中一个成年人拿出一把锋利的刀和一条巨大的金枪鱼——是时候来个太平洋宿醉之夜了。接下来的一个小时，我们坐在浅水处，先把黄油面包切成片，稍微蘸一点盐水，然后从树上摘下露兜果，啃食香甜的纤维状外壳。

一位名叫阿蒂乌（Atiu）的同事边吃边说："我正在考虑移民到新西兰去。"他的大多数家人已经离开了图瓦卢，孩子目前也在奥克兰（Auckland）②上学。

我开玩笑说我们可以互换一下，我来富纳富提，他去我工作的地方——墨尔本。

他大笑一阵然后说道："这里不是我们记忆中的天堂，在这里接受良好的教育很难，我们的孩子几乎没有任何机会。"在他的大家庭中，只有他和在银行工作的妻子有工作，有收入，亲戚们对

---

① 雷鬼音乐（Reggae）：一种起源于牙买加的拉丁音乐。雷鬼一词来自牙买加的某个街道名称，意指日常生活中的一些琐事。

② 奥克兰（Auckland）新西兰第一大城市，是位于新西兰北部的滨海城市。——译者注。

他们有无穷无尽的要求。任何时候都有大约 30 个人住在他的房子里，由他们夫妻养活。然后是疾病，这在太平洋地区越来越普遍，饮食和生活方式的改变导致糖尿病和心脏病的发病率大为提高。整整 1/3 的年轻图瓦卢人被诊断出患有当地所谓的"痛风"（Gout），这只是一种笼统的描述，很可能就是糖尿病的早期症状。那些能够负担得起的人去了新西兰，一些在图瓦卢被判了死刑的疾病在那里可以得到有效的治疗。

阿提乌继续说道："有时我也在想，如果说岛上的生活对我来说已经足够好了，为什么对我的孩子却并非如此？"我们反思了这个小岛阳光下的自由和奥克兰郊区严苛的学校生活之间的差异。他说："也许我最终可以搬到昆士兰中部的麦基（Mackay）。从照片上看，它最像图瓦卢。"当我们准备离开小岛，快速返回富纳富提市中心以便赶上飞机回到工作岗位时，我看到一个孩子在涨潮的沙滩上潦草地写下了一行字，"富纳富拉很棒"。

目　　录

第一部分　风暴帝国：台风、海啸　／001
　　1. 瓦努阿图的绿人　／001
　　2. 斐济：两个首都和一个气旋　／015
　　3. 沐浴在热带阳光里的乐趣　／029
　　4. 汤加：海啸王国及其自我救赎　／041

第二部分　海洋帝国：后殖民时期的遭遇　／057
　　5. 帕劳共和国　／057
　　6. 新喀里多尼亚与叛乱的记忆　／067
　　7. 马绍尔群岛：炸弹、基地和海洋侵蚀　／082
　　8. 埃贝耶：两个环礁的传说　／105
　　9. 马朱罗和核试验的遗留问题　／119

第三部分　大洋的过去与未来　／129
　　10. 离开库克群岛：外岛的衰落　／129
　　11. 重新审视莫尔兹比港　／138
　　12. 所罗门群岛：识数的小伙子　／156
　　13. 布干维尔：一个岛屿的命运　／185
　　14. 基里巴斯和巨型蛤蜊的诅咒　／208

后记：过去、现在、将来永远与海洋搏斗的独木舟
在太平洋的岛屿和环礁之间 ／218

参考文献 ／221

致　　谢 ／223

译后记 ／226

第一部分　风暴帝国：台风、海啸

1. 瓦努阿图的绿人

2015年瓦努阿图被热带气旋帕姆（Pam）袭击之后，连绵的大雨和强风仍旧不断，在去往该国应急管理办公室（National Emergency Management Office）的路上，我不得不躬身缓慢前行。瓦努阿图首都的公共汽车一辆接一辆地飞驰而过，溅得我满身泥水。不经意间我瞥到街头一些怪诞而突兀的标语："拉斯特万岁"[①]"脸书"（Facebook）"幸福就是自由"和"购物巴黎"。在政府办公楼的拐弯处，有一家杀鼠灭虫店，墙上挂着一只受伤老鼠的大幅照片。离海岸边不远的地方，有一艘遇难的渔船，它的名字饰刻在破碎不堪的船舷上，"Tru Blu Ⅱ"。旁边是它的姊妹船费利西蒂号（Felicity），斜靠在前滩上，情况也不容乐观。

当我浑身湿淋淋地到达大楼前时，一名穿着考究、行色匆匆的救援人员朝我喊道："别在水坑里站着，鞋子要毁了。"他随手递给我一把五颜六色的大雨伞，我撑开雨伞走进国家应急管理办公

[①] 指拉斯特法里教（Rastafarianism），是20世纪30年代兴起自牙买加的一个黑人基督教运动，除宣扬其信仰之外，也大声疾呼如贫穷、压迫等社会问题的解决。

室，被领到一个四周是玻璃面，人们戏称为"鱼缸"的小房间里。在接下来的三个月里，我几乎所有醒着的时间都是待在这里，为国际人道主义救援组织工作。

2015年的台风帕姆是有史以来袭击南太平洋地区最强的台风，不过，这一纪录只持续了很短的时间，一年后袭击斐济的温斯顿台风（Cyclone Pam）就超过了它的强度。台风帕姆以每小时280千米的速度席卷了瓦努阿图65个有人居住的岛屿中的23个。3万多间房屋被毁，农作物受损严重，而且至少有11人丧生。

最近（2013年11月）的超级台风海燕（Typhoon Haiyan）摧毁了菲律宾许多城市，造成6000多人死亡。与之相比，帕姆台风造成的伤亡可以说是非常小了。由于此次参与救援的国际人员很多来自菲律宾，这一较小的死亡人数便成为他们两相比较的重点。他们第一次来到瓦努阿图看到台风过境后的情景时，都异常惊讶，不约而同地说："还好这里不是塔克洛班（Tacloban）。"

塔克洛班是菲律宾莱特省一个被摧毁的城市。低死亡人数证明了瓦努阿图政府和一些长期发展援助机构在过去几年中所做的工作卓有成效。在我的办公之地"鱼缸"旁边，贴着一张用比斯拉玛语①（相当于瓦努阿图的皮钦语②）写的海报，上面写着："Yumi save stanap agansem disasta"——意思是我们知道如何对抗灾难。它描绘了台风前后的两个场景。在第一个场景中，一个尼—瓦努阿图男人③自豪地站在一所精心准备的房子前，房子有整洁的地面和为防被风吹走而用沉重的棕榈叶压住的茅草屋顶。海报用自

---

① 比斯拉玛语是瓦努阿图三种民族语言之一。它是一种新的语言，是在过去两三百年里由英语、法语和当地词汇混合而成的。

② 皮钦语（Pidgin）指由不同语言混合而成的混合语。从纯粹语言学角度看，它是语言发展的一个阶段，指在没有共同语言而又急于进行交流的人群中间产生的一种混合语言。

③ 尼—瓦努阿图人是瓦努阿图原住民的称呼。

信满满的文字宣布:"一切准备就绪。"第二个场景中,这种信心已然不再。漂亮的茅草房子被毁了,一个尼—瓦努阿图妇女站在房前哭泣,而一个戴着松软白帽,穿着短裤,背着包,大腹便便,双手叉腰的中年欧洲男人站在旁边。海报的标题是"并没有准备好"。

由于担心台风过后糟糕透顶情况的出现,瓦努阿图政府发出了国际援助呼吁,援助机构蜂拥而至,伴随而来的还有澳大利亚、新西兰、法国、美国、英国和汤加等国家提供的军事援助物资。在我们工作的"鱼缸"里,瓦努阿图军民协调官员与精力充沛的法国海军后勤人员(穿着绿色连身衣)努力沟通着,而非政府组织的代表们则穿着带有象征意义的背心,打扮得像赛车手一样,通报了一系列资助机构和合作伙伴的消息。这是一件几乎是必备品的服装,俗称"小丑夹克"。不过,来自澳大利亚的救援官员并没有穿它,而是略有歉意地展示了他们为救援计划而新设计的外套。此外套的特色是上面的红袋鼠图案——或者是"红老鼠",对这些不得不穿它的救援人员来说,这个动物再熟悉不过。瓦努阿图应对灾害的部门压根不会想到,这些国际灾难救援人员竟然穿着短裤,头戴毛巾帽,打扮得像怪兽一样,但他们已经抵达,并在"鱼缸"里安顿下来,也只能默不作声了。维拉港(Port Vila)的轻松生活节奏很快被军人雷厉风行、令行禁止和对任何军衔高于自己的人大喊"是,长官"的场景所取代。

时不时地,当总理办公室的人出现并试图提醒聚集在一起的军队和援助机构,瓦努阿图政府仍然存在时,"鱼缸"里的喧闹声才会被打断。一天,总理办公室的政策专家本欣(Ben Shing)来宣读注意事项。他有一口标准的英国口音,脚蹬军靴,爆炸头,蓄着浓密的胡须,看上去更像是 20 世纪 70 年代的政治煽动者,而不是一位高级官员。与那些退休的公务员不同,他是美拉尼西亚传统中的"大人物":不仅是总理的亲属,更是可以在迷人而深刻、浮夸而专横的政治表达方式之间自由切换的显要政客。他盯着所有人,目光透过其钢架眼镜,向面前的人指出,任何违反瓦努阿图政府期望的、最高人道主义援助标准的人员和组织都将被驱逐。

有一天,世界粮食计划署(World Food Programme)送来一些过期食品,这件事激怒了他,他向"鱼缸"里的人吼道:"我可以让你们任何人成为不受欢迎的人!"

各个军事部门的人员立刻应声答道:"是,先生!"而非政府组织的代表们则蜷缩在房间后面,大气不敢出。

我是受国家应急管理办公室邀请,来帮助做一些协调应对工作的,所以我需要在政府中指定一个人作为我的官方联络人。要选择谁,我心里并没有谱。在接下来的几天里,我参观了"鱼缸"内外的所有办公室。渐渐地,我发现一套该国无形的行政体系在默默运作。走廊和后勤办公室中塞满发展报告的复印机和书架后面,有许许多多的瓦努阿图政府代表。他们说话轻声细语,彬彬有礼,知识渊博。这是一个完全不同于其他反应部门的自信世界。我问一位政府雇员,她是否担心国际救援团体的到来会使她丢掉工作。她立刻回答说:"绝对不会,因为再过几个星期,这些穿绿衣服的人就会离开,一切都会恢复正常的。"

在最初的几周,工作强度很大。这是一场迅捷、紧张并令人印象深刻的军事合作和实力的展示——后勤人员是主角——穿着绿色连身衣的人制订了详细的计划,整合了六支不同军事力量提供的物资。在维拉港,平常时期往来于此的游轮已被同样庞大的海军舰艇所取代,澳大利亚皇家海军的托布鲁克号(Tobruk)和新西兰皇家海军的坎特伯雷号(Canterbury)在岛屿周围巡逻,运送救援物资。汤加政府派出的巡逻艇则迅速驶入狭窄的海峡,到达舰艇无法到达的地区。黑鹰直升机(Black Hawk)不停地向外海岛屿方向出动,而大型军用运输机则带着崭新的物资抵达当地,更为显眼。法国军方的"美洲狮"(Puma)直升机借由澳大利亚和新西兰巡洋舰的帮助,与在远处岛屿巡逻的汤加船只在计划中的最后时刻接头,其衔接的精确程度令人难以置信。

这类活动虽然花哨,但实际效果却令人怀疑,比如一旦从澳大利亚运出的物资延迟,意味着许多军用飞机飞来飞去也徒劳无功。我想应该有其他的运送模式在起作用。事实的确如此,商业运输公司迅速恢复运营,非政府组织也悄悄高效地开展工作,并租用民用渡轮、卡车和香蕉船运送救援物资,这使得大量的军事行动变得多余。帕姆台风似乎成为法国、澳大利亚和新西兰三国动用联合军事力量,以检验"FRANZ 协议"——这个协议主要是出于地缘政治的现实考量,由法澳新三方合作以应对太平洋地区灾害——的完美掩护,目的主要是应对其他国家对太平洋事务的介入。

台风同时也为游客提供了一些机会。在"鱼缸"外面,我遇到了一位年轻游客,为了协助执行一项评估任务,他已经坐着黑鹰直升机在瓦努阿图的领空上飞了一整天。他并非第一次参与这种人道主义评估,之前他曾在当地一处度假胜地游玩期间短暂地参与过。这次灾难发生后,他再次自愿帮忙,并加入了一个前往外岛的评估小组。我问他评估过程中的见闻。他先是说"这里到处都有很多需求",但没有详细展开,接着说:"这是一种多么好的结束假日的方式啊,我迫不及待地要告诉妈妈,我刚刚坐了四架黑鹰。"

几天后,我也坐上了一架直升机,试图去了解外岛房屋的受损情况。和我一起乘机的还有一位红十字会的代表,他负责管理一个力图恢复失散人员家庭联系的项目。一些新西兰和澳大利亚的人联系了他,想知道他们的远房表亲和失联已久的姑妈的下落。

其中有 5 个人，他一直无法联系到，便不得不亲自来到这里寻找。此行的目的地是偏远地区的村庄，飞机载着我们在深蓝色的太平洋上空飞行，我们有好几个小时的时间，一边聆听旋翼桨叶发出的嗡嗡声，一边凝视远处的岛屿。

这不是快节奏的"黑鹰"或咆哮的"美洲狮"，而是一架小型的更像一只机器蚊子的商用直升机。我们一路扫视地平线，研究地图，寻找村庄的坐标和可能的着陆点。飞行员慢慢将飞机降落到毫无戒备、没有水电的村庄，在找到一片空地放下这台精密的机器之前，它在村子上空兜了一圈。村里的孩子们通常会最先发现我们，然后一窝蜂地拥来，他们既兴奋又害怕。有的孩子看过战争片，记得强大的军用飞机在空中冲锋陷阵的画面。他们后来告诉我们，以为我们会带着枪冲出来，开始一场战争。

村子里的老人小心翼翼地向我们走来，我们向他们解释，因为收到一份报告，说村子里有一位老妇人，自从强热带风暴来袭之后，就再也没有听到过她的消息，我们来此的目的就是确认她是否还健在；她是否住在这儿。我们想跟他们谈谈。老人们微笑着把我们带到一间小茅屋，见到了那位老妇人。她很好，并没有受到风暴的伤害。我们拿出卫星电话，安静地站在稍远的地方，让她和在新西兰的亲戚通话，从他们最后一次见面到现在短短 20 分钟的通话，竟然过去了整整 10 年时间。这是一个多么感人的场面啊！她们通完电话后，我们回到直升机旁。我们不再是"鱼缸"中应急管理中心做出种种客观规划的管理机构的一部分，而是正在寻找一些被亲属挂念的具体的活生生的人。

对于我们来说，填写各种报告、电子表格，以及完成让捐助者和总部满意的各类行政工作，与这些无论在哪里都微不足道的个人的幸福相比，显得不再那么重要。当我们系好安全带，飞行员重新启动飞机，我忽然注意到，有些老人手里拿着手机，好像正在把这个消息告诉他们的亲朋好友。我不清楚这些手机是否能正常使用,也不知道他们这么做是否只是表明自己的地位和权威,但从技术上说,除了卫星电话,普通电话暂时是无法接通的。我什么也没说,继续飞往下一个村庄,接着寻找失踪者。

那天晚上回到维拉港后,我和一些同事去了一个纳卡马勒①(nakamal)。这是位于一棵大树下的黑暗而隐蔽的建筑,也是瓦努阿图人传统生活的重要文化中心。在这里,人们喝着一种由卡瓦根②制成的温和而有镇静效果的饮品,在聊天中消磨夜晚时光。我们加入到一群美国和平队(American Peace Corps)③志愿者中间。我发现自己坐到了一截不怎么舒服的木头上,喝着几乎难以入口的卡瓦酒,旁边坐着的是澳大利亚志愿者布瑞(Bree)。她有一双忧郁的大眼睛和脆弱小鸟一样的神情。

她问我:"你有看到过关于我和特洛伊(Troy)的新闻吗?"

我坦陈自己没有看到过,于是她便向我讲起她的故事。她来瓦努阿图是为了逃避恋爱的压力。

她说:"我们分分合合。每次见面的时候,我都以为这段感情会持续下去。我们相处得很好,非常合拍。第一次见面时,他对我说,'你的身材太棒了'。我说,'是吗,谢谢。你是小孩子般天真的特洛伊'。我们开始恋爱了一段时间,后来交往越来越频繁。因为有其他的参赛者,我认为我能赢,但并没有赢,所以我们又在一起了。"

我听得一头雾水,努力想弄明白这是怎么回事。这时,有一个

---

① 纳卡马勒(nakamal)来自瓦努阿图比斯拉玛语的一个方言词,是当地的传统聚会场所。在瓦努阿图每一个重要的农村社区都有纳卡马勒。
② 卡瓦是一种胡椒科类植物,属多年生灌木,主要生长于南太平洋岛屿。其根茎有放松身心、帮助睡眠的作用,也有致幻效果,当地人常将其榨汁作为情绪饮料。
③ 美国和平队(American Peace Corps)是美国政府运营的一个志愿者独立机构,旨在展开国际社会与经济援助活动。

美国人过来帮我，对布瑞讲的故事进行了一些解释。他告诉我，"这个小鸟一样可人的宝宝（布瑞）是澳大利亚《单身女郎》① 节目半决赛的选手，她之前已经把这一切都告诉了我们，现在轮到你来听了。这是个好工作。如果不是你来倾听，那就又是我们了。"我环顾四周，发现自己被困在布瑞和特洛伊的故事中。那些美国人在几米开外，看着我开心地坏笑着。

布瑞继续对我喋喋不休："我开始考虑制作一个关于我的健康和幸福的电视节目，或者成为一名演员，我的推广顾问说，将会有很多观众喜欢布瑞团队，我会有大量的粉丝，所以，我必须小心维护的我的个人品牌，不要匆忙投入任何事情。"幸运的是，卡瓦饮料开始发挥它的神奇镇静作用，我很快就看不清电视，听不到布瑞所讲述的她的品牌困境，再过一段时间，耳边的声音就被柔和的微风和海浪冲刷着海岸的击打声淹没了。

*

这是一场我从来没见过的大雨。幸运的是，天气的好转让一些救灾协调员得以搭乘航班从维拉港飞往瓦努阿图南部岛屿塔纳（Tanna）的怀特格拉斯机场（Whitegrass Airport）。

该岛屿也遭到帕姆台风的严重打击，关于援助公平问题的辩论在首都变得越来越有争议，使埃法特（Efate）主岛和塔纳岛本身之间的宿怨越变越深。这个国家的许多领袖人物都来自塔纳，大街上的信息和首都公共汽车上流传的谣言都说，"塔纳男人"（man

---

① 澳大利亚的一档真人秀节目，一位未婚女子在一群男子之间找到真爱，每集淘汰一些，最后剩下的男子成为获胜者，与未婚女子结婚。

Tanna）安排了这一切。但其他报告却给出了不同的说法。由于道路没有铺好，又下着大雨，虽然救济品已运往主要港口和机场，但要把它们运到农村地区，即便有这个可能也将面临巨大的困难。其中一位部长甚至呼吁建立一个他所说的"帐篷城"，为在台风中失去一切的人们提供临时居所。各个机构开始行动起来，但很快被困在路上，之前的泥土路变成了厚厚的泥浆河，卡车轮胎陷入其中不得动弹，行动不得不暂时停下来。为了阻止更政治化的反应，也为了防止形成另一个悲惨的"集中营"，我和几个同事直接去现场看看到底发生了什么。

这一路异常艰辛。尽管天气短暂地好转让我们的航班得以降落，但雨却下得更大了。我们在机场租了一辆破旧的小货车，司机是一个同事的叔叔斯蒂芬（Stephen）。从机场回到城里，我们要在车斗上站一路，全身很快就都湿透了。几千米后，引擎啪的一声熄火了，我们在一个小锡棚外停了下来。斯蒂芬沮丧地说："没油了。"然后，他走进小屋，接着，身后跟着出来一个拖着装有燃料的塑料容器的瘦弱男人。油钱贵得吓人，每升要20美元，我心里想着才刚走出这点距离就要添加燃料，继续走下去我们是否还能负担得起。

很快我们就决定脱下身上的衣服，我换上了随身携带的泳裤——在倾盆大雨中，其他任何衣服都显得不切实际——我们又强行开了一段路，然后下来推着车到了小镇附近一家基本上废弃了的旅馆。雨看起来是越下越大，我们不可能继续往前走了。我们决定待在旅馆，直到天气转好一些。

但天空反而更加阴暗了，大雨继续倾盆而下。大雨下了整整一夜，第二天又下了一天，第三天还在继续，而且没有变好的迹象。我们不得不继续等待，在大雨连续下了四天之后，圣经上记载的大洪水似乎真实地出现了。我从没见过这样大的洪水。我们酒店剩下的部分在洪水连续猛烈的攻击下开始瓦解，我躲到了曾经是餐厅的地方。不像圣经里记载的，我们没有疯狂地利用时间去建造木筏。我们被困在酒店无法活动，与外界的通信完全隔绝，这些使我们的情绪异常低落。我们在台风之后大雨持续不断像鼓点一样的沉重敲打下昏昏欲睡，四肢僵硬，活动缓慢。大家十分疲惫，在这连绵而有节奏的雨声中，昏沉沉睡去。

我试图工作，让自己沉浸在文件中以填补这空虚的时间，但几个小时后，电脑电池的电量就耗尽了，屏幕接着就暗下来。我环顾酒店四周，发现了一支蜡烛，而令我吃惊的是，还发现一箱未开封的红酒，是很久之前的一位法国官员留下的。瓦努阿图被戏称为"幸运之地"。在1980年独立之前，瓦努阿图一直由英国和法国共同统治。当殖民势力离开这个国家时，他们留给它的不是法国美食和英国司法所象征的富足生活与有序社会的完美结合，而是恰恰相反的一片混乱。在第四天和第五天，我坐在酒店慢慢地喝着红酒，望着外面一片阴冷的景象：天空乌云密布，地上水流如注，一层又一层的灰色雨幕无休无止地笼罩大地。

到了第六天，虽然雨还下得很大，但云层中出现了一丝缝隙。我们做了现在唯一能做的事。我们从酒店走了出来，光着脚，穿着泳裤，沿着大路向北走，希望那是法国红十字会所在的方向。我们陷在没膝的泥浆里，小心翼翼地沿路前行。从空中看，我们就像在红红的泥土上划了一道弯弯曲曲的口子。我们路过一个食品分发中心，那里的人们排着队等着卡车运来的一袋袋大米，面无表情地期待着世界粮食计划署（World Food Programme）每月配给的富含辛酸钙的大米早点到达这里。但由于道路无法通行，配给粮运送也被取消了。消息传到了分发中心，人群忍无可忍，由于我的同事穿着一件有瓦努阿图政府标识的T恤，他们转而愤怒地对着他大喊大叫，表达不满。

我们继续往前走，沿途看到更多凄凉的景象。一群男子站在他们传统的"纳卡马勒"里，树叶和树枝组成的厚厚树冠为他们提供了有限的避雨空间。他们最初是在一所房子里避难的。那所房子是村里一个富人用混凝土刚刚建成不久。他在维拉港有一份稳定工作，能够负担得起这些比较现代的材料。这些材料看起来很重、很结实，而且似乎可以抵御台风的冲击。村民们开始以为他们在这里是安全的，但是后来随着台风的不断增强，大家需要一起用力才能固定住屋顶，而且不久墙体就开始倒塌，大家在半夜迅速做出了痛苦的决定，逃到距离最近的传统的台风避难所。他们向外看不到任何东西，特别害怕被周围以每小时近 300 千米的速度飞行的碎片击中。

　　传统结构的台风避难所用重量比较轻的木棍和结实的麻绳扎制而成，他们在这样的避难处反而幸存下来。20 或 30 个人按住屋顶可以防止建筑物被吹裂，低矮的设计，长长的屋檐一直延伸到地面，有一种空气动力学的效果，可以减轻住房屋顶部的强风，不会造成避难所的墙和屋顶同时从内部被吹裂。这种传统建筑简单、美观、有效，然而，随着资金的流入，观念的变化，人们认识到贵一些的混凝土是一种更理想的建筑材料，所以，这一地区逐渐也发生了许多变化，房屋形制也跟着有了不同。但是，新建的房屋和学校在这场台风中都倒塌了，反而那些古老的传统建筑与灌木缠绕在一起，经过多年的强化，具有了钢铁般的抗拉强度，台风过后，它们傲然屹立于世。太平洋大教堂的高拱形屋顶，就是由当地的椰树叶或棕榈茅草制成的。一位同事告诉我："我们来塔纳是想教这里人建筑技术的，但到了这里才发现自己没什么可教给他们的，我们能做的就是帮助人们记住，他们的传统建筑技术一定要牢牢记住，传承下去。"

*

我们爬上山顶到达法国红十字会的营地时,太阳终于出来了。法国人不知道我们从哪里冒了出来,而且我们浑身是泥,呆呆地站着,招呼也没有跟他们打。过了一会儿,才有一个热情而惊讶的声音对我们说,"欢迎光临",并问我们想喝点咖啡吗?塔纳岛上有世界上最好的咖啡。

那天晚上晚些时候,我和法国救援人员以及一些当地志愿者一起坐在纳卡马勒喝浓浓的卡瓦酒。夜晚很晴朗,我们听着海浪的声音,不久这款烈性饮料就开始起作用了。夕阳西下,晚风吹起,驱散了我们白天的炎热和紧张,在那半暗的夜空中,还混杂着一种持续时间很长、几乎像交响乐般此起彼伏的小贩叫卖声、行人咳嗽声和海浪冲击海岸的噼里啪啦声。瓦努阿图的卡瓦酒中往往会泡上几片木槿叶,是太平洋地区味道最烈的卡瓦酒之一。甚至对于经常喝酒的人来说,第一次接触时都觉得它劲儿大,难以下咽,以至于许多卡瓦酒吧的工作人员在回到树荫下或茅屋下的座位上继续他们的谈话之前,会为他们的顾客指一指喝酒后呕吐的地方。那天晚上,小贩的叫卖声音深沉,音色多变,这说明这里是一个人们非常擅长音乐的社会,他们用最好的歌声吸引着人们前来购买他们的物品。在卡瓦酒和持续不断的呕吐之间,我们和法国人一直谈到深夜。

我最近受到了澳大利亚右翼媒体的攻击,他们指责我用气候变化的危言耸听来吓唬小孩。这是他们对我在宣传一幅漫画中扮演的一个小角色的恶意回应,这幅漫画试图建议向太平洋岛屿社区提供规模更大的防灾、救灾援助。我其实也不确定我说的完全都对,所以我试着在卡瓦酒吧中向当地的志愿者提出这个问题,提问过程中我避免使用价值判断色彩严重会引起社会两极分化的词。

所以，我是这样发问的："你认为环境在改变吗？"

有一些人回答我说："你的意思是说气候变化？当然了，它现在就在我们身边。我们早就注意到这个现象，在塔纳岛很少有人不相信这是正在发生在我们身上的事情。"

最初这种影响较慢，传统的农业模式被打乱，收获和种植季节推迟。原本干旱和潮湿的季节被厄尔尼诺和拉尼娜现象加剧，这虽然是自然发生的，但使这些季节更加极端和难以预测。随着海水逐渐侵入农田，不断上升的海平面影响了芋头和椰子的收成。然后是台风，它的剧烈和不可预测性震惊了每个人。此外，台风季似乎已变长。

岛民无法预测未来会发生什么。许多人已经离岛迁移到城市寻找工作和逃避日益不稳定的传统生活。但随着很多人从外面汇钱给家人，岛上不断增加的金钱也在改变着这座岛屿。人们建造了更多崭新、不够安全却造价更昂贵的建筑，人们吃更多的快餐而减少了本土作物的摄入，糖尿病和心脏疾病的发病率逐年上升。在无声的抗议中，救援机构分发的、一面印有红袋鼠的篷布（以确保受益人不会不知道他们应该感激谁）被翻了出来，这样岛民自己的房子就不会被无比自信的捐助者贴上标签。

在我们谈话的时候，我的嘴唇因卡瓦酒而变得麻木，感觉脚下地面似乎也变得柔和起来，岛民们思虑着他们社会的发展前景和在这个世界上的地位，那平静而又澎湃的思绪随着晚风飘进满天繁星的夜空中。

*

当我在台风救援工作三个月后回到澳大利亚时，发现信箱中有一封令人惊讶的信。我和一些同事一起被提名了一个奖项。我很荣幸，但也有些遗憾，由于先前的工作安排，我不能亲自参加那个仪式。

　　和世界各地的政治家一样，瓦努阿图的领导人生活在一个不稳定、残酷的环境中，与在卡瓦酒吧宁静的夜晚中沉思的美好相去甚远。在这场颁奖典礼即将举行时，瓦努阿图总理离开国家来到澳大利亚出席典礼，他的内阁成员认为这是发动政变的绝佳机会。总统得知（政变）消息后，十分愤怒，很快乘下一班飞机返回维拉港，冲进政府大楼，指责政变发动者的罪恶。在警察部队的支持下，他下令把叛变的政客们扔进码头上的一个集装箱里，他们各自的律师一起陪同。

　　与此同时，在下午和煦的微风中，颁奖典礼将在室外举行。满脸喜悦之情的客人们穿着他们最漂亮的衣服，等待着瓦努阿图总理亲自授予他们勋章，但是他们并不知道总理已经回国平息政变，一直在徒劳地等待着，总理没有及时回来，奖章没有被授予获奖者，灰心丧气的人道主义者们空手而归。几个月后，作为补偿，我收到了另一封信，里面有一张参加活动的证书，还有一箱青苹果，标签上写着"新鲜可口"字样。我知道，这封信和这箱苹果是瓦努阿图政府对我参与该国救灾工作的认可与感谢。

2. 斐济：两个首都和一个气旋

在苏瓦港（Suva Harbour）那斜长的落日余晖映衬下，宏伟的太平洋大酒店（the Grand Pacific Hotel）重新焕发出耀眼的光彩。过去的二十多年，它一直是斐济共和国军队的一个破旧营房，后来在其全盛时期，却成为斐济首都一个代表着殖民社会的孤立存在。2011年，我第一次到那里时，军用卡车、带刺铁丝网和士兵的行军床才刚刚被拆除。这栋建筑似乎以君临天下的态势，对其周围的建筑变化毫不在意，紧挨着它的假日酒店（Holiday Inn）根本引不起它的兴致。假日酒店虽然也曾是苏瓦的主要商务酒店，但它只是一座低矮的混凝土建筑，确实难以与太平洋大酒店相提并论。它的路对面，有一个铁皮棚子，里面停着皮卡迪利出租汽车公司（the Piccadilly Taxis Service）略显破旧的黄色出租车，为太平洋大酒店中居住的挑剔顾客提供24小时服务。酒店里的长臂吊扇慵懒地转动着，以捕捉傍晚的微风；高跟鞋散落在抛光的木地板上；夕阳下的泳池边满是笑声和窃窃私语声，不时夹杂着酒杯相碰时的叮当声。

战前的远洋客轮仿佛在南太平洋上重现，不过，不必对此奇怪，因为实际上，它从来没有远去。为了让客人感觉好像他们并没有真正离开过客轮，联合汽船公司于1914年设计、建造了太平洋大酒店。该建筑有一流的特等房间、纯铁门廊、长厅厨房和弧形门廊，相当于在陆地上复制了冠达（Cunard）邮轮和白星（White Star Line）公司制造的海上豪华邮轮。客房的墙上挂满了关于旧时苏瓦的图片：身穿白色西装、头戴宽边遮阳帽的欧洲人吃着法国鹅肝，喝着松子酒，在酒店的阳台上避暑，他们周围站着服务周到的斐济侍者；1953年，年轻的伊丽莎白女王访问她的忠诚臣民时，从酒店的阳台上，向聚集在艾伯特公园（Albert Park）对面的人群发表讲话。站在这个宏伟而有些陈旧的空间里，我感觉这一切仿佛就发生在昨天。

  太平洋酒店恢复运营后，迎来了新的重要顾客。那些皮肤黝黑的种植园主、西装革履的商人和穿着亚麻衣服的殖民地管理者都消失了。取而代之的是外交使团的官员、开发机构的工作人员、建筑分包商以及在银行、电子元器件和移动通信领域工作的太平洋地区集团的代表。他们或者在酒吧里边喝斐济苦啤酒（Fiji Bitter）、黄金啤酒（Fiji Gold）边看橄榄球比赛，或者在外面闲逛。他们三三两两地坐在外面的树荫下，热烈地讨论着本年的年度报告、正式访问和预算安排，尽管天气温和，阳光充足，附近泳池的水面波光粼粼，一派闲适景象，但谈话过程还是非常严肃的。仔细观察可以发现，与其说太平洋酒店与冠达公司邮轮的头等舱更相似，不如说它接近机场休息室里那个相对安静的世界。

  从太平洋酒店和附近的草地保龄球俱乐部俯瞰，柔和的海浪轻拍着安静的港口，斐济首都就像一个沿海的英国村庄，散发着迷人的魅力。市中心是一个巨大的绿色场地——我们前面提到的艾伯特公园，这里各条街道的名字也都在呼应着它作为大英帝国统治的一个遥远但忠诚的前哨阵地的历史。维多利亚大道（Victoria Parade）位于迪斯雷利路（Disraeli Road）和格拉德斯通街（Gladstone Street）附近，以殖民统治者和大酋长命名的林荫大道为首都增添了一种虽小但庄严的气氛。尽管斐济已经成为一个共和国，但英国女王的头像仍然出现在这个国家的纸币上，不仅如此，英国米字旗还被印在斐济天蓝色国旗的一角，高高飘扬。一排排整齐的带有防风板墙的房屋和一尘不染的热带花园环绕着港口和小镇周围的丘陵街道。这里的人们仍然保持着英国人留下的日常生活习惯，但在城市的不远处，新的美国和中国大使馆已经拔地而起，各种卫星天线、网线和铁丝网林立其间。就在美国等国家越来越多地寻求在太平洋公海上占据主导地位之际，摩门教堂（Mormon Church）那结实、低矮、幽灵般的白色建筑，标志着这里的人们为征服灵魂，开始了新的尝试。

*

欧洲与斐济群岛的贸易和宗教接触开始时并不顺利。在斐济国家博物馆里，除了"伟大的远洋独木舟的遗骸"，还有一个小的玻璃橱窗，陈列了一些传教士与这个国家第一次接触的纪念展品。这些展品包括一本《圣经》和一副曾经于19世纪60年代来到斐济的卫理公会传教士托马斯·贝克（Thomas Baker）的眼镜。而在这两件东西旁边的却是人们因为误解而残忍地吃掉他时所用的锅和叉子。这种令人遗憾的误解持续了一个多世纪，直到2003年，贝克家族和当地酋长的后代们在斐济的首都（当时是卫理公会教派的中心）相遇，在这次愉快的交流中，双方同意不再犯同样的错误。

但是，殖民主义、宗教因素和新兴的政治独立运动进一步加剧了彼此之间微妙的紧张关系，破坏了这个国家作为一个快要被遗忘的帝国前哨和廉价旅游胜地的舒适形象。"大酋长"的角色在今天的斐济相对更加重要，这是欧洲人、印度人和斐济人在文化和政治上追求主导地位，互不相让的产物，是将传统、现实和平衡殖民地民族主义情绪放在一起考虑的尝试。有人说斐济的政治动荡是由两个特别不对付的民族，斐济原住民人和印度裔斐济人（Indo-Fijians）之间的对抗造成的。这个两个民族的人被迫在一个小群岛上同居，却生活在相互排斥的世界里，据说"连妓女之间都存在种族对立"。斐济人和印度裔斐济人的对立表现在很多方面：多神论反对福音一神论，城市人瞧不上农村劳工，印度企业家对斐济现状不满。两个民族的争端主要集中于土地和政治权力，印度裔斐济人认为土地应该可以自由买卖，并且应该种植经济作物以营利，而斐济人则把土地视为不可分割的集体所有资产。更重要的是，印度裔斐济人的人口增长越来越被视为一种威胁，最初是欧洲人担心他们可能与印度的独立运动有联系；后来则是斐济人担心，在独立后威斯敏斯特体系（Westminster System）[①]治下的斐济，印度裔斐济人的人口优势可能会转化为选举优势。斐济的"政变文化"（1987年发生过两次政变，2000年、2006年各发生过一次）很大程度上是由种族政治造成的。

现代斐济社会的政治裂痕、国家架构甚至各种文化概念，实际上都是这块土地上曾经存在的殖民统治遗产。大酋长委员会（The Great Council of Chief）并不是旧时的"权势人物"集会，而是在殖民统治影响下建立的一种新制度，部分原因是安抚斐济人对新近来此的印度人日益增长的影响力的担忧。这一委员会曾被总理弗兰克·姆拜尼马拉马（Frank Bainimarama，2006年政变的领导人）暂时解散，后来又被彻底废除，以缓解种族对立造成的紧张。斐济关于土地所有权的"传统"价值观，即承认集体所有权和祖传承继关系，是相当晚近才出现的。这种价值观念下，土地指的是"祖传家园"这一更感性的概念，在这一概念中，"酋长是所有人的安全保障，是斐济认同、土地和文化的守护者"，因此这种价值观实际上是将土地的占有和原住民部落的传统混为一谈。太平洋

[①] 威斯敏斯特体系是因循位于威斯敏斯特宫的英国议会所用之体制而形成的民主政府体制，是供立法机构运作的一整套程序。

地区新引入的宗教狂热又加强了这一观念。基督教与现存的社会秩序融合在一起,等级制度不仅被看作斐济文化传统的体现,也是神的旨意:"斐济的部落首领被认为……能够保持他们的地位,是因为他们的权力已经被神确认。"为了证明这一点,他们引用《圣经》中的话:"没有权柄不是从神来的,凡有权柄的,都是神所给予的。"殖民主义、宗教皈依和次大陆移民剧增的后果共同改变和巩固了对斐济当局的政治、经济和文化来源的种族化看法。

*

一天晚上,我和几个红十字会的同事被带到了苏瓦一座宏伟的殖民时代的大厦,这座大厦已经被改造成了一家中国餐馆,是斐济铁板安格斯牛排做得最好的地方。然而当我从一个同事那里得知,这里原是斐济红十字会的前负责人约翰·斯科特(John Scott)的家,而且在2000年的军事政变中,他和其好友格雷格·斯克里夫纳(Greg Scrivener)也正是在这里被一把长刀砍死后,我瞬间对满桌的美食失去胃口。这一悲痛而残忍的谋杀揭示了这个国家阳光明媚的表象背后,隐藏着深刻变革与社会紧张的一面。

19世纪中叶,斯科特家族以卫理公会传教士的身份抵达斐济,并在接下来的世纪中因为担任殖民地管理者与纠纷调停者而声誉鹊起。他们拥有属于自己的岛屿,在可以俯瞰苏瓦港的太平洋大酒店的阳台上举行鸡尾酒会,当英国女王在她长满棕榈树的太平洋领地上巡游时,从女王那里获得爵位和夸赞。他们眼中的太平洋是拥有勋章、制服、等级和头衔的殖民精英的太平洋,他们视自己为"传统"斐济贵族的现代欧洲化身,并不惜花费大量精力打造这一化身。斯科特家族中人是斐济第一个拥有劳斯莱斯汽车的人。

1970年斐济独立后,大多数来自欧洲的居民、行政人员和商人离开了斐济，但斯科特家族和其他几个欧洲移民家庭留了下来，只是偶尔才会回英国和新西兰处理一些工作。约翰·斯科特是早期传教士老斯科特的孙子，他最终永久定居斐济，并加入该国红十字会。这个机构在服务大众的同时，也复制了当地的社会等级制度。斯科特家族的实力虽然被大大削弱，但作为一名才华横溢的管理者，约翰·斯科特这位欧洲移民精英仍然在红十字会获得了一个在社会地位和影响力上均与他的家族在斐济社会中的传统重要地位相匹配的位置。一年一度的斐济红十字会舞会是当年的社交大事件，更是筹集资金的重要场合；在该国新晋精英的主持下，就像前殖民地的社会名流一样，穿着制服的男人和身着舞会礼服、凤冠霞帔的女人整夜跳舞。

2000年发生的军事政变是由有史以来从未发生过的印度裔斐济人总理赢得选举而引发的。斐济极端民族主义者、前军官乔治·斯波特（George Speight）领导了这次政变。政变期间红十字会及其领导者发挥了突出的人道主义作用。约翰·斯科特利用他的个人地位和红十字会在冲突时期国际授权的人道主义责任，在许多方面使得斐济的混乱局面得以广为人知。他能够越过包围议会的叛军防线，向被封锁在里面的议员运送医疗用品和援助物资。他身着印有红十字会会徽的白大褂，每天都独自穿梭在包围政府大楼协助监控里面情况的蒙面枪手之间——这些枪手是世界各地媒体拍摄和报道政变的巨大障碍，这为他赢得了"仁爱天使"的美誉。

但约翰·斯科特在其他方面却与众不同。他可能还活在其父母、祖父母生活的世界里，在那个世界里，作为统治精英的一员是不受指责的。他以英俊的外表和富裕的生活方式而闻名，同时在一个文化保守、信奉福音基督教并将同性恋视为有罪的国家里，敢于公开承认自己的同性恋性取向。起初，他被谋杀被认为是其在政变中所扮演角色的直接后果,但事实上有更深层的原因。他的前园丁非常热衷于玩橄榄球,而且对福音派教义也有精深的研究。他可能也是名同性恋——他被认为与斯科特或斯科特的伴侣有过婚外情——而且精神极不稳定。当他在电视上看到斯科特被描绘成"仁爱天使"的报道后,似乎触发了一种混合了性、政治和对《圣经》过度狂热解读的危险情绪。在这种情绪的刺激下,他残忍地将雇主约翰·斯科特砍死,并在几天后自首。

我是在斯科特家族的故居里听到这个故事的,它既是斐济悲剧的写照,也预示着斐济即将发生的变化。这个故事反映了混合了种族政治、被发明的传统以及文化混乱的后殖民主义的致命影响。受害者斯科特身为欧洲移民精英可能还没有完全意识到,在斐济,贱民的日子已经结束了。犯罪的园丁被早期欧洲殖民者和传教士(包括斯科特家族)带到斐济群岛的一系列宗教、社会和文化规范所误导,在某种意义上,他也是这个国家不断变化的政治和传统的受害者。

*

2016年,热带台风"温斯顿"(Winston)以每小时285千米的速度袭击了斐济群岛,并穿过维提岛(Viti Levu)和瓦努阿岛(Vanua Levu),摧毁了这两个主要岛屿中间的许多小岛。瓦努阿图的台风帕姆(Pam)打破纪录仅仅一年后,另一个破纪录的台风便再次在南太平洋地区造成了巨大破坏。台风温斯顿造成44人死亡,3万多间房屋损坏,还摧毁了沿途的学校、道路、农场和各类生活设施。在一个接一个的社区里,剩下的只有扭曲的铁架、破碎的木头、残破的房屋和奄奄一息的生命。

在我访问过的一个村庄,2012年台风"埃文"(Evan)过境造成破坏后,一座为抵御台风而建的房子被吹得四分五裂,就像一年前瓦努阿图的台风帕姆造成的破坏一样。它用铁皮组装而成的四堵墙和房顶被吹散到村庄的各个角落，其中屋顶的铁皮则被吹挂到附近小山顶上的一棵树上。在其他地方，曾经的稳定和繁荣之处都被破坏殆尽。从村民房屋的废墟中抢救出来的孩童玩具和破旧炊具，孤零零地躺在棚屋里。有一户人家把房子的混凝土地基彻底清理干净，只剩下一块干净的木板，上面整齐地堆放着他们已经废弃的家用物品。电饭锅、微波炉、电炉和冰箱，这些白色家电堆叠在一起，好像很多余。实际上它们不仅曾给拥有它们的家庭带来舒适，也赋予房主更富裕的身份象征。对这些家庭来说，这类物品可能要过好些年才能再次获得。在台风过去的 48 小时内，生活恢复到了没有电和自来水的状态，这是自 20 世纪 50 年代以来村子里从未出现过的。熟悉的可预见的乡村生活已不复存在，取而代之的是泥泞和废墟。

台风经过时，家家户户都躲在房子里，希望地基足够牢固，房子不会被吹走，另外他们还担心水位会迅速上升以及周围山上发生难以预测的泥石流灾害。从此以后，无论男女老少，只要刮起风，听到铁皮发出不祥的叮当声，都会感到十分害怕。因为那是强风不停地吹动屋顶、墙壁和地基，试图毁坏房屋的征兆。

我曾经遇到一个经常做噩梦的女人，每当她听到任何突然出现的声音都会跑到避难所去避难。她在家里原来"厨房"位置的废墟旁递给我一杯甜茶，把炉火拨得旺一些，"厨房"里很快就烟雾缭绕。这原本是一间用散落四处变形了的铁片搭建的小屋，离她刚发现的我们现在正在用的旧电炉不到 3 米远，现在有越来越多的废墟需要清理。她村子里的居民从来没有人过什么保险。他们现在的生活和房子是通过艰苦劳动，比如在田里种植块根作物，然后出售获得一定收入；或者是冒着被拖欠工资的风险在城里干活，打扫卫生，修马路，在建筑工地打工，这样一点一点积累获得的。

用了 30 年的时间,他们才建立起了自己的村庄、学校和家庭,用上了电,逐渐拥有了一种不像他们的父母和祖父母那样艰苦、平淡而且可能活得更长久的生活。但是这一切在几分钟内就被无情地夺走了。当样式古老的水壶慢慢沸腾时,我们静静地凝视着炉火里的灰烬,眼睛被烟火熏得生痛。

*

2006 年,时任斐济武装部队司令、现任总理的弗兰克·姆拜尼马拉马发动军事政变后,澳大利亚政府对斐济实施了制裁,并谴责这是对当地民主的又一次打击。然而,时代已经变了。姆拜尼马拉马进行了宪法改革并举行选举,其目的一方面制造人民有了选择机会的假象,另一方面有效地排除了所有政治竞争者。他还改变了自己的穿着,将海军准将的制服换成了黑色的便服,以淡化自己的军事独裁形象——澳大利亚和斐济之间的关系也不再剑拔弩张,外交和商业关系逐渐得以恢复。如今,一向顺从的斐济媒体还刊登了关于姆拜尼马拉马是"家庭好男人"的宣传文章,其中还附有一些十分暖心的照片:他穿着淡粉色衬衫在郊区的一个花园中央面带微笑,一脸慈祥,拍着小狗,和孩子们愉快地玩耍。

"温斯顿"台风为澳大利亚提供了忘记过去、不计前嫌的契机,及时对斐济伸出了援助之手。澳大利亚的帮助,事实上承认了姆拜尼马拉马对斐济的独裁统治。他又回到过去的美好时光,民主决策被抛在一边,在宣布紧急状态后,身穿绿色连体衣的(法国海军后勤人员)人又一次接管了整个社会的运行。

一位在台风控制与反应行动中心工作的同事先是向我坦陈:"澳大利亚人被告知在这里要卑躬屈膝,真的太不可思议了。"接着说道:"我们的士兵一般都不是阿谀奉承的人,但来到这里后,

'是的，先生'成为时刻挂在嘴边的话，他们服从任何命令，无论其有多么荒谬。他们显然来之前被要求要学会忍耐这一切。"

斐济人在台风温斯顿登陆时对外宣称："我们不会成为另一个瓦努阿图。"斐济政府从其邻近的太平洋岛国，在一年前应对一场破坏性台风的经验中吸取了教训。大量涌入的船只、直升机和非政府组织表明，瓦努阿图政府缺乏应对灾害的资源和能力，这是一种不允许在姆拜尼马拉马军人政权统治下的斐济出现的景象。但是，外国的军事援助对一个老兵来说实在太诱人了，所以斐济政府并没有阻止外国军队的进入，而是严格限制了国际非政府组织的存在，同时镇压了那些在应对灾难方面有专业知识和能力的民间社会组织。

我的工作是协调斐济民间社会的灾害应对，但斐济政府中很少有人明白我的工作性质，过了很久才找到一个可以一起接洽工作的人，并通过他联系上了行动中心的一名联络官。该官员没有着制服，而是穿了一件上面印着一把手枪和"完美的格洛克"（Glock Perfection）[①]字样的时髦 Polo 衫。我很快明白，他并非某个非政府组织的工作人员，而且似乎对我和同事们计划的任何事情都不感兴趣。我们便只是进行了简短的交流，没有进一步深谈。因此，表面上租借来的黑鹰直升机飞来飞去执行侦察任务，海军舰艇环绕外岛不停航行，身着绿色制服的士兵在首都的行动中心挥舞着他们的棍棒维持秩序，但实际上对斐济的各种援助，成效并不大。

澳大利亚特遣队的军事联络官一度要求与我秘密交谈。他对我说："看，我们有这么多直升机，这么大的起重能力，但我们没有多少东西可以搬运。你能帮帮忙吗？"

[①] 格洛克（Glock）是一家专门生产手枪的公司。

我耸耸肩表示无能为力。因为这是个政治性的问题，完全超出了我的控制范围。由于没有渠道、影响力或现金，非政府组织几乎没有任何办法用军方设备来运送救济品。不过，好在商业运输并没有受到台风的严重影响。在瓦努阿图台风帕姆过境期间，那些为数不多的救援物资由于没法空运，曾通过廉价而便捷的卡车和货船进行运输。

几天后，我参观了苏瓦附近一个小岛上的社区，惊讶地听到一架"黑鹰"直升机向村庄飞来的声音。我立刻停下脚步，听着旋翼桨叶轰鸣般的响声，看着它短暂降落，卸下一小批帐篷，在岛上，这是一种很热、很贵而几乎完全没有必要的救济品，因为村民们很快就组建了自己的紧急避难所。人们想要的不是帐篷，而是开始重建家园的物资。联络官找到了一些物品，但没有考虑到它的必要性。那天早上乘渡轮在岛上的观察，使我开始思索这种空中力量的存在到底有多大必要。

那天晚上，因为澳大利亚外交部部长的到来，太平洋大酒店瞬间挤满了人。部长所乘的直升机从温斯顿台风造成巨大破坏的另一个岛屿返回，一群旁观者聚集在那里。部长的助手和各个部门的工作人员，穿着红袋鼠标识的衣服，手里拿着文件跑来跑去地忙活着。黑暗中，直升机像被麻醉的黄蜂一样缓慢地移动，在太平洋大酒店耀眼的灯光下轰隆作响，然后慢慢地向远处盘旋，最后从人们视线中消失，降落到邻近的直升机停机坪上。人群开始散开，穿着袋鼠服的官僚们朝直升机停机坪走去。当一位梳着马尾辫的工作人员昂首阔步地走过时，酒吧里有人喊道："小姐，请我们喝一杯。"

那天晚上晚些时候，我要在所住的廉价汽车旅馆里接受昆士兰乡村电台的采访。他们已经听说了外交部部长访问斐济的消息，并希望跟进当地应对台风情况的报道。我事先准备好了发言稿，在等待他们调整播音信号期间，我还是忍不住把要讲的话先说了一遍：对台风的应对太迟钝了。斐济政府过度依赖外国援助，这意味着救援物资无法足够快地送到最需要的人手中。外部援助造的势很高，但行动却异常迟缓，唯一能够迅速、大规模运作的组织——当地和国际非政府组织——已经被边缘化。适度地将援助资源从直升机上转移到救援机构，将产生重大而直接的影响。外交部部长的访问一切顺利，但她拒绝与人道主义救援成员，特别是联合国秘书长特别代表，太平洋人道主义首席干事会晤和讨论对策，这是令人费解的。为了使应对有效且有影响，民间社会需要发挥其作用，特别是在一个表面上正在从军事统治向民治政府过渡的国家。

当我终于开始播音时，电波那头传来低沉的声音："伙计，我刚刚看到了你的照片。天哪，看看他的下巴。"

我被这个笨嘴拙舌的玩笑打断了，完全忘了台词。我只听见自己说："我们是来帮忙的。"

*

第二天，我在基础设施部摇摇欲坠的办公室遇到了维利亚姆（Viliame），他劝慰我说："不必过度恐慌。"

维利亚姆作为该部的常务行政官，本来应该由他负责应对台风"温斯顿"的紧急情况，但军方大包大揽，使得他难有作为。但他并未对此感到沮丧，而是认识到国家还赋予他其他权力，并以庄重谨慎和深思熟虑的态度对待工作，履行好相关职责。他住在一个小隔间，里面堆满了各种行政文件。发展报告一堆一堆地叠在拥挤不堪的书架上，书架在这些发黄的大册子的重压下已经有些倾斜。用粉红色丝带缠在一起的报告、报纸和官方文件散在地板上堆成小山。一部胶木电话机显然还在使用中，它背后有一个类似计算机的东西，但由于没有键盘，而且一半被行政文件掩藏，所以很难说它到底是干什么用的。在这个部门中，斐济主权权力下放给最不重要、最被忽视的组织之一，橡皮图章、签字笔和黄色荧光笔占据了至高无上的地位，而维利亚姆则是这些官僚仪式的光荣守护者。

重要的是，维利亚姆的办公室位于走廊入口处，且就在该部常务秘书办公室的下方。因此，他占据了一个独特的位置。他知道所有高级职员的确切行踪，包括他们什么时候和谁一起出去吃午饭，以及他们吃午饭用了多长时间。更重要的是，从他的办公室里可以听到上面常务秘书办公室的脚步声。这些年来，维利亚姆已经熟练地掌握了他们走路的轻重节奏。午餐前一个缓慢而沉重的脚步声意味着常务秘书长本人的到来，而更柔和、缓慢的脚步声则暗示着有来自国务院内部的来访者。一个断断续续的快步表示部长的秘书急于传达高层安排的任务，而且脚步越快，任务就越急迫。如果速度特别快，那就表示部长希望立即见到常务秘书长。不过，维利亚姆很害怕缓慢、沉重并且清晰的脚步声。因为这可能是来自首相办公室的军事事务代表，这表明该部门又要忙碌起来了。

维利亚姆说有急事找我，我来了之后发现他在一堆开发报告中踱来踱去，很显然他并没有读过这些报告。他正面临一个问题，而且是一个相当严重的问题。但在部里工作的这些年中，他学会了处理类似的情况。作为我在该国与各级官僚机构打交道时的合格引路人，他曾经告诉我，遇事的关键是不要过度恐慌。

看到我进来，他带着一种既自豪又担忧的情绪对我说："现在每个人都在找维利亚姆。"他听着楼上秘书的脚后跟断断续续地踩着地板，意识到国家可能出了什么问题。果不其然，他很快就接到上级的命令。部长很愤怒，需要该部紧急做出应对，应对不当可能会引起地方酋长的骚动。

我问他，这是不是和台风的应急反应有关？我能提供什么有用的信息吗？维利亚姆对我很好，帮助我了解这个国家政府的内部动态。所以，我很诚恳地对他说，如果发生危机，我愿意尽我所能向他提供帮助。

维利亚姆缓了一会儿后告诉我，前一天晚上基础设施部部长一直在看电视新闻。他注意到澳大利亚外长访问了斐济，并听取了斐济总理与记者对台风情况的简报。他还看了天气、金融和体育节目。一切似乎都像往常一样，但后来他看了一个关于教育部部长的故事片。教育部部长到机场迎接一架运送救援物资的飞机，被一群记者拍摄并接受了采访，看上去非常有魅力。显然，这令基础设施部部长非常不满。

维利亚姆带着承受巨大压力的表情问我："你能不能也帮我的部长安排一个新闻报道？"巧合的是我正好知道一个马上要来的航班上有更多的救济品：衣服、防水油布、电锯和建筑设备。这些物资要给谁或如何使用都无关紧要；部长可以随意摆好姿势，同样会看起来魅力四射。那天晚上，维利亚姆和部长都上了国家电视台，拍摄地点当然也是在机场。他们的表现很完美，完全可以与教育部长这个强劲对手匹敌。

第二天早上，我又去拜访了维利亚姆。他向后靠在椅背上，心满意足地对我说："汤姆，你在这里可是炙手可热的人物。"说完，他笑了笑，慢慢地伸手拿起一块消化饼干和一杯温茶，显得异常从容，这很符合他多年来担任国务院常务行政官所积累的智慧中，决不在危机中过度恐慌的自我要求。

3. 沐浴在热带阳光里的乐趣

在离开斐济之前，我决定去访问一下这个国家历史上的第一个首都勒乌卡（Levuka），它位于该国的奥瓦劳岛（Ovalau）上。这里原本是一个古老的捕鲸站，1874年英国与当地原住民势力签署了割让协议（Deed of Cession），正式建立起它的新殖民地——斐济。如果斐济人试图抵制这一协议，那么两个长期敌对的首领卡考鲍（Cakobau）和马奥夫（Ma'afu）就需要停止争斗，联合起来，一致对外，但卡考鲍却为了获得对他的汤加老对手的优势而站在了英国人这一边。当英国皇家海军舰艇指挥官——人称"大力神罗宾逊"（Sir Hercules Robinson）的迪多（Dido）——以21响礼炮向卡考鲍致敬，这既是双方友谊也是英国强大军事力量的展示，正是这种军事力量使得割让协议迅速签订，英国也全靠它对斐济群岛进行了长达96年的统治。此时，任何怀疑卡考鲍对英国统治怀有善意的想法都不攻自破。

澳大利亚作家凯瑟琳·苏珊娜·普里查德（Katharine Susannah Prichard）出生在勒乌卡，她的父亲汤马斯·亨利·普理查德（Thomas Henry Prichard）曾当过商人、军人，并于1867年到1882年做过15年的《斐济时报》编辑。19世纪80年代，他在《墨尔本的领袖》（*The Melbourne Leader*）一书中描述了勒乌卡在殖民时期的全盛境况：

当时的勒乌卡是一个欢乐、热闹、繁荣之地，就像它以南的任何一个白人聚居的岛屿中心一样：但是在英国所谓的优良治理下，它变成了一个衰败、荒芜的渔村，居民的住宅不断坍塌，随着人们的迁移及死亡，那里又恢复成原来遍地灌木丛的状态。

那时还没有政府形态的存在，不过法律和秩序并不缺失，而且不仅仅是名义上的存在。3000 名来自澳大利亚殖民地、具有冒险精神的人以及太平洋上很多无家可归的流浪者，被棉花种植的丰厚利润所吸引，聚集到那里。每个人都做自己认为对的事，只要不碰触到周围当地陌生而强壮的邻居的利益。这个港口充满了过来停靠或即将出海的船只，人们本着真诚友爱的精神，群聚在热带炎热的阳光下，做生意、还债、喝酒、寻欢作乐，而令人惊讶的是并没有严重的犯罪行为伴随而来。

当然，这里并不全是在热带阳光下，享受日光浴的欢乐景象。凯瑟琳·苏珊娜·普里查德在她的回忆录《台风的孩子》（*Child of the Hurricane*）中引用了一篇她父亲的日记，记录了勒乌卡早期定居者的艰苦工作和面临的巨大体能挑战。1876 年 4 月 9 日，她的父亲写道："我和两个男孩去萨拉瓦加海峡（Na Sara Waga）立桩以标示出航路。胳膊脱臼，不得不用吊带吊起来。所乘的独木舟破破烂烂，很快就被海水吞噬。独木舟翻了后漂浮在海面上。这工作糟透了。枪、火药、火柴都湿了，佩刀也在慌乱中丢失。我发誓，再也不做这样的工作了。"

随后，渴望获得土地、经济作物且拥有武器的欧洲人的出现，引起了斐济各原住民部落之间的不满，也打破了当地的权力平衡。汤马斯·亨利·普理查德曾经写道："斐济人是太平洋上的贵族，端庄、保守，他们甚至宁愿自己用木棍也不接受白人的工具——犁去耕种。他们因此成为渴望土地、金钱和影响力的'种植者、官员、海滩拾荒者和各种白人流浪者'的猎物。"这反映了他那个时代的欧洲人对斐济人在土地利用,以及至今仍在延续的集体土地所有制传统的不满与偏见。汤马斯·亨利·普理查德曾因其"既睿智而又饱含男子汉气概"的散文写作而被聘任为《斐济时报》的编辑,他对欧洲人和斐济人早期接触过程中的不公平及其造成的影响有着清醒的认识:"由于双方在销售和购买物品上都没有可以遵循的原则,所以几乎不存在正常的交易。"欧洲人用几箱杜松子酒,几支装着火药和子弹的步枪,几束廉价的印花布、各种各样的嵌有"布鲁姆宝石"的餐具和华丽的小饰物就从天真的酋长那里买了一大片价值连城的土地。毫无疑问,在这类交易中,枪支是主要的交换诱因与交换物品。

汤马斯·亨利·普理查德在《墨尔本时代》(Melbourne Age)中写道:"权力的不平衡是由火器的引入造成的,利用这种武器,一个好斗的首领可以把部落完全控制在自己的手中。""他的人民头脑中原本的父权思想逐渐发展成拥护他为军事独裁者和绝对掌握他们生死的主人,除了他自己的法律,没有其他任何法律的约束。"随后,由于放弃土地而引起的叛乱导致了一支由欧洲管理者、冒险家、海上流浪者和奸商组成的军队来保卫他。

普利查德起初是卡考鲍军队中一名士兵,后来还做过一段时间的随军翻译,因此能亲眼看到这块土地上发生的种种事情。他曾在《悉尼日报》(Sydney Bulletin)上撰文描述当时残酷而无法无天的气氛:

> 在乔治·奥斯汀·伍兹(George Austen Woods)、西德尼·查尔斯·伯特(Sydney Charles Burt)和詹姆斯·斯图尔特·巴特斯(James Stewart Butters)等人的支持下,卡考鲍成为斐济及其附属土地的国王。棉花是另一个国王,而黑奴买卖

则成为他们共同经营下蓬勃发展的本土产业之一。港口一般常有两三艘贩卖苦力的船只，这些苦力之间也经常会爆发骚乱。"马里恩·雷尼（Marion Rennie）号"是一艘重达200吨的顶级帆船，却从事着最不文明、最不人道的工作。它的甲板几乎没有一块未沾染过鲜血，而甲板上的每颗钉子可能都代表了一条逝去的鲜活生命。

1883年12月4日，在殖民者早期开发时期，一场台风袭击了勒乌卡。凯瑟琳·苏珊娜·普里查德在她的回忆录中记下了她出生的那一刻：

> 在浓浓的黑暗和狂暴的台风中，勒乌卡一座陡峭山坡上的平房里，一盏昏黄的灯整晚摇曳不停。
> 剧烈的狂风袭击把岛上的小镇夷为平地，脆弱的土屋被残暴地推倒，铁片像纸一样被甩在空中，树木遭到连根拔起，大雨倾盆而下……黎明时分，人们看到台风造成的巨大破坏；小镇仿佛遭到了炮击，海堤被冲垮，汹涌而来的海水冲毁了各条主要街道，港口的船只被刮到岸上或岩礁上，椰林园中的椰子被拍打在地上。但在山坡上的那间平房里，当地人敬畏地注视着台风过后留下的婴儿。

"Na Luve ni Cava"，他们喊道，意为"她是台风的孩子"。

*

如果说太平洋大酒店标志着斐济作为前殖民地荣耀的恢复，成为象征斐济新精英诞生之地，那么凯萨琳·苏珊娜·普里查德的出生地勒乌卡就是20世纪殖民统治时期的最后遗存所在。近些年来，尽管勒乌卡进行了一些经济改革，但并没有带来商业上的显著变化，它作为旧的贸易和捕鲸站，自19世纪末成为该国的主要贸易站以来，基本上就未再有过变化。如今，昔日商人的幽灵在海滨沿街的商店里徘徊。附近的澳大利亚—新西兰银行公司的一家分支机构与该市原来的银行——新南威尔士银行——在同一幢大楼里办公。公司门口挂着一块带有殖民色彩的大幅广告牌，其中一位留着八字须的时髦欧洲人骑在马背上，一只手拿着缰绳，另一只手夹着雪茄，悠闲地沿着街道漫步，沉浸在自己的权威和成功之中。

即使欧洲商人已经走了，他们留下的店铺门前褪色的遮阳篷还在为过路人遮挡着正午炙热的阳光。伊凡热面包店（Ivan' Hot Bread）位于街尾，它前面是一片修剪整齐的草坪，圣心大教堂（the Sacred Heart Church）哥特式的塔楼建筑在整个南太平洋岛屿上投下了风格格格不入的阴影。印度和中国的商人也在这里开店。库比卡·辛格（RK Singh）是一家综合性商店，物美价廉。沿着这条路走下去是一家小吃店，供应诱人的"鱼片"和"让人发狂的烈酒"，这里还有前往苏瓦的渡轮时刻表。这家餐厅独一无二，连店名都让人觉得与众不同，因为它只简单地称自己为"餐厅"。它室内有一个大火炉，地上铺着温馨的木地板，似乎刚刚一群捕鲸者在这里逗留吃喝过，里面装满了渔民的故事，故事的味道还是咸咸的。街墙和临街的窗户上都有深色的污迹，这让人想起残留的鲸脂。不过，菜单上的酒类一般，除了"甜唇"（Sweet Lips）和"竹日落"（Bamboo Sunset）这两款鸡尾酒，没有什么其他亮点。

女招待刚跟我说完"我们的食材已经用完了，也没有饮料可以提供"，我便看到一个路过的渔夫刚刚用鱼叉捕到了一条虹鳟鱼。她迅速跑到厨房与厨师说了一下情况，然后告诉我，如果我出去买到这条鱼，他们可以为我烹饪。这个小吃店附近有一家锈迹斑斑的罐头厂，它提供的工作和商贸机会勉强维持着小镇的生机，不过显而易见，勒乌卡的好时代已经过去了。

离镇子几百米远的地方有一家"皇家旅馆"（Royal Inn），环境脏乱并且建造得不稳固，摇摇欲坠。如果20世纪的捕鲸者和殖民地管理者曾在这家"餐厅"吃过新鲜的刺鲀，那么他们肯定也在这家勒乌卡的"皇家旅馆"里住过，现在这里的衰败充满了怀旧的感觉。旅馆台球室里摆着一张巨大的石板桌面桌子，桌上有一个由瑟斯顿公司（Thurston&Co）生产的"神奇的斯坦法斯特靠垫"（wonderful Stanfast cushion），这种垫子曾在19世纪90年代通过帆船运输到了勒乌卡并成为岛上的骄傲和欢乐之源。即使是在一个多世纪后的今天，在周围破败的气氛中，破旧的台球和斑驳的球杆依然笔直而真实。

旅馆墙壁上的照片记录了这里一段美好的回忆，上面有英国板球队来访的照片。这些球队队员身穿西装，系着领带，每年来勒乌卡与当地板球队比赛。那些戴着俱乐部标识领带、穿着条纹西装的家伙中，有伍尔福德（Woolford）、兰开斯特（Lancaster）、鲍尔弗（Balfour）和培根（Bacon）等著名球员，在这个热带地区打球非常艰苦，所以他们每次赛后回到旅馆便会到台球室娱乐放松一下。从旅馆的后屋可以看到板球场的轮廓和一个优雅的木制看台，而古老的板球拍则孤独地立在角落里，上面积满了灰尘。已经褪色的安格斯·麦当劳奖杯（Angus McDonald Trophy）仍然骄傲地悬挂在台球桌上方的墙上，提醒人们纪念那场已经不为人知的"皇家队对阵加里克队"（Royal v Garrick）的比赛。这两家俱乐部曾是斐济欧洲人生活的中心。第二次世界大战期间，休假的军人住进了皇家旅馆。有一张照片是新西兰空军勒乌卡营地的士兵巴斯特（Buster）、肖蒂（Shorty）、桑迪（Sandy）、罗斯（Ross）、吉姆（Jim）和比尔（Bill）神气活刻地凝视着台球桌，围在一起说笑的情景。我站在照片前仔细倾听了一会儿,感觉好像听到了从远处台球室镶板墙上弹回来的20世纪40年代飞行员互开玩笑的回声。不过,英国绅士之间亲密而熟悉的体育娱乐活动已经随着战争的远去而结束,随后出现的各种纪念品标志着一个时期的逝去。到20世纪60年代末,板球运动员的运动夹克已经消失,代之以开领衬衫。照片上出现了带鬓角的队员,有一两个年轻的球员还留起了长发。他们都对着镜头眯起眼睛,扬起眉毛,似乎意识到在20世纪60年代末和70年代初,曾经是贸易商人和殖民地管理精英的一种生活方式已经过时了。到了1971年,阿尔比恩板球俱乐部(Albion Cricket Club)最后一次到斐济群岛旅行时,那个时代,那个世界就已经永远消失了。

*

周日下午,我最后又恋恋不舍地走了一遍海滩街道和勒乌卡城区。对于太平洋上的一个星期天来说,这个安息日(Sabbath)的早晨似乎过于安静了。所有商店的门都紧闭着,孩子们也不被家长允许到外面玩耍。清晨人们便都去了教堂,唱起赞美诗。等这些活动都结束后,教堂也关上门,小镇上仍然一片寂静。我突然想起了在汤加的日子,在那里,每个星期天,整个岛屿都被教堂和树下传来的歌声淹没,歌声会一直持续到夜晚。但是在这里,除了那些被遗弃的老房子,只有从港口吹来的微风,偶尔传来的老商店匾牌被风吹得叮当作响的声音,还有我用相机拍摄油漆都快要剥落的广告牌的咔咔声,再加上乌云密布,更给我增添了一种被人遗弃的惆怅感。我继续沿着街道往前走,经过了柯达的标识牌和辛格商店门前"价格优惠"的提示牌,随后又路过了一些服装店和酒吧。我注意到路左边矗立着一座宽宽的但有些矮的建筑,上面写着莫里斯·赫德斯特龙有限公司(Morris Hedstrom Ltd)

几个巨大的字母，用的是19世纪的报纸字体，这是一家已经倒闭多年的贸易公司。这家公司旗下的商店曾占据了海滩街道的一头，不过，现在它已经变成了一个博物馆，里面有一些落满灰尘的手工艺品——古代农业设备、欧洲陶器碎片、旧时勒乌卡生活的泛黄照片——记录着随时代发展而消逝世界的只鳞半爪。从某种意义上说，这是一个令人悲哀的结局。联合国教科文组织（UNESCO）的《世界遗产名录》（World Heritage Status）曾经为陷入困境的勒乌卡带来了光明的未来与希望，原本期待它入选名录后能像斐济其他地方一样成为一个旅游胜地，再现荣光，但遗憾的是，这并没有发生。现在这里游客很少，即使游客来了也待不了很长时间，人们对这里缺乏景点、夜生活或者不同于他们原来地方的生活方式以及破败的酒店感到失望。在别无选择情况下，当地居民不得不继续生活在已经逐渐腐朽的家园，而那些从未属于过他们的古老建筑和欧洲上层生活的痕迹也在他们周围慢慢地、无情地倒塌、消逝。

我继续经过莫里斯·海德斯特罗姆有限公司并穿过港口，沿着紧贴海岸的道路前进，越过了城镇和一些居民定居点。不久，我来到了一个被整洁的白色尖桩栅栏围住的地方，在一片修剪整齐的草坪上有一块白色基座，上面有三块大石头，中间插着一根白色旗杆。它的对面是一段粉刷得雪白的楼梯，通向一幢棕榈叶掩映的大房子，屋顶像一座巨大的皇冠，令人眼花缭乱。这就是著名的查尔斯王子（Prince Charles）府邸。1970年，酋长卡考鲍将斐济土地割让给英国近百年后，就在这里，这个帝国最后荣耀渐渐消失之处，斐济向全世界宣布了自己的独立。这是一个庄严的纪念地，简单却意义深远：所有在这个可以俯瞰海湾的地方上的旗杆、岩石、茅草屋和尖桩篱笆都是曾经斐济群岛上熙攘的港口、贸易中心和旧的权力斗争所遗留下来的最直接见证。

我很快逃离这个早已消逝的斐济欧洲人的世界，沿着酒店后面的小路，经过一座很有观赏性的老桥和被毁坏的共济会旅社废墟，继续前往独立几十年来在这座城镇后山上涌现出来的居民定居点。到达目的地之前，我依次走过了勒乌卡保龄球俱乐部（Levuka Bowling Club）齐整的草坪，舒适的天蓝色勒乌卡水手之家（Levuka Sailors' Home），欧洲商人带着百叶窗的阳台、防水板做成的陡峭屋顶的房屋，还有勒乌卡公立学校（建于1879年）。这些地方不远处就是新建的，随便拥挤在山坡上，用锡和水泥建造的居民定居点。台风温斯顿对这里造成了毁灭性的破坏。城区大部分幸存了下来，而这些简易的居民定居点并没有这么幸运，周围的山丘上到处是房屋和房屋中物品的残骸。我环顾四周，扭曲的铁皮上堆满家用电器和破碎的木头。

其中一座房子仅剩的一面墙上写着：我们将重建家园。一对夫妇看着我在废墟中行走，热情地邀我到他们家做客。我们坐在地板上吃着热乎乎的椰子蛋糕，喝着热腾腾的甜茶，轻松地聊了聊天。他们告诉我，这个定居点里的人们几乎没有得到任何援助。这不是他们的土地，他们只是为了离城镇和工作更近一些而暂住在这里。不过，政府已经允诺他们可以动用自己的养老基金来重建房屋，但要购买足够的材料，他们需要拿出所有的退休储蓄才行。虽然是星期天，但不远处的山谷里回荡着人们欢快的锤击声、偶尔出现的电锯转动声和拉直铁板以便重复使用的铿锵声。

房子里有一片修剪整齐的草坪，午后的微风里，潮湿的空气中带着海里康属植物的香味。但这对夫妇并没有留恋现在，而是想谈谈过去——关于卡考鲍和汤加人马奥夫以及一个多世纪前他们之间的冲突。

一位家庭成员笑着说："我们输了。我们家支持马奥夫，这就是为什么我们要离开自己原本家园来到这里。"台风过后，他们重建得很快。新房子比以前小，但足够舒适，而且至少他们仍可以留在这片土地上。请我进来的西奥尼（Sione）曾当过水手。房子一旦建好他就会回到海边继续去挣钱，因为他为了建房已经耗尽了全部的退休储蓄金，但他并没有在我面前表现得特别焦急。就在我们说话的时候，太阳开始落到地平线以下，天空暗了下来。他的妻子在花瓶里插满鲜花后也加入了我们的闲谈。她告诉我："这里有太多的争斗了"，沉默了一会儿，继续说："奇怪的是，动物只是为了生存而战，而人类是为了无尽的权力而斗。"边说边又递给大家一块蛋糕和一杯浓浓的甜茶。

我告别这家人后继续往前走，沿着海滩街和海滩尽可能走得远一些。救援物资已经抵达了有一定程度恢复的定居点，沿路可以看到那里有一些防水油布和帐篷，重建工作正在稳步推进。走了几千米后，我听到一阵响亮的叮当声，便抬头看到一艘在台风中搁浅的破旧渡轮的巨大船身。这艘船被一组组带着绳索和滑轮的人包围着，他们穿过船舱，站在船桥上，尽力地打捞船上的东西。事实上船上的东西已经不多，只剩下一些破损的金属了。

在邻近村庄的一所房子前，当地的首领招呼我过去。我很快走到他的面前，他仔细询问我在做什么，从哪里来。他的一些亲戚曾作为学校橄榄球队的一员去澳大利亚旅行，我提到我在来村庄的路上遇到过他们，还一起拍了照片。夜幕降临后，在一所被毁房屋外面的油布下，男男女女聚在一起，我也被邀请加入进去。卡瓦的夜间派对开始了，他们递给我一杯卡瓦酒，它辛辣的味道会很快使人产生一种暖而麻木的感觉，这种感觉很助谈兴。在这个破败的村庄里，轻松的交谈中，斐济人表现出的彬彬有礼、慷慨大方的好客之情让我特别感动，我希望能做些什么帮助他们。在这场台风中，该村的学校倒塌了，还有一位老人不幸遇难。他们平静地告诉我，他们正在修缮房子前面的学校，这样他们的孩子就可以继续上学了。他们问我如何看待政府对这场台风的应对举措。我很难回答这个问题，因为这个村庄距离正在进行辩论和争吵的首都，距离正在举行会议、制定决策的政府办公室、联合国机构和时尚酒店太远。那些地方的作为、局限和问题似乎对这里现实的乡村生活和重建无关紧要。我犹豫了一下，试图改变一下话题。

我问他们："你们现在最需要什么帮助？"

他们思考了一会儿说道："小型工具和大型设备，这些产品很难买到，进口也很贵。我们以种地为生，可以养活自己，但没有多少钱购买这些工具设备来重建家园。"

我要离开时，酋长对我说："我们必须向你道歉，我们把油布反过来用了，因为正面有一只红色的袋鼠，我们感觉正着用心里很不舒服。""瓦努阿图的记忆！"我回想起了我参加的会议，其中捐助者优先注意事项就包括各个救援机构做事时要引人注目，要被人看到。在所有这一切中，人类尊严的问题似乎被遗忘了。

第二天黎明前，我收拾好行李，告别了皇家旅馆。当时雨下得很大，黎明前开往渡轮回苏瓦的巴士就要出发了。在经历了头天晚上的宁静忧郁之后，我特别想快些坐上车尽快离开这里。由当地修女开办的斐济最好的女子学校之一就在岛上，一群女家长刚刚把自己的女儿送过来开始新的学期学习生活，现在正准备坐巴士返回首都。清晨大雨中还沉浸在兴奋里的女家长们开始向公交车站走去。雨越下越大，人们赶车回家的迫切愿望也越来越强烈，跑得慢的人就得淋雨了。我从一辆公交车跑到另一辆公交车，但每次都被脚步比我灵活的女家长赶在前面抢到座位，最后终于勉强挤进车里。在倾盆大雨中，天刚破晓，我很幸运地在车后方找到了一个座位，旁边坐着一个衣着时髦的男人，他也浑身滴水。我们彼此看了一眼，他手伸进口袋，递给我一张名片。

我当时狼狈不堪，一直没来得及看，当汽车终于开上返回苏瓦的崎岖山路时，他突然对我说："我是教育部部长。"

4. 汤加：海啸王国及其自我救赎

　　位于斐济首都的皇家苏瓦游艇俱乐部（Royal Suva Yacht Club），在殖民时期主要经营潜水生意，现在已经破败不堪。我被拉进这个晦气之地，听取关于汤加的"简要情况"汇报。俱乐部里，用在帆船上的绳结一类的展品填满了有裂痕的玻璃展柜，而贴在墙上的豪华游艇图片和几十年来比赛获奖者的照片则早已慢慢褪去了颜色。即使在目前这间败相尽显的俱乐部中，仍可看到基于种姓的排他性社会传统的存在。俱乐部入口处一位正在贵客登记簿上签名的人告诉我，要加入俱乐部，必须由一位现任且有足够影响力的会员提名才行。这个登记簿在接下来的两周会一直打开着，所有翻开过它的成员都将有足够的机会来查看什么样的权势人物又加入进来。如果他们不喜欢所看到的人，有权匿名在那人名字旁画一个圈点来表示反对。两周内出现两个这样圈点的人会被解除会员资格——如果在殖民时期，这样的人大概率会沦落成贱民，遭到社会排斥。然而，尽管那些伟大的古老传统还在，但现在这些圈点显然已不再起多大作用了。现在占据登记簿的主要是一些欧洲老人。有些人在斐济独立后并没有离开，但其中的大多数人几年前就住进游艇里，在俱乐部酒吧里消磨时光，享受永远廉价的停泊费用和便宜的啤酒。人们称他们居住的游艇为"沉船"（Shipwrecks）；这些人脸色变得越来越憔悴，皮肤晒得越来越黑，身体每况愈下。在这个不太健康的密闭空间中，曾在汤加皇室担任过一个行政职务并不高的朋友马法（Mafua）向我讲述了汤加政治和该国王室机构的内部运作情形。

他告诉我,一天深夜,汤加国王打电话给他,国王时而愤愤不平,时而大发雷霆。

国王对着电话向马法大声喊道:"皮普(Pip)被隔壁的杂种踩躏了,现在身体很虚弱。"同时,国王还威胁说要进行报复,但可悲的是,作为一名立宪君主,他已经没有报复的不合法途径了。为谨慎起见,马法在打电话报警前,询问了皮普是谁以及他或她目前在哪里。

身体疲惫而情绪激动的国王吼道:"皮普是我的爱犬,我的天使,她目前在我的王宫里。"后来我才知道,皮普是一只名叫杰克·拉塞尔(Jack Russell)的猎犬,它躲过了王室官员和宫廷卫兵的监视,从王宫前面的栅栏里跑了出去,结果在那里它被当地一只流浪狗袭击了。当时已经是深夜两点,马法除一边给兽医打电话,一边委婉地提醒决心复仇的国王,他的权力受到法律限制外,他无能为力。

随后,我和马法在停车场分手,然后碰到了西奥内(Sione)。他向我的方向扔了一个东西并对我喊道:"抓住,这是给你的纪念品。"我伸手去接黑暗中飞来的一个模糊东西,手指抓住了一个脏兮兮的塑料铭牌,其侧面上有用蓝色圆珠笔抠出的几个字:皇家苏瓦游艇俱乐部。

尽管民主改革的呼声风起云涌,普通百姓越来越质疑君主制存在的合理性,但汤加政府官员仍然受缚于严重的王权思想。在我为当地组织工作的办公室里,靠墙摆有一排葡萄酒,酒标图案是国王乔治·图普五世(King George Tupou V)的加冕礼,该图案充分显示了他的王者风范。他身穿一件有金色绶带肩章的红色高领外套,胸前挂满勋章,戴单片眼镜,披着貂皮斗篷,臂弯里夹着一顶羽毛装饰的白色头盔。看起来,这位一身现代军队少将装扮的国王，刚刚从吉尔伯特与沙利文①（Gilbert and Sullivan）的音乐剧舞台上走下来，登上了太平洋的权力宝座。办公室里进进出出的职员，因为受曾经的皇室任命而拥有不可被解雇的权利。一个曾经位于荣耀的王宫卧室里的巨大雕刻帽架，现在矗立在办公室的中央走廊上——这虽然对所有经过的人都造成不便，但却是一个几乎不可移动的代表帝王恩宠的图腾式存在。在会见政府官员回来的路上，一个同事带我参观了一家酒店的游泳池。

我们在一个长约20米的无水泳池旁前站立，同事先是说，"我们的国王无比伟大"，然后肃然起敬地低下头。他指的不是现任国王乔治·图普五世，而是国王尊敬的父亲乔治·图普四世。我一脸茫然，但不想因为对他发问而扰乱这一刻的庄严。他很快打破沉默，向我解释道，"国王以前常在这里游泳"，"他要求汤加人民减肥以保持身体健康，并从自身做起，每天都会来这里游泳。最后他瘦了五磅"。我听他这么一讲，觉得已故国王确实是他治下人民的榜样。当我们离开时，我注意到旁边房间里伸出一块小红毯，通向泳池台阶，那应该是国王来游泳时专用的。

我为之工作的地方组织，在某种意义上正是这套体制的产物，它与汤加君主的特权庇护有着错综复杂的关系。虽然我从马法讲述的故事中对此已经有所了解，但一直到在机场亲眼看见一些事实，我才明白马法所言不虚。我之前并不知道会和王室成员乘坐同一班机抵达汤加。当飞机降落时，停机坪上一支身着红色外套，头戴亮白色羽绒头盔的军乐队走来走去，奏起国歌。另外还停着

---

① 吉尔伯特与沙利文（Gilbert and Sullivan）指维多利亚时代幽默剧作家威廉·S. 吉尔伯特（William S. Gilbert）与英国作曲家阿瑟·沙利文（Arthur Sullivan）的合作。从1871年到1896年长达二十五年的合作中，共同创作了14部喜剧，其中著名的为《皮纳福号军舰》（H. M. S. Pinafore）、《彭赞斯的海盗》（The Pirates of Penzance）和《日本天皇》（The Mikado）。

一辆符合王室身份的吉普车。接上王室成员后，这辆有摩托车队护航的车子沿着汤加塔布（Tongatapu）的一条路飞驰而去。

汤加政治制度的模糊性和特殊性除了反映了波利尼西亚等级制度极端性的一面（在萨摩亚和殖民前夏威夷的社会结构中也很明显），更反映出汤加作为一个仍深受殖民影响的太平洋地区国家，却逃脱了帝国统治的独特地位的根源所在。不过，汤加虽然保持独立，但因为之前曾属于英国势力范围的原因，所以还是吸收了英国19世纪政治的某些风格和特质。汤加有该地区第一部成文宪法，但是，虽然该宪法有威斯敏斯特制度的内核，但实际上却加强了该国的土著政治结构，因为它庄严规定了君主和土地贵族的法律特权、财产所有权和政治权利。这些贵族由30个具有政治影响力的家族组成，这些家族由其各自领主统治。外在的表面风格上，汤加的政治制度也显得颇为奇特，它坚持传统服饰，精心制作的19世纪军服，饰有辫子，彩色腰带。英国统治时期的盛气凌人场面被缩小并搬到了这个太平洋小岛上。但这也是一场政治戏剧，旨在强化人类学家马歇尔·萨林斯（Marshall Sahlins）所描述的"陌生人—王"的概念①。

汤加与该地区的大多数地方不同，这里没有关于移民的神话传说。相反，此处最早的起源故事谈到主岛汤加塔布的居民是"小而黑，由蠕虫进化而来"。另一些人认为，早期的统治者是"从天而降的"，由一位神圣的父亲和一位汤加母亲结合而来。这些故事

---

① 马歇尔·萨林斯（Marshall Sahlins）通过对全世界多个区域的历史记载和神话传说，展现了广泛存在于世界各个地方的一种重要角色：陌生人—王。萨林斯认为在无数的前现代社会中，统治者都是外来的。他们是陌生人，从其他地方而来，带着生与死的宇宙力量，超越了本地人民所熟知的力量。这种外来的力量往往伴随着与本地的联姻形式实现对当地社会的丰产与繁荣。陌生人—王的历史角色表达了人类借用外部"超自然"力量来超越自身有限性的倾向不同文化正是通过将本土社会的延存与这一"他者"联系在一起，从而表达了试图借助外部力量来解决人之生存困境的历史理解。

的存在表明，一个入侵的统治者巧妙地将神圣起源神话的元素与君主政体是原住民社会不可分割的一部分的暗示结合在一起。正如萨林斯所写的，这种古老的王权形式"从社会外部出现。起初，他是一个陌生人，有点让人害怕，但后来他被原住民接纳并驯服了，这一过程伴随着他象征性的死亡和作为当地神的重生"。

在这样的背景下，太平洋地区的各个小型王权（Raj of the Pacific）——穿着貂皮大衣的贵族和接受过桑德赫斯特（Sandhurst）皇家军官学校教育、戴单片眼镜的国王们截然不同，他们又因其拥有的财富、权力甚至是独特的方言与宪法规定的"平民"阶层也截然不同——显得稍微不那么协调。为了保持权力和影响力，当地的等级制度吸收了这些反常的传统。汤加人理解并借鉴了俄罗斯沙皇亚历山大二世（Tsar Alexander II of Russia）的教训：先自上改革，再从下改革。

在我离开汤加的前一个晚上，我又看到了王室车队——这次队伍停在一座小房子外面，房子的入口处有黄铜大炮把守。我不由地驻足观看，几分钟后，一个身材魁梧的人迈着威严的步伐，沿着红地毯从房子里走出来进入汽车里，他的卫兵们立正敬礼。他上车后，车门并未关闭，警卫们仍然立正站立，一动不动。过了几分钟，一只小狗蹦出家门，沿着地毯跳进车里。车门立刻砰的一声关上，警卫们猛踩摩托车油门，车队冲上公路，把过往的车辆逼上了路旁的堤坝。王室军旗在风中飘扬，一行队伍威风凛凛，他们身后只留下马达轰鸣、尘土飞扬以及柔和地拍打着太平洋海岸的海浪声。

*

2009年10月1日上午6时48分，萨摩亚海岸发生了一次巨大的海啸并引发地震。15分钟后，这场地震袭击了萨摩亚主岛上的旅游中心乌波卢（Upolu）南部棕榈树丛生的沿海村庄拉洛马努（Lalomanu）。由于村旁是高耸的悬崖，海浪至此掀起高达 15 米高的浪波，受其影响，5000 多人被困，其中 100 多人被冲毁的房屋压死或被海水淹死。一些现场视频显示，巨大的海啸席卷了萨摩亚的海滨，房屋被摧毁，汽车被抛到空中，就像孩子们在浴缸里玩的玩具一样，四散零落。这个"大洋洲的快乐岛屿"被一种不可阻挡的自然暴行所袭击的画面生动地引起了人们的共鸣，让人想起 2004 年亚洲海啸的画面，触动了游客的神经。这次很快被众所周知的"萨摩亚海啸"之所以造成巨大损失，其背景是近些年流行全球的海滩文化、廉价的度假胜地和阳光假日吸引了大量人员聚集海滩。除了人员伤亡和财产损失，这场海啸还被描述为一场"椰子灾难"，从太平洋到泰国的阳光海岸及其旅游中心都受到了严重地冲击。

距地震震中 300 千米的纽阿托普塔布岛（Niuatoputapu），又称"锡罐岛"，并不属于萨摩亚，而是汤加王国的一部分，不过，它不属于那些时尚的海滨胜地之一。这是汤加有史以来面临的最严重灾难，老旧而不适合航行的阿什卡公主号（Princess Ashika）轮船在沉没之前，用了两个多星期的时间，才穿过公海艰难地颠簸着到达那里。由于暗礁遍布，轮船无法接近该岛，只能把乘客和补给品放到较小的摩托艇上，通过暗礁上一条特别切割出来的通道抵达岛上。如此，大量的食物——大桶过期的索尔兹伯里咸牛肉、金枪鱼、袋装面条、潮湿的纸筒陈品客薯片和各式各样的阿尔诺特消化饼干、巧克力饼干被送至岛上。

尽管如此，该岛还是设法维持了 800 人的生存，他们聚集在海边的小村庄，希希福（Hihifo）、瓦伊波亚（Vaipoa）和法勒霍（Falehau）——以及塔法希岛（Tafahi）岛上。海啸发生近三周后，我被派去评估"早期恢复"项目的进展情况，当我抵达时，所有这些地方都已变成一片废墟。通过被遗弃的家具、清理干净的小径和散落在废墟中的房屋轮廓，可以大概知道这里被毁之前的模样。

这场海啸期间，当全世界的目光都聚焦在萨摩亚群岛上时，威力更大、更高的海浪夷平了纽阿托普塔布岛上四个小村庄中的三个。许多居民被高达6米的海浪卷走，有9人不幸遇难——这对于一个不到1000人的小岛来说，是灾难性的损失。萨摩亚在海浪撞击发生前15分钟收到了海啸预警，但是纽阿托普塔布却没有如此幸运。居民们最初只是感觉到大地轻微震动，但其与以前遇到的震感没有什么太大的区别，除了这次时间较长，持续了将近10分钟。不过，震动过后几分钟内，三个越来越大的海浪中的第一个就向他们汹涌奔来，瞬间造成一系列悲剧。

我和一位名叫伊恩吉（Iengi）的汤加同事，先一起乘坐一架快要散架的老式道格拉斯DC-3飞机到瓦瓦乌（Vava'u）岛，然后被交给一位身形瘦削的岛民，由他带领我们前往纽阿托普塔布。当我们在停机坪上等待登机时，为了保持飞机的平衡，机上的8名乘客不得不起身重新调整座位，其中一个体型巨大的贵族不得不被单独安置在飞机后部。这次调整对我很不利，我被挤在了飞行员和一个名叫巴斯比（Busby）的内阁常任秘书长之间。飞行途中，巴斯比竟然在螺旋桨的轰鸣声中，难以置信地向我描述了世界银行的纽阿重建计划（the World Bank's Niua Reconstruction Plan）：150间耗资巨大，由进口的砖石和混凝土材料建造而成的加州式平房①，将整齐地排成一排，建在太平洋中部一个没有港口的岛屿上。

---

① 加州式平房（California bungalow）是一种简易住宅建筑风格，在美国各地广受欢迎，并在1910年至1939年在其他地方广泛流行。

在四个村庄中，希希福是受打击最严重的，那里除了某个村民曾精心建造的蓝色瓷砖混凝土浴室的框架，什么都没有了。浴室没有屋顶，没有墙壁，也没有其他与其连接的房间，里面只有一个闪亮的白色抽水马桶，独自俯瞰大海。剩下的都是瓦砾：砖块、混凝土和散落在村庄的废墟上扭曲变形的铁皮。

一辆千疮百孔的汽车残骸停在已经倒塌但曾经是屋顶的地方。从汤加塔布过来的新西兰海军部队已经在瓦砾与废墟中清理出一条主路和一些小路。不过，运载他们的船太大了，无法靠岸，为了运送物资和帮助清理，他们通过直升机往来于其间。

村口附近，一块稍微破损的社区布告板幸存了下来，在一场已经演变成末日命运诱惑的灾难中，布告栏上写着几个字："社区领导者　根除　周围"。

劳拉·杰弗瑞（Laura Jeffery）的《纽阿托普塔布：海啸的故事》（Niuatoputapu：Story of a Tsunami）一书记录了很多海啸幸存者的故事。幸存者向他描述了自己是如何活下来的，提到动物们毫无征兆地突然惊慌失措，接着人们看到越来越大的海浪接二连三地向他们袭来。上一分钟人们还在像往常一样忙碌着，下一分钟，就被挂树梢上或者抛到了正在倒塌的房顶上。有几个农民起早到村庄后面的高地上刨芋头。他们不知道白天发生了什么事，当晚上收工回家后才发现自己生活的世界已经被彻底冲走了。

马菲霍（Mafi Hoa）说："那天早上，我和家人在家准备早餐，突然听到路上有人大喊：'海水要涌进村庄了……'我开始并没有在意，吃完饭后开着面包车出门，看到屋外的铁轨是湿漉漉的，后来我意识到这是第一波海浪造成的。再往前走，一头猪像疯了似的四处乱跑，然后我看到了第二波海浪，大概有几米高，从海岸后面汹涌而来，在几百米之外又有一个更大的浪。海浪比椰子树还高，我感到一阵恐慌，开始倒车。这时，一些慌乱的人已经跳进我的车子，有的还跳上了车顶，其他人则站在踏板上，紧紧地抓住车厢两侧。我一直在注视着那更大的波浪，现在它已经进村了，托着整个房子朝我们冲过来。"

米卡·帕托洛（Mica Patolo）说："那天早上我很早就起床去钓鱼了。在回家的路上，我感觉到了地震，看到大海涌向礁石，我快步跑进灌木丛，爬上一棵树眺望。一开始有一个小波浪涌来，尽管当时水淹不到我，但为了安全起见，当这波海水下降时，我还是跑到了一棵更高大的树上。我很幸运，因为很快就有更大的浪来了。从树上可以看到我的房子被冲成碎片后漂过来，我非常担心女儿，我开始手足无措地大哭。大浪过去后，我从树上爬下来，我们的房子不见了，什么也没有留下，村子里也一样，除了房屋残骸，就是在地上扑腾的鱼。我遇到村民，听说大多数人都逃到灌木丛里去了，于是我去那里找我的女儿，当我终于发现两个女儿安然无恙时方才大大地松了一口气。"

伊佩尼·瓦卡塔（Ipeni Vakata）说："地震发生时我在家里。我以前从未在海中看到过这么大的波浪，但即使如此，它也并没有大到把我吓坏。不过，它卷走了我的船，海浪过去后，我开始沿着海滩找寻，幸运地在海里看到了它，便冲过去想把它取回来。突然又有一个大概三米的大浪奔来，我记得我被海浪冲向海岸。我设法在水里站稳，但我看到另一个更高的海浪已经跟在后面，便立刻游向一棵树并爬上去。当海浪打到我身上的时候，我用尽全力抱住树干，很幸运，这棵树根扎得很深，非常牢固。我继续在树上坚持，直到后来海水退去。"

奇怪的是，在这海啸造成的废墟中，我却似乎有种宾至如归的感觉。灾难无论多么严酷，具有多大的破坏性，当它变成了几乎司空见惯的景象，以及伴随着人类不断地重建过程，它都不再像过去那样令人震惊。在这个与我的家乡如此不同的地方，这场灾难——我来这里的全部原因——让我有了这样的思考。

尽管村庄被摧毁,但幸运的是,海拔较高的农田没有受到破坏。每个人都从村里搬到他们花园里的棚屋和帐篷里。之前储备的食物都失去了,海岸附近的水井也已经被海水污染。在一家幸存下来的杂货店里,除了消化饼干,已经陈腐了的巧克力和罐装牛肉外,几乎没有什么吃的,喝的就更少了。

伊恩吉(Iengi)和我睡在躲过海啸的一所学校的地板上,然后捡一些倒塌房屋的断木板生火煮一些米饭,再伴上罐头牛肉,每天只吃一顿饭。一天下午,当我在两个村庄之间来回徘徊,将精心设计的重建计划与更实际的恢复计划(包括住房和饮水问题的解决)进行比较时,一小群孩子跟着我——一个对他们来说陌生的、脸色有些苍白的外国人——穿过废墟。他们以为我在流浪,对我表现出明显的同情之心,每个人都拿来一些美味而新鲜的食物。于是,我发现自己一个人站在阳光下,骄傲地拥有了六个西瓜——这是送给一个完全陌生的人的奢侈而慷慨的礼物,毕竟这些人的生活在几个星期前才被摧毁,此刻正处于食物和水的短缺情形之中。

我们离开纽阿托普塔布岛前往汤加塔布时,需先到瓦瓦乌岛转机。在经历了干热的天气、毁灭一切的灾难、岛民的处变不惊以及纽阿人的慷慨之后,游客中心的"正常状态"让人感觉非常不适,我和伊思吉一样感到格格不入。当他看到一群国际游艇的人为万圣节盛装打扮的时候,低声对我说道:"这些奇怪的外国人。"突然,一位装扮成海盗的游艇司机友好地向我问道:"纽阿托普塔布岛的情况怎么样?"我竟然蒙了一下,过了好一会儿才想起自己也是个外国人。

*

　　2018 年，台风吉塔（Gita）袭击了汤加，作为前来救援的援助协调员，我又一次沿着熟悉的机场道路前行。到达目的地后，我前去协助的当地非政府组织的负责人向我抱怨道："唯一没有被吹倒的就是我的办公室。这么多年来，我一直想把这片白蚁横行的屋子清除掉，可它现在还坚固地竖立在这里。"他从桌子上拿起一个打火机，把玩了一会儿，然后轻弹燧石，饶有兴趣地检查火焰。随后，他又不安地说道："这里随时都有可能发生火灾。"这次灾难的应对与我经历过的其他灾难大不相同。由于台风比较温和，降低了其产生的影响，使得损害相对较轻。大部分地区恢复得很快，过去很长一段时间才请求国际援助，一群联合国机构和一些非政府组织人员从斐济首都苏瓦（Suva）飞来商讨救援计划。汤加政府内部的讨论已经超出了紧急阶段的需要，行政大楼附近的午餐点，充斥着关于能从世界银行（World Bank）获得多少资金援助的争论。令所有人都很高兴的是，汤加刚刚被联合国列入最不发达国家名单，这使其获得无须偿还的国际赠款资格。

　　一位扎着领带、留着整齐的小胡子，手里紧紧握着一把大伞的高官说："是时候去投资澳新银行（ANZ）的股票了。"

　　他的一位年轻的同事则俯身补充说："优惠贷款的使用决定权在储备银行（Reserve Bank）。"

　　短暂的停顿之后，他们又达成一致意见，认为财政部（Ministry of Finance）才是最有权势的部门，应该决定贷款的使用。

　　我离开了咖啡馆，前往与基础设施部官员萨利兹（Salesi）会面的地方，他住在离城镇很远的一个快要倒塌的棚屋里，与刚才两位政府官员所言的权势部门相隔甚远。

　　我赶到后，萨利兹挣扎着走下走廊，看上去几乎走不动了。他嘴里咕哝着对我说："痛风了，我需要买一块滑板了。"他痛苦地坐在椅子上，椅子和汤加所有的政府椅子一样，颜色是代表王室的深红色，上面印着国王的金黄色徽章。这些徽章也是各部门最重要的资产，它们代表着各部门在行政层级中的地位。金融部门的椅子，其徽章是带有镀金皇冠的"GⅥT"（乔治图普六世——在位的君主），这是当前行政制度中的核心部门。而已经斑驳不清，带有"GⅢT（乔治图普三世）"字样徽章的基础设施部在政府机构中排名基本垫底。接着一位身材妖娆的美国老妇人从一个小隔间后瞪大了眼睛，满是不满地说道："我建议政府和世界银行合作。"萨利兹在他那颜色已经掉尽的座椅上痛风发作，动弹不得，没有办法行动，便把我介绍给她，并告诉我她叫普热那拉（Prunella）。

我们简单认识后她一边向我介绍她的工作，一边不容置疑地对我说道："我正在设计应对台风伊恩（Ian）的应急方案。你应该效仿我们的做法。"我问她为什么做这样的工作，因为台风伊恩是发生在好几年前的事情。她生硬地回答说："因为我们第一次重建时候设计的计划就不对。当时担心经费不足，房子都建得非常小，实际并不太适合身形庞大的汤加人居住，所以不得不推倒重来。"然后表情放松下来，微笑着继续说道："现在我们有了非常棒的建造图纸了。"接着转过头去盯着计算机上一个巨大的彩色电子表格继续工作。我和萨利兹很无语地互相看了看，然后他说："我们看看能不能找到一个滑板。"

*

尽管由于汤加政府和红十字会动员迅速，很快对吉塔台风做出了有效应急反应，但仍有一些损失。台风过去几个月后，我拜访了一户人家，他们失去了屋顶和大部分房墙，仍在油布下避雨。

这所房子曾经是一幢十分迷人的建筑，有着高高的天花板、陡峭的屋顶和休闲式游廊，但由于房屋建造年代久远加之遭受白蚁的侵蚀，使它在强烈的台风袭来时被吹得四分五裂。在残砖断瓦之上，我们发现了一张芝加哥城市风景图片和一个写着"温馨之家"的刺绣。经过几代人的精心建造，目前这栋房子却只有一间勉强可居住的房间，屋里的一张已经有些裂缝的油布下面，放着一张泡过水的聚酯床垫。

当我们站在卧室地板上的一个大水坑里，眺望着开阔的天空时，房主人对我说："尽管有油布遮着，但还是会漏水。"台风的破坏具有随机性。该地区除了这所房子其他的都没有受到破坏。房主人继续对我说："我们目前主要是没有钱修理。我是一个建筑工人，其实很清楚该怎么修理。我还有一把铁锤和几个强壮的兄弟，但我们买不起材料。"隔壁是一座富有而精美的摩门教教堂，但它完全没有受到台风的影响。我知道摩门教是汤加最大的宗教团体之一，和该国其他宗教机构一样，平时他们需要教会成员大量的财政捐助，于是我问他们是否提供了帮助。房主人不满地瞥了一眼他们修剪整齐的草坪和质朴的白色建筑后说道："他们不会帮助我们的，我们不是摩门教徒。"

当我离开时，一辆印有苏迪普连锁超市（Sudeep Supermarket Chain）标识的卡车开到了这所残破的房子前，一群戴着超市红色帽子标识的工人跳了出来，兴高采烈地在房前合影留念。这一行为是他们为了营造自己志愿参与救灾活动的假象，离开前，随行的经理还恬不知耻地说："这是一次我们树立品牌良好形象的宣传机会。"

*

那天晚上，在旅馆里，大家都很兴奋。新西兰新任总理杰辛达·阿德恩（Jacinda Ardern）在台风过后访问了汤加，有人看到她乘坐一辆大型巴士在该国首都四处走动了一整天，随行的除了政府官员还有商业和非政府组织的人员。在酒吧和酒店的接待区，救援人员和官员们在那里徘徊，希望能与总理见面握手。许多救援人员一整天都在现场忙碌着，为了这次见面翻箱倒柜找出了衬衫。他们满怀期待地等待着。阿德恩有自己的行事风格，并且被认为是比她的前任更进步的新一代领导人。在保守党执政10年之后，人们对她将恢复在援助、贸易和外交政策方面更为慷慨的传统寄予厚望。所以，刚刚刮过胡子、洗过澡、穿着衬衣的阿德恩的拥趸们聚集在一起，满怀期待地等着总理的到来。但是，经过一整天的握手、微笑和讲话后，总理累了，很快传来消息，她决定睡觉休息，不下楼和大家交谈了。气氛陡然变得凝重。在此之前，为了让自己清醒而没有再喝第二杯的人们，现在都纷纷解开衬衫扣子，涌向酒吧继续喝酒。

一位援助人员说："此刻，我想念比尔（Bill）。"他口中的比尔指的是阿德恩总理的前任。"老比尔，他虽然缺乏足够的魅力，但很愿意跟大家聊聊天。杰辛达的确走在更正确的路上，但是她不会来到我们中间和我们打成一片。比尔是一个坚强的人。"

一位青年代表说："我们不知道自己为什么在这里。"他顿了顿接着说："我的意思是，我喜欢坐着公共汽车四处旅行，去参加开幕式，听一些有趣的事情，但是现在呢，总理并不理会我们？"

当新总理还在睡觉的时候，她表面上的朋友却一直在磨刀霍霍，突然之间，她就失去了原本在聚光灯下的所有光芒。

我离开了招待会，和同事休斯顿·金（Houston King）到附近的一家体育酒吧进晚餐。坐定后，他跟我说："我刚刚花了一年的时间来写一本关于自己的书。"他最近离开军队，在新西兰一家慈善机构中担任后勤经理。我们坐在一台巨大的电视机下，边喝着啤酒，边吃着炸鱼、薯条，电视机正在播放基督城（Christchursh,

又译作克莱斯特彻奇,是新西兰有名的"花园城市")的橄榄球比赛。休斯顿似乎对比赛不感兴趣,更愿意在电视的吵闹声中向我讲述他的人生故事:"我在军队的最后几年非常不开心,于是,我去看了心理医生,问他我到底怎么了。医生说:'你已经长大了。这种情况时有发生——有些人开始独立思考,这时候军队就不再适合他们了。'所以我辞职离开军队,去苏梅(Koh Samui)岛待了五年,写了这本自我疗愈的书。"

他的眼睛仍旧盯着电视,我们叫的新一轮啤酒又上来了,我已经迫不及待地要听他讲讲自己精神世界的成长历程。

他以一种明快的军人风格总结道:"这本书是关于通过约束自己的行为来发现自己内心的故事。"然后继续解释道:"以平常穿衣为例。当我旅行的时候,我会准备三套衣服:崭新的、普通的和老旧的。我依照崭新到普通,普通到老旧的顺序穿它们。"

说完这句话,他沉默良久,我等着他继续说下去,并试图发现这个故事蕴含的更重要意义。是我太笨,难以理解以衣服做比喻说明的道理吗?我让自己打起精神,准备接受突如其来的生活忠告。但事实是休斯顿已经讲完了,他言简意赅地分享完了他在苏梅岛那段时间自我反省的收获。当我意识到这一点时,我立刻对自己没有听他讲更多感到庆幸。他没有谈论瑜伽、佛祖和精神觉醒的时刻。虽然这条建议对我没有产生太多的意义,但至少它仁慈得简短,没有神神道道地说教。

休斯顿最后直截了当地说:"靠心灵冥想自救是不可能的。去他的迪帕克·乔普拉(Deepak Chopra)!"① 他喝了一杯啤酒,继续

---

① 迪帕克·乔普拉(Deepak Chopra),是美国著名的印度裔灵体医学专家和人类潜能研究领域专家,试图通过他的引导领信徒走向内心的平和与安宁,领悟成功的奥秘与本质,掌握存在于宇宙中这种隐蔽而显明的"规则"获取成功与幸福的方法。

观看电视上正在播放的比赛。

　　这时，一位潜水教练斯坦利（Stanley）加入了我们，他盯着另一个方向，从窗户望向夜空，似乎在黑暗中搜寻着什么。过了一会儿，他用柔和的约克郡口音说道："外面太黑了。大海浩瀚而有力，真让人敬畏。"他抑扬顿扬的声调似乎与即将到来的潮水缓慢脉动相吻合。他继续说道："有一天，我去潜水，本来打算去观察一下汤加海沟深处。那里伸进地球内部，超过10千米深，比珠穆朗玛峰还高——我想来想去，觉得这是找死。平常潜水时候，我总是把呼吸器放在身前，以便能随时注意到它。在50米的范围内，如果你按照规程操作，每件事都做对了，就会绝对安全，但在那么深的地方，你永远不知道会发生什么。"说完，他继续凝视着夜空，似乎在思考着水生生物灭绝的可能性，而休斯顿则茫然地盯着上方电视屏幕上的陷入僵局的橄榄球赛。

第二部分　海洋帝国：后殖民时期的遭遇

5. 帕劳共和国

帕劳的前副总统边喝啤酒边说："我是邦德，詹姆斯·邦德。"他大声笑道："几乎每次我碰到美国人，都是这样开场。一开始他们不明所以，最后才明白，这是一个玩笑。不过，先澄清一下，我并不真的认为自己是詹姆斯·邦德。"然后，他挥手叫来侍者，点了一杯马提尼酒，扬起眉毛看着我。

"你知道我接下去要说什么吗？"他还沉浸在这个笑话里，并要我加入进来。"摇匀，不要搅拌。"我附和着说。"不！"他大笑起来。"我将会有两个，但一个也不给你。"他弯下腰，又被自己开的玩笑逗笑了。"天哪"，他平静后继续说道，"我们过去常常在联合国闹翻天。"

在纽约联合国大会的一次会议上，这位前副总统发现自己坐在朝鲜和沙特阿拉伯代表中间。他尴尬地沉默了一会儿，为了和面色僵硬、不爱交流的邻居打成一片，便俯身低声说："你们肯定猜不到。我是邦德，詹姆斯·邦德。"

朝鲜代表立即回答说："我也是。"他们倒在后排咯咯地笑着，就像两个漫不经心的小学生。"但沙特人没有明白,他们一点儿都不好玩。"他说。

帕劳是西太平洋上一个人口超过 2 万的小国,我无法理解为什么它不愿意派人去联合国。作为美国的附属国,这个国家总是按照华盛顿的指示投票。副总统在海外时所扮演的苛刻角色是,在美国太平洋事务部(US Department of Pacific Affairs)的要求下,深思熟虑并说"是"。他最近在一场竞争激烈的选举中失去了职位,但仍在竞选,希望下次能卷土重来。他的妻子马乔拉姆(Marjoram)是当地一家非政府组织的负责人。每一项行动都直接或间接地与维持家庭影响和选举周期有关。

"下次别忘了投我一票",前副总统对服务员说。然后转过身低声说道:"那些选民都是混蛋。你不能依靠他们。"这时,桌子另一端传来了一个声音。"爸爸,他可能不会投票。他是从菲律宾或者别的什么地方来的,所以别白费力气了。"

前副总统的女儿来到餐厅加入了我们的闲谈,她开场先说,她之所以过来是父母打电话请求的,而且这意味着她在本周剩下的时间里不必再见到他们。她的男朋友陪她过来的,他是一个梦想以捕鱼为生的自由潜水员,自从来到餐厅,一晚上都在练习呼吸控制技巧。每静止几分钟后,便会突然扩张他的巨大的肺部,并倒计时计算至下一次吸气的时间,不停重复这个过程。前副总统赞许地咕哝道:"他是个沉默的人。"

帕劳共和国位于菲律宾附近,在 1994 年之前一直是美国的太平洋领地。1994 年,帕劳签署了奥威尔式的《自由联合协定》(Compact of Free Association),赋予帕劳名义上的独立,类似于主权上对美国的依赖。在此之前,帕劳是德国和日本的殖民地,第二次世界大战后,帕劳成为美国的领地。它的多个殖民统治者的元素依然存在,像齐格弗里德·中村(Siegfried Nakamura)这样的帕劳人，一面拿着百威啤酒在凉爽的美国餐厅里闲逛，在烧烤架前沉浸在菲律宾女招待服务的享受中，另一面却靠美国援助资金维持生计［包括 2.5 亿美元用于安置前关塔那摩（Guantanamo Bay）监狱的囚犯］。

虽然这个国家的市中心小但充满活力，其商店和餐馆也可以满足其作为旅游目的地不断增长的需求，其正式的首都是在一个相邻的岛屿上，这显示了一种非常不同的国家愿望和追求。位于巴比岛（Babeldaod）上的帕劳首都，有一个叫恩吉鲁模德（Ngerulmud）的地方，那里有一座台湾地区政府为了感谢华盛顿特区的外交承认仿照国会山（Capitol Hill）形制建造的巨大建筑。这座闪闪发光的白色建筑从周边的围场拔地而起，顶部是圆顶，由宽阔的廊柱走道连接立法、司法和行政机关。国会和参议院的议员们在那里开会，16 个对他们自己的州立法机构负责的州长在行政大楼里都有办公室——他们为全国总人口约 20000 人服务。令人惊讶的是，在这个相对富裕的小岛上的美国缩影中，就像在帕劳人仍然经常称呼的"美国大陆"一样，公务员是在任免制的基础上运作的。政府的有效职能每四年停止一次，因为在每一个选举周期后，有政治关系的一个寻租集团会取代了另一个寻租集团。我曾经观察到，其中一位候选人的竞选口号强调的是"荣誉、家庭、军事"。

2012 年，帕劳遭受了台风"波帕"的袭击。虽然台风造成重大破坏，影响到菲律宾 10 万户家庭，但在帕劳只有几百户家庭受到影响，因此该国最初得到的援助和关注较少。但是，从地方的角度来说，仅仅由当地灾害管理当局领导应对这场台风，这无疑是一场重大灾害。台风来袭三个月后，我到菲律宾从事救援工作，并前往帕劳考察可能需要哪些进一步的人道主义援助。

第一天早上，我和一些志愿者出去看看台风对帕劳的部分地区造成了什么影响，以及恢复工作的进展如何。几个小时后，我们才到达第一批受损地区——不是因为这些地区太远，而是因为我们选择的路线迂回曲折，需要经过许多商店和果园，在那里可以买到帕劳最好的农产品，为我们的访问提供食物储备。志愿者们把可乐、芬达、气味难闻的菠萝汁、糕点、薯片和几包巧克力饼干堆放在行李箱里，他们还要了一整只烤鸡和几道鱼类菜肴。当我们终于上路时，他们吃了很多巧克力，还把当地一种苦味的浆果混着味噌汤和"酷爱"（Kool-Aid）牌饮料后津津有味地嚼着。某一刻，汽车撞上了一个小减速丘，司机转过身来，嘴里塞着槟榔和烟草，饶有兴味地说道，"这个减速丘是我们这一整天遇到的最大困难了"。

最后，我们来到了一个在台风中受损严重的沿海村庄。沿海地区总共有近100所房屋被毁，还有大量农田遭到破坏。然而，在美国的大力支持下，政府在台风袭击几个月后就已经进行了及时而良好的应对。大多数房屋都已完全重建，留给前来帮助的人道主义者的问题仅仅是房子应该刷成什么样的颜色的问题。我们所看到的是村民的生活如往常一样：有的人出去钓鱼，有的人在为新近重建和修复的房屋做最后的收尾工作。村口的一个大院子中，村民自己养的小鸡在自由自在地跑来跑去。这个繁忙的社区在有序地运行。几座最近建造的大房子证明了台风虽然袭击过这里，但灾后重建工作效率很高，重建资金充足，人们的生活似乎已经恢复正常。在我看来，这里就是一个生活愉快的小村庄，看不到什么灾害曾经对这里的影响。

但当我们离开时，一个志愿者转过头来，眼里含着泪水，摇了摇头对我说："这太悲惨了。他们没有钱，生活很穷。我们得离开这里找个别的地方吃饭了。"

司机把我们带到一个公园，我的同事们把他们花了一上午时间收集的野餐带了出来。其中一个骄傲地递给我一盘当地美食：斯帕姆午餐肉①寿司。当我努力想办法不去吃那些用海草小心包裹着的干净的斯帕姆午餐肉时，她脸上露出了很关切的表情问我："你不愿意吃这种肉吗？"同时很担心自己的行为冒犯到了我。

"不，不。"我匆忙答道，虽然胃里翻腾难受，但我还是挑了其中最大的一个寿司，作为我并不讨厌斯帕姆午餐肉的证据，在一瓶绿色酷爱牌饮料②的帮助下艰难吞咽掉。

*

我在帕劳访问期间，经常要花很多时间造访当地的一个机构，该机构的办公室设在日本第二次世界大战时期建立的一个防空掩体里。这个掩体有一扇装着巨大的铰链的又小又重的金属门，加上 1.5 米厚的墙壁，使里面的东西都发了霉且又黑又冷，空气沉闷而压抑。掩体天花板还不够高，一个成年人无法站直，工作人员和志愿者在里面走来走去，好像在不停地互相鞠躬。用于急救指导的旧人体模型散乱地躺在地板上，在发霉的半明半暗的光线下踩过潮湿陈腐的地毯，感觉就像置身于一个心理变态的大屠杀凶手的窝里。

为了逃离这种恶劣的环境，我会和同事们沿着掩体所在的这条路走到首领餐厅（Chief's Diner），这是一家 20 世纪 50 年代的美国餐厅，有光滑的仿皮革小隔间，早餐菜单上有薄牛排。在此约会的一对情侣一起喝着苏打水，一边浪漫地看着对方的眼睛聊天。

---

① 斯帕姆午餐肉（SPAM）是美国一个很著名的午餐肉品牌。这种由明尼苏达州奥斯汀市荷美尔食品公司（Hormel Fc）制造的罐装预烹肉制品，是第二次世界大战期间最负盛名的口粮之一。同时，有着绰号"灵肉"的斯帕姆午餐肉也几乎是每个二战美军士兵避之不及的"阴影"。

② 酷爱牌饮料是美国黑人贫民区居民经常饮用的廉价饮料。

当不说话的时候，他们又可以带着同样爱慕的眼神盯着播放棒球比赛的巨大电视屏幕看。所以，我所经历的帕劳体验是美式生活的，我想知道是否还有一些严肃的原住民文化存在。后来，我听说有一个酋长委员会（Council of Chiefs）在这个国家仍然拥有重要的政治影响力。我很想知道这些古老传统的传承者是否能提供一种替代主流的美国人世界观的可能。

一位同事回应了我的疑问，他拍了拍我的胳膊，小声说，酋长委员会中最权势的首领，人口最多的科罗尔（Koror）镇的首领，现在正在酒吧里用餐。我顺着同事所指的方向望过去，看到一个身材魁梧，留着海象式的八字胡，一头披肩白发的人。

我们上楼结账时，有人恭敬地把他介绍给我，我说能见到他是我的荣幸。我知道要成为一个伟大的酋长，必须得有丰富的经验和献身精神，我希望通过恭维引起正在就餐的他的注意。他从汉堡和薯条上抬起头来，稍稍动了动海象式的胡子，又要了一杯百威啤酒，并没有搭理我。

我以为我的谈话策略失败了，付了账正要走开，这时他抓住了我的胳膊。

他一只粗壮的手朝电视屏幕指了指说了一个字："看。"我眯着眼看正在进行的棒球比赛，想知道我应该具体看什么。他继续怒吼："是首领们在比赛！"然后他非常自豪地用食指戳了戳自己的胸膛，嘴里塞满了啤酒、薯片，说道："像我！"

*

一天下午，我试图开一辆隶属于帕劳灾害管理局的巨型四轮驱动皮卡旅行。在驾驶座一侧的车地板上有一个大洞，我不时地往下瞥，当看到我穿着人字拖的脚下疾驰而过的道路时，感到很不安。这辆卡车的方向盘很小，而且刹车不灵，几乎很难刹住。有人告诉我，如果我需要紧急停车，最好的办法是把车开到路边，或者瞄准最近的山坡冲过去。最后，我对车完全失去了控制，踉跄着走错了路，穿过一个人行横道，最后把车停在船坞旁边的一个小路堤上。

坐在一艘船里的一群学生看到了我"停车"的全过程，当我脸色苍白地从车里出来时，他们朝我喊了一声："嘿，如果你想加入我们，船上还有空位。"

我假装一直想朝他们的方向走，然后向他们回应道："我当然愿意，我要和你们一起走。"为了掩饰我的尴尬，我拖了一块大石头到皮卡车旁边，把它放在后轮下，暗自希望等我回来时，能有艘船不小心出来把它压成一个金属球。

我因为尴尬而脸红，但我尽可能装出一副漫不经心的样子，转向学生道："顺便问一句，你们是干什么的，要去哪里？"

他们是来自关岛大学（University of Guam）的美国人，同他们的老师一起进行班级课外活动——短途旅行。当我们一起乘坐一艘小型摩托艇快速驶出港口时，一幅令人难以置信的岩石群岛的海景映入眼帘。经过数千年的时间，它们的石灰岩基底慢慢地被腐蚀，在帕劳潟湖中心形成了一个由清澈的绿松石色水道组成的隐蔽迷宫。一到迷宫，船就慢了下来，直至停了下来。我被这里海水的迷人色彩所吸引，潜入它凉爽、清澈、味道咸咸的深水中。当我浮上来换气的时候，我惊奇地看到一艘鬼船似的东西，我的同伴们在太平洋明亮天空的映衬下，变成了可怕的白色。据说，水道底部腐蚀的石泥对皮肤有好处，学生们也潜入水中，收集了一把把石泥，然后从头到脚把自己裹在泥里。

我游到迷宫一堵墙上的拱形开口处，在水上踩了几分钟，让轻微起伏的海水拍打着我的下颌，同时我从迷宫浅浅水流营造的宁静中向外，眺望着更黑的潟湖和更远处的太平洋。这时，有人喊道："我们得走了!"但我还是多逗留了一会儿,沉浸在岛上的风和鸟鸣声中难以自拔。当船上引擎启动时,我才赶忙游过去,船穿过狭窄的通道和被大海遮蔽的峡谷进入了泻湖之中。

带队老师看出来我不愿下水,便叮嘱他的学生:"下水时小心一点,你们肯定不想把这些压扁,你们一定能做到的。"看到学生们纷纷下水,我本能地犹豫起来,毕竟只穿一条游泳短裤就跳进一个有数百万只水母的湖里,风险可想而知。我从一个小木墩上慢慢爬下来,猛地吸了一口气,然后滑入冰冷、黑暗的水中,非常担心那些饥不择食的水母向我涌来,把我蜇得千疮百孔。但事实是我并没有立即受到攻击,反而看到了古怪的景象。千百年来,帕劳南部泻湖的埃尔马尔克(Eil Malk)岛中心被侵蚀,形成了一个隐蔽的、被森林覆盖的内陆湖,经常被雨水填满。不知何故,几个世纪前,一些水母设法跑了进去,也许是被一种人类无法记忆的古代气旋吹进去的。当它们发现自己是湖里独有的存在,没有捕食者,不需要任何自卫时,便不断繁衍生息,而且逐渐进化成没有刺的水母。

水母从湖水深处游至浅水层有阳光处,透过水面折射这一简单的原理,近800万的同类都存活了下来。我立刻被成千上万的淡粉色水母包围,它们似乎从湖底较暗的水域中源源不断地漂浮过来,就像无穷无尽的熔岩灯,在封闭的空间里不停地变化着。它们缓慢而有效率地前进,蘑菇状的脑袋突然像脉冲一样收缩起来,把它们推向水面。我被这一景象惊呆了。水里满是水母,我小心翼翼地移动,以免不小心手掌前后划动把它们分开。我常常感到皮肤上有一个又软又温柔的东西,比呼吸的空气要硬一点。我立刻对这些奇妙、有趣、无害的生物产生了好感。

然而,到了2016年,经过数千年进化的帕劳水母开始面临威胁。太平洋水温升高,再加上厄尔尼诺现象,造成了严重的干旱。雨水的减少意味着这个依赖开阔天空补充淡水的湖泊变得更加咸涩。所有这一切，再加上每天前来的 600 多名游客的影响，导致水母数量急剧下降。这里曾经有 3000 万只特别的无刺水母，经过进化专门生活在埃尔马尔克岛中部的一个小湖泊中。而在关闭两年之后，当该湖泊于 2019 年重新向游客开放时，只剩下大约 60 万只。我在湖里游泳时，它们的数量还很多，每分钟我都不知不觉地撞到 10—20 只，让它们呈螺旋状落回到湖底。在干旱最严重的时候——这一独特的环境生态脆弱的标志——他们被认为已经消失了。

　　我游遍了整个湖，看到那不计其数的水母，又吃惊又心痒难耐，沉迷其中。后来，我担心自己花了这么长时间探索，学生们可能已经离开了。我回到码头，却发现学生们都没有动。大部分学生都在湖边坐着，而那些在水里的则要么靠在一起，要么就扒着岸边。其中一名学生被一台巨大的水下摄像机压得喘不过气来，几乎完全被困在了附近的一块岩石上，不知道如何把他昂贵的摄影设备安全地带回陆地。带队老师注意到了我的惊讶。

　　她对我说："他们总是这样的，不习惯四处走动，任何形式的运动都会让他们精疲力竭。我们试图把他们带出去，带他们参观太平洋上远离关岛的其他地方，但他们只是喜欢成群结队地坐着，哪儿也不愿去。"

　　在回去的路上，经过几次失败的尝试后，我成功地与一名学生进行了交谈。一开始，他们就很慷慨地邀请我和他们一起去游玩，所以，我想更多地了解他们。一个名叫阿什莉（Ashley）的学生似乎比其他人略显活泼，她告诉我，其父母在美国失业后，一家人便搬到了美国太平洋领地关岛。关岛大学的学费比其他地方低得多，而且关岛有为美国军事基地服务而产生的大量就业机会。这些可预见的、薪酬丰厚的工作，在美国铁锈地带①（American Rust Belt）是不可能找到的，这些只有在可以服务于政府和太平洋地区军队的地方才能找到。因此她的父母在关岛重新就业并安了家。

阿什莉自称对韩国的一切都很着迷，从韩国的历史到她最爱的泡菜，她说她的梦想是到韩国成为一名英语教师。受她热情的感染，我提到曾经在那里住过一段时间，教了几个月的英语课，包括教了一些五岁左右小孩几个月的英语，这些小孩特别调皮，加上老师们管理得不够严格，他们几乎把课堂变成了喧嚣热闹的足球场。她听我说了这些后非常开心地说："太有意思了，现在每个人都想去韩国教书。"这座冷战期间被称为太平洋"珊瑚之幕"（Coral Curtain）的前军事基地位于孤立的关岛，而关岛以及帕劳等美国属地，现在已成为通往亚洲和新未来的门户。

---

① 铁锈地带（Rust Belt）最初指的是美国东北部的五大湖附近，传统工业衰退的地区，现可泛指工业衰退的地区。

6. 新喀里多尼亚与叛乱的记忆

房间中央的三角形黑色扩音器里的声音几乎没法听清，与此同时，电话线路也受到巨大的来自海洋的静电波干扰。在我周围头脑灵活的人们明智地互相点点头，用纸条来交换信息。突然从外面或者是暗礁深处，很难说清楚，传来一个新西兰人的清晰声音，"非常好"。不过，大家听到更多的是不那么清晰的声音，电波被扭曲后发出嘎嘎吱吱声，就好像一个麦克风正被用力推到某个偏远岛屿的沙滩上，希望借此能听到来自地球内部的声音——一种类似旋涡的带有压迫性的刺耳杂音，似乎在诉说着狂风、海平面上升和迫在眉睫的毁灭。电话静电比人类本身更能表达我们面临情况的严峻性。

我们 20 个人挤在墨尔本一个国际非政府组织的会议室里的免提电话旁，我刚刚被这个组织雇用。据报道，汤加的一个外岛出现了强风——可能达到了台风强度——我的同事们立即采取了相应行动。一个"太平洋特别工作组"被召集起来，尽管我是这个组织的新成员，仍然被邀请参加。我心里想着"这真是令人激动"，感觉自己即将见证一个强大的全球性机构，向位于太平洋上一个人烟稀少、偏远岛屿上的最小成员伸出援助之手的时刻。我们将采取什么切实措施？谁又知道那里真正发生了什么？房间里的人都严肃地盯着电话等待进一步详细信息，或者冷漠地注视着办公桌上的杯子或者办公室灰色墙壁及其上面挂着的一幅古老油画。油画上一位进行临终关怀的护士在安静地给一位上了年纪、留着小胡子，行将就木的绅士读书。我们是在等待汤加岛滑向深渊而置之不顾吗？办公室四周有很多双眼睛人盯着我们，而我们却嘴唇紧闭，屋内寂静无声。

突然，一位法籍成员对大家说："我们法国政府决定要派一位战神过去。"他像克鲁索探长①（Inspector Clouseau）一样，向大家点头，情绪高昂地说着法国政府响应了国际号召，加入了救灾行列。我们很快知道，原来是新喀里多尼亚的法国当局靠着一本一百年前编纂的汤加语词典，派遣了一艘恰好在附近进行演习的海军舰艇前去评估汤加的受灾程度。电话会议很快结束，特别工作组决定稍后重新集合去准备评估法国海军提供的调查结果。工作组成员带着各自的茶杯、工作证，以及笔记本、钢笔和荧光笔——来到自己的办公小隔间，迅速进入工作状态，准备处理即将到来的一系列电子邮件、电子表格——这些邮件和表格构成了非政府组织总部员工每天生活的全部。

当天下午三点下午茶时间，大家出来喝了点咖啡然后顺便在饮水机旁简单聊了几句，之后又很快返回工作岗位，法国海军的电话打过来了。由于大家都很关心他们提供的信息，所以特别工作组以外的人也都挤进来，随着屋内人员不断增加，房间比之前更暗，空气也更少，呼吸都有点困难。房间中央的免提电话又响了起来。那位我们不明所以的新西兰人又从外面的某个地方传来了"非常好"的声音，同时一个国际号码拨了进来，是一个三十位数的手机号码。

办公室那位因为迟迟得不到消息而焦急等待，闷闷不乐的法国人拿起电话并低声回应，"你好，你好"。之前还在屋里走来走去，

---

① 《粉红豹》系列电影中的人物雅克·克鲁索（史蒂夫·马丁饰），史上最伟大的"乌龙探长"，法国警界最头疼的"神"探人物。

躁动不安的特别工作组成员，立刻向房中央的电话围拢过去，俯身倾听发生了什么事。在缺乏信息的情况下，一种狂躁的集体想象力占据了主导地位，并在各自脑海中勾勒出了最糟糕的情况。台风登陆了吗？有人幸存下来吗？有没有关于房屋损坏、庄稼被摧毁和生命损失的具体统计数据？随着静电嘶嘶作响，时间一点点过去，大家越来越往坏处想。我看到屋里的人，嘴角扭曲，眼神里充满了期待，而面部表情则异常苍白，没有一点精神，就像各自护照上的官方照片那样。这一切似乎都在暗示情况显然很糟糕，但真的是这样吗？

过了一会儿，接电话的法国人对我们说："我们的战神该撤退回去了。"

原来，强风没有形成台风，并且几乎没有造成任何破坏。几天的大雨过后，热带低气压解除了，汤加岛又恢复了阳光普照的日常生活，那艘法国海军舰艇神气活现地缓缓驶离，返回新喀里多尼亚。身着浆过的白色热带制服、戴着金色绶带的军官们在法国三色旗下的上层甲板上漫步，船只驶向安静的殖民地城镇努美阿（Noumea）——这是一个经历了原子弹爆炸后仍熠熠生辉的地方。墨尔本非政府组织总部，在递交了一份文件和一些标注为"学习"和"行动"字样的密密麻麻的会议记录后，曾经强大的太平洋特别工作组被就地解散了。

几周后，为了进一步了解那位神秘失踪的战神，我坐上了一架飞往努美阿的飞机。在机场，一场滑稽的审讯接踵而至。由于最近暴发的非典病毒（SARS Virus），所有新喀里多尼亚（New Caledonia）机场工作人员都戴着巨大的黑色防毒面具。不过，这并没有耽误他们履行职责，我被一个带着达斯维德（Darth Vader）防毒面具的工作人员用带法语口音的英语问了一些例行问题。例如，我打算住多久，住哪里之类。但是由于口音以及戴着面具营造出来的紧张气氛，这些例行询问仍然让我感到紧张。这位工作人员还礼貌地问我是喜欢雅致的海滨公寓还是市中心的国际商务酒店，"北面有一些很棒的浮潜活动，但努美阿的姑娘们更漂亮"。看来彼得·塞勒斯（Peter Sellers）①的魂魄又回来和法国人开玩笑了。

在以前的太平洋旅行中，我喜欢霍尼亚拉（Honiara）那种边境小镇的感觉，喜欢莫尔兹比港（Port Moresby）覆满九重葛②的山丘，喜欢苏瓦（Suva）整洁的花园和挥之不去的盎格鲁情结。如果说我在这些摇摇欲坠却充满活力的后殖民时代城市里找到了很多可以享受和探索的东西，那么我想在努美阿会同样如此。这是欧洲殖民主义走到末日前的全盛时期；在英国统治下的苏瓦，大概在半个世纪前就是这个样子。干净整洁、光彩照人的努美阿似乎是法国里维埃拉（French Riviera）③直接降落到了南太平洋——尼斯（Nice）和圣特罗佩斯（Saint Tropez）④的别致完美取代了该地区其他城市的柴油烟雾、槟榔、卡瓦豆和拉斯特法里信徒⑤叛乱。一座座闪闪发光的游艇慵懒地在浮动在港口边的水面上，而

---

① 彼得·塞勒斯（Peter Sellers），1925年出生于英国汉普郡，喜剧演员。

② 热带植物，原产于中南美洲，由于美国东北区气候过寒，只能种在花盆里，冬天须移到室内。

③ 法国里维埃拉，属于法国东南沿海普罗旺斯－阿尔卑斯－蔚蓝海岸（Provence - Alpes - Cote d'Azur）的一部分，为自瓦尔省土伦（Toulon）与意大利接壤的阿尔卑斯省芒通（Menton）之间相连的大片滨海地区。

④ 尼斯（Nice）和圣特罗佩斯（Saint Tropez）都是法国里维埃拉地区环境优美的海滨度假城市。

⑤ 拉斯特法里教（Rastafari movement），又被称为拉斯特法里运动（Rastafarianism），是20世纪30年代牙买加兴起的一个黑人基督教宗教运动。该运动信徒相信埃塞俄比亚皇帝海尔·塞拉西一世是上帝在现代的转世，是圣经中预言的弥赛亚重临人间。拉斯·特法里（Ras Tafari）一名即是对海尔·塞拉西的指称，其中Ras是阿姆哈拉语中"首领"之意，Tafari是海尔·塞拉西即位前使用的名字。雷鬼乐深受拉斯特法里运动影响，同时，随着雷鬼音乐风靡全球，拉斯特法里运动也得到了广泛传播。现在，据估计全球拉斯特法里信徒已经超过100万人。在其发源地牙买加，有5%—10%的国民自认为是拉斯特法里信徒。

沿岸一尘不染的公路上一群特别注重健康，穿着20世纪80年代复兴风格的尼龙紧身衣和闪闪发光的白色跑鞋的欧洲人正在慢跑。法国电视频道从巴黎向努美阿的酒吧、酒店播放填字游戏、真人秀和体育竞赛节目，同时每天到达的航班会带来最新版的《巴黎竞赛》（*Paris Match*）、《美丽佳人》（*Marie Claire*）等杂志。皮肤晒得黝黑、心情愉快的欧洲人举手投足之间都散发着无穷的优越感与自信，而在法国治下饱受不公的卡纳克人（Kanaks）① 在酒吧后面，用法国进口酒调制昂贵的鸡尾酒，制作美味的鞑靼牛排。事实上，当我沿着海滨漫步，穿过努美阿市中心的部分区域时，令我震惊的是，在其他地方，通常情况下，由当地人从事的一些服务性职业，如侍者、店员和旅游经营者在这里则主要是白人，更准确说是由法国人在从事着。

尽管这里的商业是由欧洲人主导的，但这里通行的货币却并非欧元。新喀里多尼亚是法国的一部分，因此自然也是欧盟（European Union）的一部分，但这里并没有象征统一的欧元，在一个日益动荡的时代，泛大陆团结的希望微乎其微。民族国家的货币存在就是破坏这种团结的明显证据。印制精美的法属太平洋法郎（French Pacific franc）与其说是面额不同的货币，不如说是帝国在此颁布的一份文件。它装在一个不知名的钱包里，上面印有太平洋地区的诸多岛屿。一面法国三色旗飘扬在自由女神引领革命风潮的胸脯之上，反面则是一位理想化的，有着轮廓分明的五官，巧克力肤色，头戴鸡蛋花花冠的波利尼西亚妇女。这张纸币好像是高更（Gaugin）② 在该地区定居时亲自设计的。19世纪，

---

① 卡纳克人（Kanaks）是新喀里多尼亚的原住民。
② 保罗·高更（Paul Gauguin，1848—1903）法国后印象派画家、雕塑家。1890年之后，他日益厌倦文明社会而一心遁迹蛮荒，曾经在太平洋上的法属塔希提岛（Tahiti）、马克萨斯群岛（Marquesas Islands）等定居。

以太平洋为主题的帝国货币上的自然风景画一直存在于该领土的日常货币兑换中，不间断地提醒着人们，谁才是这里的主人。

在比特币（Bitcoin）大行其道而现金用的越来越少的现代社会里，法属波利尼西亚法郎（French Polynesian Franc）成为一种颇具戏剧性的货币，它看上去就像电影《卡萨布兰卡》（*Casablanca*）中的赌场道具，很容易想象在里克咖啡馆（Rick's Cafe）中，那些纳粹合作者、抵抗者和难民正用它进行疯狂的赌博，而一旁的亨弗莱·鲍嘉（Humphrey Bogart）[①]则用愤世嫉俗的目光盯着看。

那天晚上，我和一位同事坐在海滩附近一家大型旅游酒店的酒吧里，酒吧的外墙被粉刷成白色，里面空荡荡的。他像鲍嘉一样，一边懒洋洋地搅拌着一杯茴香酒，一边慢吞吞地说："想象一下，如果这个地方独立，它会像太平洋的其他地方一样。"

*

布鲁斯（Bruce）是一位身材魁梧的前法国海军陆战队（French Marine Corps）士兵，他对我说："你教我英语，我教你健身，练出一身腱子肉。"当时，我们被塞在努美阿城外一间教室里，大家坐在一张小课桌前，像小孩子一样等着上课，但好几个小时也不见有老师来。为了使太平洋岛民为未来的灾难做好准备，总部制订了一个区域培训方案，以训练大家应对人道主义危机的能力。来自太平洋地区各国的灾难应对人员参加了这次培训，地点是距离首都几个小时车程的一个旧童子军营地。布鲁斯在努美阿提前退休，生活很清闲，他带着自己的从军经历自愿加入了这项事业。第一天培训的时候，我们俩都热切地期盼着，想知道该

[①] 亨弗莱·鲍嘉（Humphrey Bogart，1899—1957），美国男演员，出演电影《卡萨布兰卡》男主角里克（Rick）。

如何正确地应对这类人道主义危机。

按照世界各地童子军的斯巴达传统（Spartan Tradition），我们很早就被叫起床。尽管这里是热带气候，但新喀里多尼亚的乡村却出奇的冷。我们和来自所罗门群岛（Solomon Islands）、瓦努阿图（Vanuatu）和巴布亚新几内亚（Papua New Guinea）的同事们住在一起，晚上在小床上瑟缩发抖，焦急地等待着太阳快点升起。一个笑容满面的法国人在黎明前走进我们的房间，愉快地说："这里不是西伯利亚，有这么冷吗？"在清晨温暖的阳光中，我走到公共淋浴间，听到里面正在沐浴的人欢声笑语地交谈着。当地人相对来说都比较低调，欢声笑语主要来自欧洲人。他们唱着歌，仿佛从喷头中流出的冰冷的水遇到第一道曙光时那么兴奋。

我打开喷头，但是觉得水很凉，迟迟不愿像其他人一样热情地冲进流出的水柱中，隔壁的一个人注意到这种情况后又重复了那个法国人的话："这里不是西伯利亚，有这么冷吗？"这句话似乎已成为大家的口头禅，大家在说这句话时流露出的高兴情绪让我怀疑，可能的确只是我的个人问题，我也许来错了国家。我犹豫了一下，心想让西伯利亚见鬼去吧，然后鼓足勇气，一头扎进了新喀里多尼亚的冷水里，这冷水能塑造人坚强的性格。仅仅几小时后，人道主义危机应对的培训就已经变成了某种古拉格[①]集中营式的训练了，因为培训人员认为早起、健身和冷水浴是应急反应的身体条件训练的必要组成部分。

我和布鲁斯同桌，友好地相处了三天。教室前方，一张又一张的培训幻灯片闪烁出现。培训人员向我们提出了供应链的问题并引导大家进行讨论，向我们分析了防水布的质量（以及它们是否应该包含加固的小孔），提出了冗长的应急物资清单，并概述了烦

[①] 古拉格是苏联的一个机构，负责管理全国的劳改营。

琐的通关程序。关于如何进行评估和如何分发援助物品也有提到。培训人员还向我们适当强调了运费单和运货单在物流过程中的重要性。一位培训人员说："在救援过程中，大家永远要记住保持微笑。"她在说这句话的过程中露出了那种加州人令人不安的假笑，接着说道："想象一下，如果你是一个难民，遇到微笑的救援人员，你会是什么感觉，微笑在任何时候都是有帮助的。"幻灯片一张一张地继续放着，我们对人道主义救援中后勤工作的细节充分了解之后，逐渐开始走神，睡意也跟着袭来。一位来自瓦努阿图的同事低声说了句"至少这里不是西伯利亚"，我们两眼惺忪地相互瞥了一眼，我没有说话，继续打瞌睡，这种情况一直持续到第四天下午。布鲁斯虽然保持着标准的军人坐姿，但却完全睡着了。

接下来到了把我们所学到的一切付诸实践的时候了。我们被指派去指导人道主义救援行动，培训人员富有想象力地将场地设定在一个虚构出来的太平洋地区国家：乌托邦共和国（the Republic of Utopia）。我与一位建筑师、一位退休的空姐和一位英联邦运动会（Commonwealth Games）前百米短跑运动员结成了一队——这是一种背景、年龄和职业都不同的组合，目的就是考验我们的团队协作能力。如果我们齐心协力，就能把乌托邦共和国从一场即将到来的4级台风的威胁中拯救出来。沉闷的PPT演示结束后，我们被赶到野外，需要合作搭起帐篷，等待台风的到来，我们还被要求用刚刚培训的新技能进行人道主义救援。

事情从一开始就很不顺利。在好不容易设法搭起一个帐篷后，我就明白这次演练的最初目标几乎不可能实现。我们需要先绘制一张粗略的地图，标示出乌托邦小岛上的主要居民定居点和主要基础设施——道路、学校、医院、港口和登陆地，但这非常困难。那位短跑运动员原来是个业余艺术家，在接下来的三天里，他四处收集鲜花，在灌木丛中寻找制作颜料的材料。另一位建筑师痴迷于自己的职业，很快便沉浸在一张张越来越复杂的房屋设计图纸制作中，而那位前空姐以一种从未实现过的热情参与了这些图纸设计过程。他们两人忘记了人道主义行动的紧迫性要求，不紧不慢地给每张设计亲切地贴上标签、分类，并放在一边希望供房屋重建时的参考。

培训人员按照实战中的需要对演习程序进行了严格的规定。虚拟的乌托邦当局仿照新喀里多尼亚政府架构设置了一个平行的官僚机构。我每天都从童子军营地的一端走到另一端送文件，与扮演成相应部门官员的培训人员一起演戏。他们掌管着堆满表格的办公桌，挥舞又大又重要的橡皮图章。我每次拜访这些咄咄逼人的官员，都几乎以被拒绝而告终——要么是我们的表格没有按要求正确填写，要么是邮票没有粘贴在正确的位置，要么是文件提交的截止日期刚刚过去，有时是因为官僚主义作祟，一名官员因为事先有高尔夫球预约而从来没出现在办公室。

我们在难以完成任务的绝望中，采取了一种被边缘化的无业游民惯常的生存策略：犯罪。前空姐把我们手头的文件扔掉，利用她对机场运行制度的了解，伪造了一系列文件，希望这些文件能被一群假扮的且一心要进行行政阻挠的政府官员当作真正的官方文件。当我们采取的造价手段试图误导乌托邦国家当局时，那位短跑运动员绘制的乌托邦共和国地图却变得越来越好了。他在这幅地图上添加了等高线、颜色和地形，并用由鸡蛋花叶子和当地乡村深棕色、红色土壤精心混合而成的颜料，制作出了一幅精美耐看的地图，可以说创造了一个奇迹。虽然这幅地图对于指导我们人道主义救援决策的实际目的毫无用处，但它至少是一件美丽的作品。

那天晚上，当我们继续跌跌撞撞地在演练中前行时，营地收到了一个真正的台风警告，最初是强风，可能在几天内形成台风并登陆。演练突然变得严肃起来,因为我们意识到这正是我们现在训练的项目。过了一会儿,一场暴雨就倾盆而下,营地的正常通信都几乎无法进行。一阵阵的狂风不断吹来,帐篷在一瞬间被吹走了,狂风把它从营地中卷起来又抛下,带走了建筑师的所有房屋设计图纸、前空姐伪造的文件和我们的大部分食物。我们试图夺回帐篷但可惜未果,大家浑身湿透,满身是泥,只能挤在一个破旧的房间内躲避狂风暴雨。有人拿来了一个野营用的小炉子,我们一起吃着方便面,喝着热乎乎的汤,一边思考着下一步该怎么办。

尽管开始乌托邦共和国的紧急情况是虚拟的,但我们最初的应对仍以灾难性的失败告终。想象与现实交织在了一起,当我们准备应对一个虚构的紧急情况时,一场真正的狂风却吹走了我们的营地。我们又湿、又冷、又累、又饿,浑身脏兮兮地窝在临时的房间内,试图挨过这次突发状况。后来,我们看到另一边的童子军营地灯亮着,便慢慢地朝它走去。透过倾盆大雨,这个营地渐渐变得清晰起来,我们一进去就遇到了乌托邦共和国的昔日官僚们。房间明亮而温暖,食物由新喀里多尼亚的原住民提供,桌上摆满了酒,一圈人正围坐桌旁。门上的牌子上写着"学员不得入内"。此时,大家已经就地解散,拥挤在一起。短跑运动员看到温暖的房间里热腾腾的食物,看到那些生气勃勃、脸色红润的管理人员时,抱怨说,"这真是一个古拉格",同时墙上挂着的一张漂亮地图也引起了他的注意。这幅地图以深色调的黄褐色、棕褐色和鸡蛋花勾勒出了乌托邦共和国的轮廓,这正是他之前花费巨大精力绘制的那幅,原来它并没有在台风中被毁掉。这个房间里这些管理人员是真正地生活在一个乌托邦世界中,风吹不着、雨淋不着,而且吃喝不愁,他们就这样看着窗外新喀里多尼亚共和国的土地上台风肆虐,学员们狼狈不堪而无动于衷。

培训结束后，返回的旅途上大家都非常不快，各自脸上都一片阴郁。培训进行得很糟糕，我们这些参与者现在已经疲惫不堪，只想尽快回家，而且对彼此也都产生了厌倦。更糟糕的是，因为与其他地方相比，法国的童子军运动要文明得多，纪律严明，远离酒精，他们把成箱成箱的葡萄酒留在了一个容易进入的储藏室里。走之前，大家突袭了这个储藏室，搬出酒水，放开痛饮。结果，去努美阿的长途车经常要被迫停下来，以满足大家下车呕吐的需要。我们中的一些人连这点都做不到，只能朝着窗外狂吐一气。一回到努美阿，我们就在广场上由巴黎广播公司树立的巨大电视屏幕前瘫坐成一片，上面正播放着日间节目。我们呼吸沉重，气色很不好，屏幕上重复播放的过去几天法国地方烹饪节目，谈话节目和各种其他新节目我们都无暇欣赏。电视上主持人的发问，比如来自里尔（Lille）单调乏味的计算机程序员亨利（Henri），在剪完头发、穿上精心挑选的新衣服后会邀请来自巴黎郊区的平面设计师尚塔尔（Chantale）约会吗？里昂（Lyon）猪肉香肠美味可口的秘方到底是什么？其答案要从附近厕所偶尔发出的呕吐呻吟声就能得到。

*

法国政府对自己在太平洋地区的角色有种种自相矛盾的说法，我觉得很难令人信服。法国政府的相关部门认为新喀里多尼亚是一个法语国家，相当于英国在新西兰和澳大利亚建立的流放地和定居点，因此拒绝接受新喀里多尼亚是殖民地前哨的说法。他们常说的一句话是"新喀里多尼亚是法国领地"。这种声音在法国和欧洲议会都有代表。在整个20世纪80年代，直到《马蒂尼翁协议》（Matignon Accords）和《努米亚协议》（Noumea Accords）出台并规定法国让渡出更大的政治自主权，提出"平衡"的理念从而减少新喀里多尼亚欧洲人较多的南方和卡纳克人（原住民）较多的北方之间的严重不平等之前，这一说法一直备受争议。卡纳克社会主义民族解放阵线（Kanak Socialist National Liberation Front）曾遭到法国警察的残酷镇压，卡尔多奇（Caldoche，19世纪流放此地的法国囚犯后代）坚定地支持法国政府，而努美阿地区政治上追求自由的市民则与其发生了冲突。法国政府主导的政治改革，提高新喀里多尼亚镍矿利润分成比例，以及2018年举行独立公投的承诺，都避免了对抗的进一步升级。这些让步是巨大的，在法国血腥的殖民后期历史上是前所未有的。他们的先锋人物是卡纳克独立运动领袖让-马里·齐宝（Jean-Marie Tjibao），他后来被更激进的独立活动人士暗杀，那些人认为他与法国政府的谈判仍然不够激进。在努美阿的让-马里·齐宝纪念中心，参观者被邀请将他们的手放在他的头像上以展现一种和解的姿态。法国不断地向新喀里多尼亚注入资金，引入政府项目，派驻一些退休人员，这将会导致即将到来的独立公投一定不可能成功。

*

路易丝·米歇尔（Louise Michel）在她的回忆录中这样描述她的童年："我又高又瘦，披头散发，野性十足，厚颜无耻，经常被太阳晒伤，还会拿用别针连在一起的破衣服打扮自己。"米歇尔是一名法国无政府主义者，1871年在巴黎公社的街垒战斗中声誉鹊起，为此她被法国当局逮捕并被送到了新喀里多尼亚的罪犯定居点。她在一座摇摇欲坠的城堡里度过了一段田园诗般的生活，她的祖父整天沉浸在伏尔泰（Voltaire）的书中，几乎不管她。她说庄园的庭院里"有两座坟墓，偶尔会有鸫鸪、乌龟、雄鹿、野猪、狼、猫头鹰、蝙蝠等动物，还有几窝我们自己喂养的野兔"。

米歇尔最初的同情心是针对动物的，她反对任何虐待动物的行为。她回忆起当地农民们的一种消遣方式："他们把青蛙切成两半，看着青蛙的前半部在阳光下爬行，青蛙瞪着痛苦的眼睛，前腿颤抖着，试图从地下逃走。"在明亮的阳光下，青蛙那柔软、巨大的眼睛闪烁着谴责的光芒。这种普遍存在的人与动物之间的不公平感很快转移到她对人类社会的分析中，包括不同阶级之间的经济关系和男人、女人之间的关系。有一次她和堂兄朱尔斯（Jules）一起用琵琶演奏了一个曲目，其间他们对性别优势问题进行了一场激烈的讨论。她对这场讨论印象深刻，"朱尔斯坚持说，如果我从他放假时带来的课本中学到了什么，使我与他的水平差不多的话，那只是因为我是一个异类。这句话激怒了我，于是我拿起琵琶向他扔去"。然后，她无情地嘲笑了那个时代在孩子教育和成长方面的性别歧视。女孩们被人们用"一堆毫无逻辑的废话"教导，随便打发，而男孩们则被要求"说话必须符合科学的逻辑，不能有一句废话"。米歇尔认为这种教育方式，"对我们俩来说，都是一样荒谬的"。

　　她小时候经历的农村收成不好的问题正在发生变化。就像动物被人类残酷地剥削，女孩在教育系统中被男人压制一样，收成不好加剧了穷人的贫困化。亲眼看见了农村的饥荒，她对当局的无情感到震惊，他们的观点是"穷人应该服从而不是阻碍他们"。从那时起，对路易丝·米歇尔来说，她所追求的"一切都融合在一首歌、一个梦、一种爱之中：就是大革命（the Revolution）"。

　　米歇尔在对比了公社女性战友与男性战友在战斗中的表现后总结道："我当时感觉自己就是一个野蛮人，我喜欢大炮，火药的气味和空气中来回穿梭的机枪子弹。我们的男性战友比女性战友更容易胆怯。女性战友即便可能觉得自己的子宫被子弹撕开了，仍然不为所动。她们没有仇恨，没有愤怒，没有对自己或他人的怜悯，不管她的心是否在流血，她都可以说，'必须这样做，这么做是对的'。这就是公社的妇女。在这血腥的一周里,妇女们在布兰奇广场(Place Blanche)竖起了路障,并坚决捍卫它,直到她们死去。"当巴黎公社(Paris Commune)最终被击败时,米歇尔被捕了,幸运的是没有被枪杀。她回忆当时的情景:"我向宪兵扔了一个瓶子,一位站在附近的官员责备了我。我告诉他,我唯一后悔的是我把瓶子扔到了政府的工具上,而不是它的头上。"

当时的法庭报告称路易丝·米歇尔36岁,身材娇小,黑发,额头宽宽的。鼻子、嘴和下巴都非常突出,外貌显示她是一个极其严肃的人。审判很快就结束了,她被判流放到新喀里多尼亚。宣判结束后她进行了简短的陈述:"我不想为自己辩护,也不想被辩护。我永远拥护这场社会革命。"

在拘留所里,没有资源和给养,囚犯们只能自己制作工具。他们生活在米歇尔所描述的"石器时代"(Stone Age)的环境中,她曾经考虑自制一艘木筏逃往悉尼。1878年,她被允许和卡纳克人交往,并很快认识到,卡纳克人正在寻找她们曾经在公社为之奋斗的自由。于是她开始为他们1878年反对法国统治的暴动提供建议和道义支持。她曾经把她在巴黎公社期间戴的红围巾撕成两片,并把它们给了这场暴动的两个领导人,后来这个反对殖民统治的政治组织以戴红色围巾著称。她的两个朋友曾经在开始战斗前过来同她道别。她在书中曾经这样写道:

> 他们勇敢地跳进海中。海水无情,他们可能在穿越海湾时淹死了,或者在后来的战斗中牺牲了。我再也没有见过他们中的任何一个,他们非常勇敢,有着不管黑人还是白人都有的勇气……
>
> 1878年的卡纳克起义失败了,但它再次展现了人类的力量和内心的渴望。就像我们在37号堡垒(Bastion)前和萨特

勒平原（the Plains of Satory）上被镇压一样，这里的白人对叛军也毫不手软地进行枪杀。当他们把一名革命领袖艾泰（Atai）的头送到巴黎时，我很清楚谁是真正的凶手……凡尔赛政府通过这些行为告诉当地人，放弃无谓的牺牲，他们绝不会妥协。

然而，到2018年，承诺就新喀里多尼亚独立进行的三次投票中的第一次失败了。当时我正在巴布亚新几内亚的一个地区布干维尔（Bougainville）旅行，那里也在准备自己的独立公投，当地人密切注视着新喀里多尼亚的事件。布干维尔人先是困惑，然后慢慢地理解了为什么"我们的美拉尼西亚兄弟"不投票给他们自己的国家，脱离法国的统治？布干维尔人在经历了一场漫长、血腥而艰苦的斗争后，也获得了独立公投的权利。对于法国与新喀里多尼亚的关系，他们十分关注也有很多讨论。他们觉得法国对其太平洋领土的态度已经开始改变，虽然关于卡纳克人、欧洲人和新喀里多尼亚人在平等获得国家资源的问题上仍然存在争议，但他们承认，法国已经表示了足够的宽容与让步，"法国"不是"巴布亚新几内亚"。

在20世纪70年代和80年代的流血冲突之后，和解在法国和卡纳克人的关系中成为至关重要的议题，由建筑师伦佐·皮亚诺（Renzo Piano）设计的雄伟建筑玛丽·吉巴澳文化中心（Jean Marie Tjibaou）就是两者和解的象征。但在布干维尔没有这样的纪念物或和解情绪。布干维尔人说："新喀里多尼亚人有良好的教育，可以加入欧盟，他们还有很大程度的自治权，他们和法国有未来。"这些其实也是他们希望从本国政府那里得到的东西。他们最后终于理解："难怪他们独立公投失败，选择与法国共处。"

7. 马绍尔群岛：炸弹、基地和海洋侵蚀

我和格雷特尔（Gretel）在火奴鲁鲁机场等待飞往马绍尔群岛马朱罗（Majuro）①的航班，当时机场内的电视正在转播的NBA勇士队（Warriors）和国王队（Kings）的比赛，勇士队开场后不久就领先了国王队14分。格雷特尔就在这种喧嚣的比赛声中大声对我说："最近，办公室里有很多关于核攻击的讨论。"然后，她向我讲述说她听到一个意外空袭警报的经历，那个警报让夏威夷人（Hawaiians）相信自己受到了来自朝鲜的核攻击。一些夏威夷人怀着悲伤的心情相信了这个消息，接着网上就开始疯传一段一个人向全世界告别的视频。视频中的他郑重地向全世界说道："当你看到这个视频时，那意味着我已经死了。"然后，他把摄像机镜头对准夏威夷午后晴朗无云的天空接着说："距离核弹撞击还有大约25分钟的时间，今天天气真好，我要用这最后的时间打一场高尔夫球。"格雷特尔是否也对即将到来的核毁灭事件表现出同样的淡然，这是否是弗朗西斯·德雷克（Francis Drake）在迎战西班牙无敌舰队之前仍准备打完最后一场保龄球比赛的呼应？②

我问她当时是什么反应，她很平静地说："我给家人发了短

---

① 马朱罗（Majuro）是马绍尔群岛共和国首都。
② 弗朗西斯·德雷克（Francis Drake，1540—1596）是英国著名的私掠船船长和航海家。1588年率军击败了西班牙无敌舰队。据说当无敌舰队浩浩荡荡杀向英国的消息传来时，德雷克正在和朋友玩保龄球，看到朋友十分紧张，德雷克轻松地说："来！先玩完这局我再去收拾西班牙人。"

信，告诉他们我爱他们，然后躲到浴室里喝了杯咖啡。如果你曾玩过高空跳伞，就知道是什么感觉。夏威夷没有任何疏散中心，也没有任何你可以躲避的地方，所以我们坐在家里，有一种高空坠落时胃里翻江倒海的可怕感觉。当然，最后什么事情都没有发生，夏威夷没有任何改变。当警报解除的时候，我走到外面，看到市中心交通灯上方巨大的橙色显示屏上面写着'威胁解除'。不过，之后的几天我们一直还都觉得头晕目眩。"

此后国王队逐渐缩小比分，机场休息室里的人们又继续兴致勃勃地聊起这场篮球比赛。一片嘈杂中，一位从新西兰来的商人无意中听到了我们的谈话，然后突然插话进来。

他说："这真是个奇怪的世界，新西兰政府也变了。政府不在乎经济增长，没人愿意再努力工作。这就是为什么执政党从国民党变成了工党。"他的这个说法好像朝鲜过分地影响了新西兰的政治，而新西兰新总理杰辛达·阿德恩（Jacinda Ardern）的上台，不知怎么地成了朝鲜最高领导人金正恩（Kim Jong-un）的胜利。

在飞往马朱罗的飞机上，我凝视着窗外想知道，当人们意识到即将发生核攻击时，他们是如何度过接下来的恐惧时刻的，为了应对核攻击，他们的日常生活发生了哪些变化。在办公室里，关于毁灭的交流会发生在大家平常聚集聊天的饮水机旁还是部门会议上？人力资源部会不会在最后一份邮件中提到"最后时刻津贴"（根据最后的薪金等级递增），或者花几分钟时间清理一些最后的邮件？但我的幻想被飞机上的对讲系统打断，人也被拉回到现实中。

"终点是马朱罗的乘客请准备下飞机。"听到这句话，我后背一阵发凉——最近关于终点、终结的讨论似乎太多了，让我听到这两个字就有点条件反射。

飞机上坐满了要返回家乡的人和一些留着短发、胳膊粗壮的男人。这些壮汉是前往夸贾林（Kwajalein）美国军事基地的士兵和承包商，夸贾林是马歇尔环礁链中最大的一个岛。自1979年独立以来，基地上的房屋一直是美国通过《自由联合条约》（The Compact of Free Association）①从马绍尔群岛共和国租来的。飞机到达得有些早，大家都沉默地在传送带旁等待各自的行李。这些人都戴上了统一型号的博斯（Bose）耳机，凝视着不远处，一言不发，全神贯注于各自独立的听觉世界。他们也正是通过这种无声无息的技术控制着在加利福尼亚的导弹运载系统，从那里发射的导弹会穿过平流层，准确落在夸贾林泻湖的目标上。时不时地，他们会有一些语言交流，我能辨认出一些明显的澳大利亚口音混杂在美国口音里。他们在彼此的陪伴下轻松自在，互相在苹果手机上分享最新的应用程序——这些士兵要去同一个地方，共同承担一项任务。

美国前总统小布什（George W. Bush）曾有一句名言，他认为澳大利亚在太平洋地区的角色是"治安官"。现在，这位警长正在开展行动：澳大利亚军队在马绍尔群岛一个偏僻的环礁岛上悄无声息地融入美军指挥系统。我想知道，当美国国防部门不小心在夏威夷发出了导弹攻击预警，而白宫里正躺在床上看真人秀并对自己所掌控的核按钮有无比信心且不安分的总统会做出什么样的反应，引发什么样的问题，澳大利亚会有什么动作？在马朱罗机场的电视屏幕上，篮球比赛正在重播。国王队和勇士队现在战成平局，还剩最后一节，注定比赛会异常精彩。

---

① 《自由联合条约》，1983年6月马绍尔群岛跟美国正式签署的条约，通过该条约，马绍尔群岛获得了内政、外交自主权，但安全防务依然由美国负责。

*

在访问马朱罗的头几天里,我漫步街上,在炎热的天气里尽可能走得快一些、远一些,试图找到对这个地方的感觉和方向。地面上的马朱罗和从空中看起来很像:海洋中一条又长又细的环礁,只有一条路贯穿其间。在这里,下班和学生放学的高峰时段道路都会很堵,为了避开路面上的坑洼、突然蹿出来的野猪、减速带和叽叽喳喳的孩子们,司机都会开得缓慢而小心。

我兴奋地走在路上,想去探索一下这个环礁上的道路、商店和为数不多的小巷,但这种冒险的感觉随着时间慢慢变得糟糕。路上完全没有荫凉,来往车辆扬起翻腾的尘土,使徒步探险十分艰难。我的好奇心被这里的地理环境、闭塞、贫穷以及太平洋地区城市化进程中导致的各种问题所阻挠、打击。一路走来,沿街商店几乎没有什么吸引力,被一连串名为"EZ Price"的零售店所主导,这些商店的口号"买更多,省更多"和"你所要的我们这里都有"令人生疑。商店里贴满了新到货的保暖内衣广告,也许马朱罗的冬天比我想象的更严酷。

大多数商店都把窗户遮住了,就像遮住车窗一样,以防阳光直射,这让小镇有一种家家户户大门紧关的感觉。为了吸引那些可能觉得深色窗户令人讨厌的顾客进店,店主们张贴了很多橙色荧光灯标牌,上面写着"营业中"。在距离美国大陆数千千米的太平洋中部,这似乎只是加强了一种商业荒凉的感觉。在一家名为"廉价"的连锁店里,我买了一款内含一种神秘绿色成分,看上去非常像廉价防晒霜的物品。我仔细检查了一下标签,想看看上面写的是什么。上面清楚地写着"警告:使用这种产品会让你暴露在《加利福尼亚州致癌名录》所列的化学物质中"。在马朱罗,可能癌症会对这里的人打打折扣。

当我耐下心来仔细观察这个地方时，发现马朱罗景观的主要特征是汽车、衣服和集装箱。生锈的旧车残骸堆在路边为新车让路。二手服装店陈列着满是灰尘的商品：汗衫、短裤和旧牛仔裤。新希望商店（The New Hope Shop），位于一个黑暗而让人喘不上气来的混凝土小屋子，正在出售一系列发霉的二手衣服。尽管它的名字寓意为简单的美好希望，但在里面待几分钟就知道，它的未来是灰暗而缺乏希望的。船运集装箱，要么在码头上，要么被遗弃，要么以某种方式融入了滨水区人们的家中，严重影响了附近风景的整体感觉。

走了一段时间后，我在一个小小的二手服装店停留了下，以躲避炎热的太阳和道路灰尘。商店主人是一位来自斋浦尔（Jaipur）[①]的印度商人，我假装看看褪色的卡其布短裤和旧T恤，同时和他聊起了他故乡的拉其普特（Rajput）宫殿和风筝节。聊完这两个话题后，我接着又问他："在斋浦尔长大，现在住在马朱罗，感觉有什么不同吗？"我一说出这句话就意识到，这个问题对他是不公平的，这样的比较只能让人感觉到悲哀。他望向房间的另一边，在一堆打折的除臭剂后面，墙上钉着他去世已久的父母的照片。他停顿了一下，带着听天由命和决绝的语气说："我在这里已经12年了。"他只是进行了一个简单的事实陈述，但其中也流露出了某种希望以及逐渐熄灭了的移民热情。我带着一双价格偏高但尺码过小的迷彩凉鞋离开了商店。不过，我买它更多的是出于同情，而不是真正的需要。

马朱罗环礁只有几百米宽，但在上面生活却看不见大海——仿佛街道、商店和房屋聚拢在一起，挡住了观海视线。在其他太平

---

① 斋浦尔（Jaipur）是拉贾斯坦邦（Rajasthan）首府，印度北部的一座古城，在新德里西南250千米处，为印度北方重镇，珠宝贸易发达。

洋国家，一眼望不到大海相当于小岛屿的地理范围被扩大了。广阔的天空和大海消失在地平线上，给人留下一种奇特而浩瀚的感觉。但这里的道路、汽车、混凝土和尘土现在都成了自然环境的一部分。当地报纸《马绍尔群岛日报》（Marshall Islands Journal）上的一篇文章证实了起初我关于这个问题的最坏猜测。这不仅是计划不周和城市贫困的问题，也是一个有意识的选择。这篇文章报道了当地一所学校翻修的事情并且刊登了翻修"之前"和"之后"的对比照片。海滩、棕榈树和通往学校大门的弯弯曲曲的土路都不见了，取而代之的是一个大型停车场，整齐地划分出停车位，一条闪闪发光的柏油路和一个高高的崭新混凝土栅栏。报纸的标题是"更好、更光明"。

于是，我选择从房屋之间窄窄的小巷，向海边走去，希望能在傍晚之前游个泳，冲走身上的泥土和疲惫。有几只流浪狗一直跟在我身后，甩都甩不掉，我只得捡起几块大石头，朝他们扔去，还把照相机带绕在手腕上，如果它们靠得太近，我就把相机当作高科技链球。被海浪的声音吸引着，走完这条巷子最后一段路，但在路的尽头，我看到的不是棕榈树摇曳、泻湖拍岸的太平洋岛屿海滩景象，而是一个垃圾场。岸边堆放着成堆的塑料瓶、包装材料、旧汽车轮胎和缠绕在一起的金属物品，这些物品已经严重损坏，残破不堪，无法想象它们曾经是什么样子。旁边一只小野猪友好地咕哝了一声，我站过去它旁边，一起待了好一会儿，静静地看着这一堆堆的垃圾残骸。

在通往大海的滩涂上，一排排混凝土塔架庄严肃穆，像坟墓一样，在天空和海洋的衬托下逐渐风化。它们就像是一个复活节岛摩埃石像（Easter Island moai）的混凝土版本，是对经济进步神话的冷漠见证。在附近，一条狗的尸体漂浮在不断涌来的潮水上，沉闷地撞击着水泥海堤。我开始往回走，经过之前的房子，穿过大路和街道，希望几百米外的海边会好一些。但最终证明，这是徒劳的，那里也一样，只是更多见的是生锈的汽车零件和毁坏的旧渔船船体。除此之外，可以看到停泊在远处的谷歌创始人的游艇那圆滑的轮廓——一个巨大的水上游乐穹顶，上面竖立着天线和供高管使用的直升机，在这个遥远的美国司法管辖权难以触摸之地安全无虞，真是大开眼界。

我的相机带子缠在外壳上，所以没有拍照。但这个形象一直留在我的脑海里，至少对我来说，这是马朱罗悖论（the Paradox of Majuro）的象征。透过一扇开着窗户的生锈栏杆，我看到一个小孩正在玩一辆鲜红色的玩具车，她的母亲正蹲在旁边，用一个蓝色的大塑料盆洗衣服。这一刻原本是平凡而有趣的，但实际上他们却被海堤和城市生活的垃圾包围其中而蒙上一层阴影。

难怪站在房前望见的是街道，而不是海面，也难怪这里生活的重心是环礁上狭窄的道路，而不是广阔的大海。曾经，海洋给人们带来了生活所需和信息，并通过船只与外部世界建立了联系。仅仅60年前，飞机旅行还没有普及，海洋是全世界的高速公路，几千年来一直如此，但现在它们却成了垃圾场。无目的的漫步使我离几所房子前的一群大狗更近了。它们刚刚注意到我的出现便开始集合。我招呼了一辆路过的出租车，舒舒服服地坐在有空调的后座上，终于避开了这些流浪狗的尖牙。车里的政府频道正播放着发展统计数据和刚出台的政策，一会儿司机调到了新开的504尊巴[①]电台（Radio 504 Zumba），车内接着响起了主持人专业而亲切的声音，他们在互相讲述自己能吃多少。一位主持人打趣另一

[①] 尊巴（Zumba）一词最早源于哥伦比亚俚语，意为"快速运动"，是一种健康时尚的健身课程，它将音乐与动感易学的动作还有间歇有氧运动融合在了一起。尊巴是由舞蹈演变而来的一种健身方式，它融合了桑巴、恰恰、萨尔萨、雷鬼、弗拉门戈和探戈等多种南美舞蹈形式。

位主持人道:"伙计,你昨晚把一整盘的东西都消灭掉了。"另一位主持人回应说:"伙计,你说的没错——我的确吃了一盘,我不否认这个事实,我喜欢保持真实。"

车里的冷气开得有点大,在遇到交通堵塞期间,504 尊巴电台播放了大量流行歌曲,直到政府发布关于病毒性红眼病的健康警告,司机才让歌声暂缓。

我想和年轻人谈谈他们对未来的期望,所以我便请司机把我送到马绍尔群岛学院(CMI),这是一所帮助马绍尔群岛年轻人在美国大学完成本科学位的社区大学。我想知道,他们是如何"保持真实"的。这是一个相对享有特权的群体。他们都是大学生,有机会在美国政府或马绍尔群岛政府找到某种专业工作。我还安排了与当地组织马绍尔独木舟协会(WAM)的会面,该组织招募失业的年轻人,教他们建造独木舟的古老技术以及航海技术。学院和协会形成了一个鲜明的对比。一边是富人的野心和移民的愿望,一边是在马朱罗的城市扩张中变得边缘化和流离失所的人坚守穷困的传统。当我参观时,三名马绍尔群岛学院的学生瑟斯顿(Thurston)、斯凯勒(Schuyler)、沃尔特(Walter)正在学生会闲聊。我邀请他们坐下来一起吃了一份有意大利辣香肠的夏威夷比萨和一大桶冰可乐。他们戴着棒球帽、穿着马球衫,这是该学院学生的典型装束,展示出他们专注、风趣、古怪、开放的性格特质。瑟斯顿的 T 恤是为了纪念密苏里号(USS Missouri),如今,这艘战列舰退役后作为一艘博物馆舰,已经成为日本偷袭珍珠港的水上纪念碑,也是当今美国人的朝圣之地。

学生们在夏威夷住上一段时间后,会回到马绍尔上大学。他们想重新融入马绍尔的文化,因为这是他们的家乡。我问他们是否都来自马朱罗,他们在回答中列出了他们的亲人和祖先所生活的岛屿名字。虽然大体相同,但每个岛屿都有自己的特色、传统和承载地方认同的文化。读这些岛屿的名字让我想起了一种祖先崇拜的形式，在这些名字中，环礁具有了个性，代表着文化的继承和延续。斯凯勒告诉我："我们仍然知道一些古老的故事和歌曲，以及我们祖先来自的不同岛屿，这些对我们来说很重要。"他所观察到可能表明，他并没有完全认同职业教育及其所带来的城市人新身份。

他们入学还有其他一些更世俗的原因。据他们说，这所学院提供了一条通往夏威夷和美国本土大学的捷径，不必三年，两年之内就可以修完课程，得到学位。夏威夷大学（University of Hawaii）、东俄勒冈州立大学（Eastern Oregon State）和耶稣会开办的檀香山查米纳德大学（Chaminade University of Honolulu）的继续教育对这些雄心勃勃、有较强学术能力的人有很大的吸引力。

我问他们毕业后打算回来吗？瑟斯顿回答说，当然，他们是有意回来，获得马绍尔群岛政府奖学金的人必须回国，在政府或学校工作，完成两年的服务期。不过，他说他注意到，"实际上只有富人才会回来"。富人受过良好教育，有丰富的人脉，职业前景无忧，可以在一个只拥有5.3万人口的独立国家担任高级管理职位，并从这些机会中获益，从而进一步积累财富。政府部门部长、贸易和渔业监管（监管法规有时形同虚设）方面有政治影响力且有利可图的工作，驻外大使，驻联合国代表以及前往很多人向往之地——纽约和日内瓦参加会议——都在向他们招手。除此之外，他们还有更多的发展机会：参加灾后重建、气候变化、治理改革会议以及各种主题的海外会议也可以成为引人注目且有利可图的机会。还有很多人成为和平队志愿者①，并垄断了当地商业、政治、

---

① 和平队是美国政府为在发展中国家推行其外交政策而组建的组织，由具有专业技能的志愿者组成。1961年根据肯尼迪总统建议和国会通过的《和平队法》而建立。基本目标是"促进世界和平和友谊"，"帮助所在国满足对专业人才的需要，促进当地人民对美国人民的更好了解以及美国人民对所在国人民的了解"。志愿者中有相当一批大学生。

非政府组织和文化生产方面的职位。

我又问他们那些没有回来，待在美国的人发展得怎么样？

沃尔特立刻回答说："他们去了阿肯色州的斯普林代尔（Springdale，Arkansas）。"他的语气表明他一直在期待着我问这个问题。他解释说，斯普林代尔是一家鸡肉加工厂的所在地。业主们曾经依靠人力成本较低的无证移民提供的廉价劳动力获利。然而，他们后来厌倦了与此相关产生的各种法律问题，便想出了一个替代的解决办法：雇用马绍尔人。对于养鸡场的经营者来说，马绍尔人是理想的工人。他们很穷，几乎没有别的选择，最重要的是他们有权在美国生活、工作和学习。他们每周工作六天，每天两班倒，几乎相当于免费劳动，而且是合法的。几年后，马绍尔近20%的公民用脚投票，来到阿肯色州追寻他们的未来。他们不用再拥挤在马朱罗（Majuro）和埃比耶（Ebeye）这样的马绍尔大城市中苦苦挣扎。对他们许多人来说，到斯普林代尔市给鸡脱毛是通往未来美好生活的正确道路。

离开马绍尔群岛学院时，我拿起了一本由该校学生编的文学杂志《埃托纳克》（*Ettonaak*）。其中，一位名叫图纳·特纳（Tuna Turner）的作者写了一首题为《现在》的诗。它描述了最新一代人的愿望和看待问题的不同视角，他们不同于自己的父辈和祖父辈，是在本国城市化进程中长大的，并不渴望到外国过上理想化的生活。

　　　　我坐下来静静地听歌
　　　　心平气和
　　　　我们是一个整体……

德雷克（Drake）、蕾哈娜（Rihanna）、J.科尔（J. Cole）、

利尔·韦恩（Lil Wayne）[1]

　　他们对我们倾诉

　　我们知道他们的斗争

　　我们也是在贫民区长大的孩子

　　吉诺克（Jenrok）的街道

　　德拉普（Delap）的贫民窟……

　　我们是现代人，我们时髦地生活，我们活在当下

通过这首诗，我们是不是可以说这一代马绍尔人比上一代更具探索精神，他们更向往世俗生活，心中充满烦恼、叛逆与质疑？他们不像上一代人满怀信心地离开家园，以为可以在美国寻找到理想的生活？（正是这个当初承诺"结束战争，为全人类创造和平"的美国最终将马绍尔选作了氢弹试验场。）不过，事后我才知道，图纳·特纳不是马绍尔人而是斐济人，他成长在一个不同的、独立的、更具质疑性的文化环境中。

我想起了之前遇到的那些年轻人：穿着整洁"密苏里号"T恤的瑟斯顿，梦想着到阿肯色州给鸡脱毛的沃尔特，还有一个告诉我他们国家的总统是唐纳德·特朗普（Donald Trump）的8岁小姑娘。对他们来说，夏威夷是"大岛"，而美国大陆（对帕劳人来说）仅仅是"大陆"。我想知道，马绍尔岛民的这种称呼意味着什么？马绍尔群岛是夏威夷的一个"小岛"，"大陆"上的一个环礁属地，是一个被美国引力牵引的小轨道暗礁吗？

为了寻找答案，我见到了《马绍尔群岛日报》的记者凯利·

---

[1] 德雷克（Drake）、蕾哈娜（Rihanna）、J. 科尔（J. Cole）、利尔·韦恩（Lil Wayne）都是美国著名的黑人说唱歌手。

洛伦尼（Kelly Lorennij）。我很好奇，他身上的书生气是一种矫揉造作，还是奥斯汀（Austen）①的作品真的从18世纪的英格兰被介绍到了21世纪的马朱罗。我的猜测可能对他不是很公平，我怀疑他是看了电视剧《傲慢与偏见》，并被少女对达西（Mr Darcy）先生的迷恋所束缚。

凯利一边弹着四弦琴一边对我说："奥斯汀被很多人误解了，一提到她，大多数人想到的都是《傲慢与偏见》，但我对她未完成的小说更感兴趣。她选取了一些小型的、孤立的社会，探讨其中的等级制度和社会习俗，这对现代太平洋地区的人们来说非常熟悉。同时，这些小说很有趣。小说随着时间的推移，在不同习俗之间都能很好地切换，但对许多马绍尔年轻人来说，尤其是在城市地区，真正的问题是他们属于哪种文化，不属于哪种文化——他们既不能流利地说英语，也不能流利地说马绍尔语。"

这一观点得到了马绍尔群岛最著名的爱国者、诗人和气候变化活动家凯西·杰特尼尔·基吉纳（Kathy Jetn-il Kijiner）的呼应。她在联合国大会上一鸣惊人，为女儿朗诵了一首诗——《亲爱的马塔菲勒·佩纳姆》（*Dear Matafele Peinam*），并公开呼吁"用独木舟替代汽船"，以防止气候变化对小岛屿国家造成严重的破坏：

> 我想讲述一个关于泻湖的故事
> 那个清澈、宁静的泻湖
> 躺在太阳升起的地方
>
> 人们说 有一天

---

① 奥斯汀（Austen）是指简·奥斯汀（Jane Austen, 1775—1817），英国女小说家，主要作品有《傲慢与偏见》《理智与情感》等。

泻湖会把我们吞没

它会啃蚀海岸线
咀嚼面包树的根
吞下一排排的海堤
碾碎破败不堪的岛屿

联合国会议上，她亲自抱着举止得体的婴儿马塔费莱·佩纳姆（Matafele Peinam）走上讲台。虽然只有几分钟，但她的到来立刻改变了聚集在纽约参加联合国会议的各国政府代表的态度和看法。在几乎只有成年人参与的国际外交世界里，这些穿着灰色西装，可以呼风唤雨的外交官们一看到这个无辜的马绍尔婴儿却突然变得柔软起来——这个健康而满足的孩子，她的未来掌握在他们手中。

这是一个惊人之举，在某种程度上呼应了马朱罗年轻人的平庸生活。正如凯利·洛伦尼早些时候向我指出的那样，传统很重要，杰特纳也对失去的传统充满了兴趣。语言是这些濒临灭绝的传统之一。在《与布布内恩（BūBūNeien）在沙发上》中，基吉纳感叹到，她在夏威夷长大，在美国上学，由于长时间与家乡的疏离，语言的限制使她无法与祖母进行有效的沟通：

我无法说流利的马绍尔语
我的英语发音习惯已深入骨髓
语言是横亘在我面前的一堵墙
这让我很羞愧
我用一种外来的语言
取代了我的母语

颇具讽刺意味的是，虽然英语是国际语言中使用最广泛的语言，但为了当地人和原住民的生存，她需要用自己的母语进行战斗。

回到马朱罗——这个远离纽约联合国权力的世界，青年失业率居高不下，人民生活得没有尊严，以及介于马绍尔传统和美国文化统治之间的新型混合型城市文化——年轻人想要掌控世界。他们要么移民，要么辍学待在家里，低调地与大家庭成员们居住在一起，要么前赴后继地走向自杀的道路。另有一个选择是加入美国军队。我遇到了一名记者埃德蒙·埃托（Edmund Etao），他来自夸贾林环礁湖内的埃贝耶岛（Ebeye），为夸贾林岛上的美国军事基地提供服务。埃德蒙生长在一个经常被称为"太平洋贫民窟"的地方，他在学校表现卓越，并获得了奖学金，就读于丘克（Chuuk）一所学术上很强但等级森严、纪律严明的天主教寄宿制学校。丘克是密克罗尼西亚联邦（the Republic of Micronesia）的一个州，毗邻马绍尔群岛。他在学校的最后一个学期，美国军方的招募人员出现在校园，并会见了一些聪明伶俐、擅长运动的学生。

埃德蒙指着我们见面的那家餐厅的菜单，告诉我："他们就拿着像这样的一份长长的单子。他们列出了一长串你在军队可能做的工作——从做饭到会计再到后勤管理——其中很多工作听起来很无聊。然后，他们介绍完一页就翻到下一页，并建议我可以考虑一下第12项的工作，说这个工作特别受欢迎，我们学校的许多人都选择并爱上了这份工作。"埃德蒙边说边用食指慢慢地顺着菜单上长长的单子往下划，最后停在了一张香蕉馅饼和几勺色彩鲜艳的冰激凌的图片上。它看起来又实惠又好吃，非常诱人。最后他说："这就是他们向我展示单子上第12项工作的方式，看起来很不错，我马上就签了约。"

在"选择"了这项工作后，埃德蒙前往一支前线作战部队。

他在得克萨斯州（Texas）完成了两年的训练，然后随一个拆弹小组被派往伊拉克（Iraq），直接投入激烈的战斗中。不过，他所接受的训练已经过时，比他被派去拆除引信的当地爆炸装置和致命的陷阱炸弹落后了好几年。他最初在轻装机动部队，非常喜欢巴格达（Baghdad）市中心人口稠密、建筑密集的地方。随后，他被转移到一辆更大型的装甲坦克上，这辆坦克在城市中缓慢行驶，非常容易遭到攻击者和自杀式炸弹袭击。有一次，一名男子将"汽车炸弹"高速开向坦克，并顺带炸毁了一个拥挤的市场。他亲眼看见了这次可怕灾难的发生。出乎我的意料，埃德蒙略带平淡地说："我的部队死了五个人，事后每个人都有创伤后应激障碍（PTSD），但我觉得自己很幸运。我在马绍尔人的大家庭中长大，这是其他士兵所不具备的。如果他们在成长过程中没有得到这种程度的支持，那么PTSD就会非常糟糕。"

这让我想起了一次对一位美国陆军心理专家的采访，他承认人类总体上并不特别喜欢互相残杀，只有在特殊的条件下才会这样做。除了敦促军队"拥抱死亡"这个单词，他认为，军队本身无法创造出让士兵想要在战斗中杀人的必要心理条件。取而代之的是，它需要从经历贫穷和绝望，从破碎家园和动荡环境中成长的人群中招募士兵。他认为，在这种情况下，培养一个能够并愿意杀人的战斗士兵的工作已经完成了一半。

埃德蒙幸免于难，但也付出了巨大代价。他的PTSD症状包括酗酒，对封闭空间和高楼林立的城市，意味着你很容易成为攻击目标的交通堵塞挥之不去的恐惧，以及在前线肾上腺素过度分泌后的极度无聊。埃德蒙所做的最糟糕的事情之一就是入侵伊拉克，逮捕可疑的极端分子或炸弹制造者。这种行动往往发生在夜深人静的时候，而且常常是基于不准确的情报。凌晨3点，全副武装、肾上腺素飙升的海军陆战队员破门而入，罪犯的家属们惊恐万分。

埃德蒙告诉我："在马绍尔，我们都是有家室的人。我们互相照顾，在伊拉克也是如此。当我们破门而入的时候，我认出了和我生活的相似之处——一个大家庭，所有的孩子在周围跑来跑去，他们之间关系很亲密。对我来说，我讨厌针对他们的行动，但其他一些士兵似乎很喜欢这种突击行动。"在军队休假期间，埃德蒙回到了他位于夸贾林环礁湖的家乡埃贝耶岛。在乘坐20分钟的轮渡到达埃贝耶之前，先要经过夸贾林军事基地。通常情况下，访问一个军事设施是需要授权的，但因为他是一名现役军人，所以有权进入。一进去，他就发现这是遥远太平洋上一个类似种族隔离之地。

他告诉我："他们中的大多数人都是承包商。即使不穿制服，我也能从他们的体态、身材、发型和衣服分辨出谁是士兵，谁不是。我数了一下，共有7名士兵。我去了酒吧，点了一杯饮料，但却被告知不允许在这里坐下，需要去马绍尔区。我给他们看了我的证件，当他们知道我正在战区服现役后对我突然变得非常尊重，并给我道歉。这种行为是这里更深层的文化的一部分，尤其是对军事承包商来说。"

"他们大多不是军人，并且主要是白人。由于他们待在军队或者说一直和军队生活在一起，所以部队为他们准备好了一切。他们享有军队人员的各类待遇。这里的学校质量都很高，学校从美国得到了额外的教育资源支持，有美国来的老师。这里有游泳池、电影院、自动取款机、高尔夫球场、汉堡王（the Burger King），甚至还有保龄球馆。你去球馆花钱打保龄球，他们会免费给你擦鞋子。后来我遇到了这里的指挥官，他说很欢迎我，但当他发现我来自邻近的埃贝耶岛（Ebeye）时，他说，'请不要带你的马绍尔朋友过来'。这里的一切都很奢华，人们开着高尔夫球车四处游玩，然而几分钟的车程之外，距离此处大约0.3千米的地方，1.1

万人拥挤地生活在一个小岛上。"

我给他看了我在夸贾林基地看到的一个标识——上面用英文写着"只有授权之人可以进入",但据我了解,马绍尔语的翻译要宽泛得多。埃德蒙点点头,简洁地说:"没错。马绍尔人不允许进入这些场所。任何被抓住的人都将面临监禁。"

这时埃德蒙的朋友弗朗西斯(Francis)来了。他和埃德蒙是同一所高中的学生,不过,他没有参军而是当了警察。他兴高采烈地对我们说:"今天是夸贾林从日本人的统治下解放出来的独立日,让我们一起庆祝一下。"然后他点了一轮酒。我们互相碰杯,为独立干杯,很快地喝了起来。几秒钟后,我们就感觉喝下去的是柴油而不是酒,嗓子开始冒烟,然后剧烈地咳嗽起来。我的胃一阵痉挛,喉咙发烫。

"这是什么东西?"埃德蒙稍稍恢复了常态后问道。

弗朗西斯脸色苍白但得意地回答:"这种酒的名字叫'完美一击',以比基尼岛最大的一次核试验命名。"

酒保在一旁嘟囔道,"这个酒的确是够你们喝一壶的"。

短暂的沉默和沉重的呼吸声之后,埃德蒙和弗朗西斯又开始回忆起他们在学生时代的纪律、勤奋以及耶稣会的教育传统。弗朗西斯说:"这些东西会摧毁你也会成就你,今天的我就得益于这些东西。"接着我们开始喝下一轮酒。

这两个人讲完了高中勤苦的学习生活后,也到了我们该离开的时候。在途中的某个地方,这些酒已经把他们的耶稣会老师通过教育灌输给他们的零星的拉丁语弄掉了。

埃德蒙在分手时用拉丁语含糊地说:"我的天哪。"

弗朗西斯跟跟跄跄地走了,他在马朱罗唯一的一条公路上寻找出租车,嘴里呼出的气味令人作呕。他一边挥手,一边用拉丁语喊着:"为了上帝的荣耀。"

*

请帖上写着："欢迎和感谢你来参加我的第一个生日胡须派对。"上面还有一张照片，照片上的孩子名叫耶利米·拉朱托克·海米·内森（Jeremiah Lajutok Hemmy Nathan），看上去很活泼，穿着三件套西装，戴着假胡子。在去参加聚会的路上，我和一群内森的亲戚挤在一辆小货车的后座上，足足走了半小时。他们都是半睡半醒的孩子，满脸地不高兴，还有一旁忧心忡忡的母亲，卡车在越来越大的大风冲击下，沿着唯一的道路急转弯，驶往小岛的边缘。在我身旁，一个矮胖的年轻小伙子斜靠在一张电子琴旁，戴着一顶芝加哥公牛队（Chicago Bulls）的帽子。我向车外张望了一会儿后，觉得时间还早，决定跟他们聊聊天，便用一个温和的开场白开始。

我问这个小伙子："你会弹电子琴吗？"

他沉默了好一会儿才回答道："不，我不会弹。"

我仍然觉得拥有一台电子琴意味着对音乐有兴趣，便继续问道："你在乐队里工作吗？"他仍然是沉默了一段时间才说："不，我不在乐队工作。"

我抬头看了看他的帽子，尽管高速行驶的汽车上有一股巨大的气流，帽子还是奇迹般地扣在他的头上纹丝不动。有那么一会儿，我想问他是不是公牛队的球迷，但我想了想还是没有说出口，因为我感觉到了自己并不受欢迎。

我们终于到达了我第一次参加的生日胡须派对，看到很多人在排队进入一个拥挤的大厅。我和闷闷不乐的小伙子地站在一起，孩子们摇摇晃晃地走来走去，里面传出震耳欲聋的音乐。其他人似乎都玩得很开心，除了我们俩，更糟糕的是，我们在等待入场的时候都是在一起的。

我又鼓起勇气问了他另一个问题:"你也在马绍尔群岛学院学习吗?"

他这次没有像前两次那样保持沉默,而是显得很高兴,大胆地回答了一声:"LA。"我知道他的意思不是洛杉矶(Los Angeles),而是人文学院(Liberal Arts)。

我盯着自己的脚试图缓解这段尴尬,他看起来很为难,再一次沉默后,他小声地说:"我英语不太好。"

一个八岁的孩子把我从这个社交灾难中救了出来。东道主瑟斯顿(Thurston)正忙着准备食物、音乐和舞蹈,还被他的小侄女卢拉(Lula)摇得晃来晃去。他用手指着我对他的侄女说,"好好照看这位先生",而她显然不为所动。几分钟后,他带着一个更小的孩子出来了,并将其放在卢拉的怀里,卢拉更生气了。

我问她怎么了,是否玩得开心。她回答说:"还好,这次宴会比我过一岁生日时大得多。"她正是因此而感到恼火,更令她不快的是她还被安排来照顾我。

这是一个正式而喜庆的聚会。一排又一排的桌子,按照社会地位面对着舞台排列好,台子上一群舞者表演的是一种混合了波利尼西亚和西方风格的舞蹈。就像在图瓦卢所做的那样,精力充沛的舞者会特别地拿着一瓶科隆香水四处走动,向舞伴或者客人喷洒香水;在这里,他们还会向观众或任何看起来不开心或打瞌睡的人扔预先包装好的礼物。包括车上那个小伙子在内的乐队成员坐在空荡荡的舞台后方。他们不演奏任何乐器,只是偶尔唱歌伴舞。大部分时间里,他们都坐在那里盯着观众看,不时地调整音响设备。卢拉和我在大厅的后面观看舞台上的表演。

慢慢地,持续的律动,舞者的热舞,凉爽的晚风和宾客的随和,把我刚到时忧心如何度过一个漫长夜晚的情绪吹得烟消云散。我像其他人那样看着表演。人们没有走来走去和别人交谈,似乎是这里的一个特色。没有强迫性的交谈，不用准备关于工作、学校或天气的尴尬开场白。当没有人可以交谈，或者没有被疯大叔或烦人的居民追着聊天的危险时，人就不会感到焦虑了。也许这是一个岛国社会的独特产物，每个人都心知肚明。不太需要闲聊或刻意的介绍，但大家内心流露出的却是一种热烈欢迎的态度，一种欢乐和庆祝的情绪。突然，卢拉和我不由自主地大笑起来。

食物上桌后我大概看了下，选了一堆用椰子奶腌制的新鲜金枪鱼开吃起来。卢拉用一个厌恶的眼神看着我，并试图阻止我："你竟然吃金枪鱼！你真奇怪。"然后她说："我喜欢吃拇指"，便开始咬她的手。这个动作仅仅持续了几秒钟，手指的诱惑力似乎就消失了，她拿起一只多汁的龙虾开始吮吸起来。但这也没令她满意，直到她发现龙虾橙色的触角实际上是一只眼睛后，才开始更加高兴地啃咬起来。她边狼吞虎咽边说道："龙虾的眼睛真漂亮。"

在马绍尔人的社会里，第一次生日聚会很重要，甚至比结婚还要重要。这在某种程度上是由于婴儿高死亡率造就的社会文化习俗。如果孩子活到一岁，继续存活的可能性就更大。在马绍尔群岛，这一场合也是获得完全人格的标志，而且往往是给孩童起名的时刻。因此，最好是尽量推迟庆祝时间和减少感情投入，直到确定孩子能活下来。但还有另一种更有趣的可能性。密克罗尼西亚群岛倾向于母系：最终将土地和政治权力传给后代的主要关系是母子关系，尤其是母女关系。不过，特别是随着金钱、基督教和日益迅速的城市化的进入，密克罗尼西亚的这一文化习俗现在已经有所改变。在城市化中，独立的核心家庭开始确立自己的地位，而且在宗教和立法上都有利于男人。

在当代混合型社会中，男性占据了公共和政治空间，并在议会和传统会议等决策场合中占据主导地位。然而，前基督教和前母系传统的继承和文化联系仍然存在。在马绍尔群岛，母亲出生的环礁仍然是孩子的家,就像母亲的家族对土地和所有权的主张一样。将新生儿的脐带埋在母亲家所在的环礁上,作为孩子与母国的联系纽带,这一逐渐消失但仍然流行的传统更加强了这一点。通过这种方式,庆祝一个孩子活到一岁的庆典就成为中心环节——生日胡须派对的主角婴儿将成为母系文化、土地所有权和传统的继承人。午夜过后,我回到了酒店,走到环礁湖边,带着咸味的凉风吹拂着我,我向黑暗望去,凝视那些躲避在远处海洋中的渔船。

*

第二天,我起床拉开酒店窗帘,迎接在马朱罗新的灿烂一天。一群美国人和马绍尔人满怀期待地聚集在一起,观看新英格兰爱国者队(New England Patriots)对阵费城老鹰队(Philadelphia Eagles)的超级碗比赛。这两支队伍,正如评论员所说,老鹰队稍微弱一些。酒吧里仅有的两台电视机都调到了最大音量,气氛紧张而热烈,里面的游艇客、常住客、就餐者和一些想家的人聚集在一起,完成痴迷橄榄球的仪式。

看比赛的过程中,休·劳瑞(Hugh Laurie)扮演的布鲁斯·斯普林斯汀(Bruce Springsteen)[①]浮现在我的脑海里。劳瑞身穿一件格子夹克衬衫,戴着头巾,唱着一首没完没了的歌,歌词只有"美国,美国,美国,美国",直到斯蒂芬·弗莱(Stephen Fry)上台,用一块砖头敲打了他的头。[②]那不过是戏剧,但这样的情景

---

① 美国著名摇滚歌手、作词作曲家。
② 休·劳瑞(Hugh Laurie)与斯蒂芬·弗莱(Stephen Fry)是英国著名演员,二人合作过一出英国经典讽刺喜剧《一点双人秀》。1986—1995 年,该剧在 BBC 播出。不同于主流情景喜剧,每集均由数个独立小品组成,两人分饰多角,针对某一历史事件或社会现象,或明里挞伐,或暗中嘲讽,不时拿上流社会的贵族、政要和名人开涮,时任英国首相撒切尔夫人、约翰·梅杰亦不能幸免,成为揶揄对象。除了重口味的政治笑料,剧中也有无厘头的冷笑话,费脑子的双关语,以及简单直接的滑稽剧。

却真实发生在开赛前。先是两支队伍的每个运动员都出现在屏幕上，主持人宣布他们的名字和一家"类固醇研究"（Steroid Studies）公司给他们提供的大学体育项目奖学金。"里克·豪尔（Rick Hauer），弗吉尼亚理工大学（Virginia Tech）"，"约翰·琼斯（John Jones），亚拉巴马州州立大学（Alabama）"，"勒罗伊·史密斯（Leroy Smith），罗格斯大学（RU）"……队员们一边嘴里说着些什么，一边先后出现在越来越兴奋的观众面前。接着，第一位上台的歌手用不断重复的动人的歌词，倾吐他的爱国之心，"美国，美国，从西海岸到东海岸""美国，美国，从西海岸到东海岸"。最后，一位自称平克（Pink）的歌手演唱了《勇敢的美国》（America the Brave）和美国国歌。不过，我回过神来，环顾四周，却发现没有什么砖块出现。

但事情并没有就此结束。五个主要师的旗帜展开，一群老兵聚集在战场中央，选出一位投掷硬币。这些可不是我之前见过的那种戴着上面有一枚奖章图案，前面还清楚地写着"退伍军人"字样的珍珠哈勃运动棒球帽的普通退伍军人，这些军人每次到公园入口处，都特别期待菲律宾裔的售票员主动说一声，"谢谢你为国家的付出"。电视上这些退伍军人都被授予了荣誉勋章，以表彰他们在对抗"敌人"（敌人没有明确定义）的行动中表现出的无比勇气。硫黄岛战役英雄，"疯子"赫歇尔·威尔逊（Herschel "Loony" Wilson，现在他在超级碗中的绰号就叫粗鲁的"威尔逊"）掷出了这枚硬币。当戴着防撞头盔、穿着紧身衣的球员跑出场地，开始在空中挥拳打气，让自己精神振奋时，人群和一队队的女啦啦队员们疯狂地呐喊展示出中西部人的魅力。正在酒吧里大口地喝着冰茶和百威淡啤的观众们也跟着兴奋起来，不断地喊着"这些妞真不赖"。

旁边，两名澳大利亚巡逻艇驾驶员正在超级碗的喧嚣声中讨论道德问题。其中一位说到他的本地女友："我们之间有很多不同，她很穷，什么都没有，但最终她得到了她想要的，我也得到了我想要的。"他的伙伴喝着酒咕哝着说："是啊"，然后转向吧台后面的女服务员，又点了两杯啤酒。在同伴的鼓励下，他不断地问服务员："你是单身吗？"然后又要了一瓶百威啤酒。

  我觉得很无聊，决定离开酒吧。我沿着大街走着，看到一些孩子在玩一个有趣的游戏。一群九岁的孩子站在路边，这个游戏的目的是说服一个比他们小一点，懵懵懂懂却很高兴的五岁左右的孩子，在来往的车流中冲到马路对面。我突然意识到，在马朱罗，要做的显然还远远不够。

8. 埃贝耶：两个环礁的传说

在去机场的巴士上，我坐在一个抽烟的老人旁边。他看起来很友好，我们谈了一路，我向他回忆起几年前我去过的密克罗尼西亚共和国首府波恩佩（Pohnpei）岛，他说他就是从那里过来，而且有一些人我们竟然都认识。我问他为什么来到马朱罗。

他简洁地回答说："过来做一些爆破工作。简单点说就是把珊瑚礁炸开，把珊瑚磨碎制成珊瑚粉。"下车分开时，他友好地向我伸出手说："有空到波恩佩来玩，我在那里开了一家夜总会，你可以到那里找我。"说完，他深深地吸了一口烟，然后离开。

要去埃贝耶（Ebeye），需要先乘飞机到夸贾林（Kwajalein），然后转乘渡轮。虽然夸贾林是一个美国军事基地，出入受到限制，但我是乘一辆高尔夫球车从机场到轮渡码头的，所以畅通无阻。这让我想起一次去参观巴拿马运河的米拉弗洛雷斯水闸（Miraflores Lock）的旅行，那里也是高度受限的军事区，美国人在那里过着享受大量补贴的幸福生活。在那片土地上，不仅有充分的就业机会，而且工作报酬优厚，还额外提供津贴、住房和娱乐等福利。除少为美国人服务的巴拿马人外，其他所有巴拿马人都被排除在外。在夸贾林也是如此，都是现在这类事情的典型存在。在夸贾林，这种情况也许不再那么恶毒，而且都被金钱软化了，但吉姆·克劳①的世界仍然存在——一种从来没有消失的太平洋种族隔离。

当我在夸贾林等待前往埃贝耶的渡船时，看到一群士兵从相反的方向过来并下了船，他们走向一个写着"夸贾林美军驻地——卓越社区"牌子的地方。

一个检查证件的门卫问走到门口的士兵："你们从哪里来？"

这个士兵回答说："巴拿马。"那个巴拿马士兵一边说一边把他的身份证交给了警卫："我在运河区长大。"

卫兵仔细看了证件，机械地说："谢谢配合。"

在轮渡码头，一些摩门教徒、联合国雇员和一些从马朱罗回来的普通乘客在一个叫作"美国餐厅"（American Diner）的地方坐了两个小时。这家咖啡馆门口竖着美国国旗，提供的食品也是美式的。菜单的另一边有一幅飘扬的美国星条旗，下面列出了美味可口的选项：美国⅓磅芝士汉堡；大芝加哥⅔磅芝士汉堡；全美¼磅芝士热狗；辣芝士热狗。

离渡船到达目的地还有三个小时，渡船上空间很小，像一个狭小的人群留置所，我在船上四处溜达透口气，船上有餐厅、摩门教徒（the Mormons）和神情沮丧的当地人。我和一位同伴到餐厅吃饭，他是一位来自内布拉斯加州的留着山羊胡的美国人，在一家与美国政府有密切资金往来的联合国机构工作。

他靠在可乐自动贩售机旁对我说："很快机器人将学会思考，并具备人类所有的基本能力，未来的人将不可避免地面临失业压力。最终，我们会认识到，人类——这一有血有肉的物种——相对

---

① 吉姆·克劳是1832年的音乐剧《蹦跳的吉姆·克劳》当中黑人角色的名字。在这部剧中白人托马斯·D.赖斯扮演一名黑人吉姆·克劳，用音乐剧的形式讽刺安德鲁·杰克逊的民粹主义政策。结果，到了1838年"吉姆·克劳"成为"黑鬼"的贬义词。19世纪美国南方立法机构针对黑人颁布种族隔离法案时，后者被称为《吉姆·克劳法》。

于科技改良版的机器来说，就是奇怪的不符合潮流发展的错误存在。"

在我们旁边，摩门教徒热烈地谈论着上帝和他们对埃贝耶的使命。一位女服务员拍了拍我的肩膀，问我是不是点了一份辣芝士热狗。

突然间，我感觉这里似乎离家很远了。

*

马绍尔群岛共和国议会的退休参议员杰班·里克龙（Jeban Riklon）宣布："今天是夸贾林纪念日，像之前一样，我们会举行一场国际象棋锦标赛，现在让我们开始比赛吧。"在夸贾林泻湖（Kwajalein lagoon）的埃贝耶岛（Ebeye）上，一群人聚集在当地酋长住宅的凉亭下，围着一个棋盘。棋手和旁观者都沉默不语，全神贯注盯着棋盘，旁观者遇到棋手的妙招会低声称赞。国际象棋是具有很强进攻性的游戏，随着棋子在棋盘上不断有力地落下，一盘接一盘进行得很快。我很快就输掉了六场。没有太多时间思考，每一次不假思索的落子都会遇到致命的反击，把我认为是经过深思熟虑的好棋破掉。年长的选手在前几轮比赛中占据了主导地位，但当年轻选手上场以及会议主办方宣布了300美元的赢棋奖金时，整个晚上变得更加激动人心。酋长是一位坐轮椅的老人，他曾中过风，一只手臂不能动，但在棋盘上他会用自己另一只健康的手臂制胜。不过，就连他最终也在锦标赛的最后阶段被击败了，比赛在不考虑年龄和地位的情况下变得越加激烈。我被淘汰出局之后，在街上徘徊良久，直到午夜过后很久还没有睡意，我很享受这个夜晚，享受全神贯注于比赛的竞技精神。马绍尔人擅长下棋并不足为奇，他们曾经是世界上最优秀的航海家，曾驾着独木舟驶行过太平洋，现在他们已经掌握了大海的运行规律。对他们来说，下棋是小菜一碟。

人们向我讲过许多关于埃贝耶的事，但只有一个词经常出现：太平洋贫民窟。11000人居住在夸贾林环礁湖1/3平方千米的珊瑚环礁上。它还紧邻夸贾林环礁上的美国军事基地，可以说它是毗邻世界上拥有巨大资源和资金投入地方的贫民窟。该基地也被称为罗纳德·里根弹道导弹防御试验场（Ronald Reagan Ballistic Missile Defense Test Site），是里根"星球大战计划"（Star Wars）的技术中心。在这里，夸贾林和加利福尼亚州的范登堡（Vandenberg）军事基地之间上演了一场惊心动魄的对战演习，两者都向对方发射导弹，并试图予以拦截，导弹的碎片最终都落入了环礁湖。

一份关于夸贾林地理的早期报告说，其在太平洋上的偏远位置非常适合对安全和环境条件要求苛刻的导弹试验。夸贾林是世界上最大的泻湖。虽然基地里到处都是科学家、工程师、分析师、承包商、技术官僚和士兵，但埃贝耶却是清洁工、建筑工人、保姆和低技能临时工的聚集地，他们的居住地离埃贝耶也不过是20分钟的渡船路程。在夸贾林环礁上，整齐的道路呈网格状排列，基地人员居住在宽敞、分布均匀的白色平房里。单身公寓是可以看到海景的舒适住所，每个人都开着高尔夫球车出行。道路维护得很好，路标清晰，环礁上有服务基地人员的游艇俱乐部和高尔夫球场。夸贾林岛上的学校得到了美国政府的额外资助，从全美范围说都是最好的学校之一；前来参观的埃贝耶当地老师非常惊讶的是，学校有交互式黑板，还开设了从航海到戏剧研究等一系列令人眼花缭乱的课外项目。尽管埃贝耶紧邻这个享受高额补贴的富裕地方，但它看起来却是真的贫穷。通过对夸贾林的短暂一瞥，我明白了为什么人们会给这里贴上"太平洋贫民窟"的标签。

尽管有人警告过我埃贝耶贫民窟的恐怖，但真到了却发现那里并非那么不堪。一条环城公路绕岛而建，岛中心有许多小路，蜿蜒在房屋之间。这里街道整洁、房屋坚固，渡轮码头附近有几家商店。这里的人都很友好，由于晚上天气比较凉爽，人们会在外面待到很晚，做一些体育运动和社交活动。几天后，在一个我不认识、也不会说他们的语言的社区里，我感到了前所未有的安全与自在。每个人都在强调的"贫民窟"这个词似乎有点言过其实了。我从来没有在一个地方看到过这么多的孩子——成千上万的孩子在街道和人行道上奔跑、嬉戏、玩耍。他们玩各种各样的游戏，从拍手游戏到橄榄球、棒球、排球，还有一种需要用力地互相投掷沙滩排球的游戏。一些较小的孩子聚集在一个水槽下，花了几个小时玩复杂的弹珠游戏。那些对激烈的体育比赛不太感兴趣的人拨弄着他们的尤克里里琴，静静地唱着歌。对男孩来说，主要的运动是篮球，街上到处都是自制的篮筐，篮筐是用木头和弯曲的塑料组合拼凑而成。随着比赛的进行，人群的往来，街道上气氛活跃，充满活力。这种情况一直持续到晚上 11 点，当地警察会主动帮助埃贝耶的父母，在环路上行驶鸣笛，以督促孩子们回家睡觉。

　　但在快乐的外表下，怨气也开始悄悄酝酿。尽管他们把这个岛屿当成自己的家，并表达了对这里的喜欢之情，但许多与我交谈的人在我问到埃贝耶以及他们对未来的希望和担忧时，都情不自禁地流下伤心的泪水。一位不愿透露姓名的人说："这里没有山，没有麦当劳，但这里是我心灵栖居之所。"然而，在离开家乡攻读国际关系和经济学的更高学位多年之后，他对岛屿的未来深感担忧。当地的公立学校是全国最差的学校之一，资源不足，无法容纳这么多的孩子。大约有 2000 名孩子在上学，但同时也有相同数量的孩子失学。虽然像基督复临安息日会（Seventh Day Adventists）和摩门教（Mormons）这样的宗教机构，为了传播教义，吸引教徒开设了很多学校，但他们的学费要相当昂贵，而且也仅能满足10%的人口需要。

糖尿病几乎成了流行病，家庭暴力和少女怀孕事件也在上升——"孩子生孩子"，一位当地教师如此描述这一现象。当她们怀孕较为明显时，大多数都被学校开除了，这很不利地结束了年轻母亲受教育的机会。另一位当地教师为这种排斥辩护说："她们可以稍后再来复学。"但当我问她是否真的有人回来时，她却又敷衍地说，"不，很少有人回来"。

这里的失业率很高，虽然人们可以在基地找到报酬相对较高的工作，但这些工作主要集中在建筑业，从长期、持久的工作前景看，这类工作并不可靠。

我遇到的一位要求匿名的人士说："人们已经忍无可忍了。我们现在越来越穷，生活越来越艰难，最基本的温饱都成问题。我认为，光靠洛克威精神（Iokwe，马绍尔人好客和团结的文化传统）是不够的，我们总有一天会互相残杀的。"

人们越来越沮丧，尤其是来自埃贝耶受过良好教育和雄心勃勃的年轻人更甚，主要原因在于传统土地所有权问题。虽然政府代表国家和人民，但它不拥有任何土地。位于夸贾林环礁上的罗纳德·里根弹道导弹试验场的租金每年约1900万美元，租金大头都到了地方权势人物手中，然后由他们分给社区一小部分。据报道，这些权势人物中很少有人选择继续住在埃贝耶岛，大多去了美国，住到更加富丽堂皇的地方，尽管当地人口的贫困日益加剧，而学校和医院等本应为他们提供服务的民间机构也出现了明显的不足，甚至连食物供应也很成问题。

除了一个叫"三J"（也许是黄疸、贾第鞭毛虫病和胃肠炎三种疾病的首字母连在一起）的脏兮兮的连锁炸鸡店，我没有其他更好的饮食选择，于是我向另一个旅行者学习，从渡轮码头旁边的超市里囤积食物，度过了这一周。但超市的东西很差劲。在货架间沮丧地走了半个小时之后，我的热情渐渐减退，但仍找不到特别想吃的东西。那里有昂贵的进口水果，但大多数都因运输而破损、伤痕累累乃至腐烂。更贵的是一排排的薯片。里面有一整条过道的方便面，我最后找到了一个冰箱，里面放着一些最近才过期的加工奶酪。除了补充一些盐分或糖分，这些东西似乎不具有任何营养价值。我饿坏了，所以在买了一些东西之后，回到酒店，去来自菲律宾的圣米格尔·皮尔森（San Miguel Pilsens）夫妇那里，蹭了他们一顿临时做的晚餐。

那天晚上我回到房间后就开始偏头痛，无法入睡，还有点发烧。站着稍微有点帮助，但这样无法入睡，而且任何一点光亮都让我更难受。最后，我从床上爬下来，关掉了本已设定好的闹钟，它的柠檬绿色的数字显示我已经疼了好久了。到了凌晨4点，我感到恶心，在黎明前的几个小时里我一直呕吐，最后终于迷迷糊糊地睡着了。

上午九点，我再次醒来，却感到异常的精神抖擞。黄昏时分，我兴致勃勃地去了"三J"餐厅，要了一杯冒充咖啡的棕色水和用馊了的鸡蛋做的三明治。天气晴朗，从泻湖吹过来的微风很凉爽，我突然感觉好极了。

*

来自朗格拉普（Rongelap）环礁的前马绍尔群岛参议员阿巴卡·安杰恩·麦迪逊（Abacca Anjain Maddison）对我说："你知道吗，他们在泻湖里发现了钚。"由于1954年的"布拉沃核爆试验"（Bravo Shot）中的放射性尘埃被来自比基尼环礁的强风吹到很远的地方，她的家人已经被疏散。比基尼环礁就是进行核试验的地方。布拉沃核爆的威力是广岛原子弹的一千多倍，是美国有史以来引爆的最大氢弹。阿巴卡现在住在埃贝耶，这里是许多从不同岛屿撤离的核泄漏受害者及其后代的家园。她说："当然，美国不会告诉我们更多关于核泄漏的信息，也不会帮助我们了解它有多危险。我们在解密的美国档案中发现了这些信息。对美国而言，他们认为朗格拉普环礁和夸贾林环礁是安全的。"她对此表示怀疑，尽管美国对他们施加了巨大压力，要求他们返回家园，但在埃贝耶和马绍尔群岛其他地方流离失所的朗格拉普人拒绝离开。阿巴卡告诉我："我们认为家乡并不安全，如果那里的椰子和鱼都不能吃，那人类居住在那里还安全吗？"她最近刚从瑞典回来，她所代表的国际反核武联盟（International Coalition Against Nuclear Weapons, ICAN）刚刚获得本年度的诺贝尔和平奖。她告诉我："美国人总是认为它可以告诉我们该做什么，并派来很多顾问和专家。但我们必须教美国人知道他们的历史。这些试验并不仅仅发生在这里——它们不是比基尼核试验（Bikini Tests）或埃内韦塔克核试验（Enewetak Tests）——它们是美国人的试验，是美国核战争和冷战历史的一部分。我们必须告诉他们，我们也是人。"

目前，关于核污染的后果以及星球大战计划及其后续计划中被摧毁的火箭碎片对泻湖的环境安全的影响，缺乏相关信息。埃贝耶环境保护局局长指着办公室所在的脏兮兮的酒店房间哀叹道："我们甚至都负担不了这个办公场所的费用。"他给我看了他经常在学校做的关于鱼类铅中毒报告。里面的图表显示这是由环礁尾部的垃圾场引起的。他严厉地告诉我："千万不要吃鱼。"同时把我的注意力吸引到一张图上，一条绿色的鱼，看起来很不高兴，旁边是一些同样绿色和不快乐的人。在一个离奇的环境责任转移中，似乎埃贝耶垃圾场管理不善是引起这些问题的原因。不过，他们没有提到泻湖中可能致命的钚、锶、铯、导弹弹壳和其他已知的军事废料，闪闪发光的水域早已不是往日那种田园风光。

我向他询问关于污水的问题。在其他地势低洼的环礁国家，未经处理的废物直接流入浅滩往往是一个重大问题。

他回答说："人们只要利用海滩，甚至只是上个厕所，污水都会未经处理就冲进潟湖。不管怎样，一定不要吃鱼。"

退休参议员杰班·里克龙（Jeban Riklon）出生于朗格拉普，1952年，他的母亲与丈夫在埃贝耶（Ebeye）离婚并带他重新回到家乡。结果证明这是一个灾难性的举动。杰班是一名核幸存者，小时候曾被放射性火山灰覆盖。他回忆说："我们没见过雪，只是听说过，后来以为白色的火山灰就是雪，所以和我的朋友们一起在这些'雪'里玩。"之后，他开始感到恶心，头发逐渐脱落，年轻的身体上到处都是疤痕。他还提到："现在这里每次进行导弹试验，孩子们都会生病。"

我经常从忧心忡忡的父母那里听到这样的话，他们生活在对试验、癌症影响的恐惧中，以及对怀孕期间受到核辐射污染的母亲生下没有骨头的"水母宝宝"的记忆中。他告诉我："当试验发生时，这些孩子经常会出现类似流感的症状——头痛、恶心、发热。我们知道核试验的时间，因为届时美国会关闭夸贾林基地，不让任何人进入。他们不会给我们任何关于发生了什么事情的信息，也拒绝分享关于生活在火箭发射场可能带来的后果的医疗信息。只要有试验，鸡就会自己死亡。人们想知道'为什么鸡总会死掉'。"

航海家阿尔森·凯伦（Alson Kelen）说："这让我想起了20世纪50年代的美国。"他在夸贾林长大，他的家人在比基尼环礁"布拉沃核试验"前被疏散到那里。他是比基尼环礁社区的前任市长，现在住在基利岛（Kili）和埃希特岛（Ejit），这两个岛从广阔的岛链中被永久分离出来，限制在数千千米外的两个小环礁上。阿尔森的父亲是军营里的一名木匠，从小就在夸贾林长大。他回忆说:"那里有各种各样的歧视,比如人们不被允许在那里的医院接受治疗。"现在,岛民前往夸贾林岛仍然需要获得批准。他接着说:"我知道军事场所可能是禁区,但我不理解未经允许我们甚至连超市、洗衣店都不能去。"不仅如此,从市场上购买的物品数量有严格的限制,而且不能将其带离夸贾林岛。

我尝试着去了解这种歧视在人们的日常生活中是怎么表现的。几乎所有与我交谈过的埃贝耶岛上的马绍尔人都对这类歧视感触很深。马绍尔群岛一位不愿透露姓名的政府雇员说:"他们说我们是猴子,说我们既愚蠢又懒惰,而且当着我们的面也这么说。"

玛塞拉·萨卡约(Marcella Sakaio)是马绍尔群岛学院分校的校长,她向我讲述了学校社区的重要性,以及有效的教育机构是如何让学生、教师和家长参与其中的。她的儿子在夸贾林一所经费充足的学校上学,但玛塞拉作为家长却被排斥在岛外,"下班后我被禁止进入基地,所以我不能参加学校组织的学生和家长一同参与的体育活动、戏剧表演或任何课外活动。有一次,我儿子获得了去亚利桑那州(Arizona)一个科学实验室学习的奖学金。但当另一对父母意识到获奖者是马绍尔人而不是美国人时,他们开始抱怨,最后学校又额外给他们提供了一个奖学金。这是这么多年来第一次发生这样的事。"她的儿子最终也加入了军队,通过努力工作和志愿参与多种任务,他在军队里进步很快。她告诉我:"他的上级总是对他完成的任务数量感到惊讶。"虽然她非常担心他的安全,但他挣的钱足够支付他兄弟姐妹的教育费用。

有一次,玛塞拉去美国看望他,他们住在得克萨斯州的一个军事基地里。"这和夸贾林完全不同。夸贾林让我变得多疑,因为有些地方我们可以去,有些地方不能去,而且你必须得到许可,他们会一直检查你。在美国的基地,我同样有这种担心,但我儿子笑着说,这不是在夸贾林,不要有任何担忧。"

离开大学校园时，我在一间教室内看到了保罗·弗莱雷（Paulo Freire）的《被压迫者教育学》一书。奉行基督教社会主义，开创了巴西穷人扫盲计划的弗莱雷认为，教育的真正价值是通过培养穷人、受压迫者、被殖民主义者的质疑能力，养成批判意识，最终改变压榨他们的经济和政治进程。在埃贝耶，我是否目睹了大众政治化的精髓——弗莱雷称之为"觉悟"的东西？后来，我发邮件向玛塞拉询问这个问题。

她立刻回复："我不知道答案。"接着，她提到弗莱雷的书，补充道："我想一定是有人把它丢在这里了，我没看过这本书。"

我从埃贝耶出发，乘渡轮去夸贾林，再乘飞机返回马朱罗。弗农（Vernon），一个上了年纪的美国人，满脸皱纹，头发蓬乱，穿着一件马绍尔群岛的 T 恤，坐在我对面。我们之间的谈话一开始很愉快：互相问对方，什么风把你吹来了？你觉得这里怎么样？他和一个来自埃贝耶的女人结了婚，在基地做了两年合同工后，要去得克萨斯州的达拉斯—沃斯堡（Dallas – Fort Worth）工作，她将在那里和他会合。他对我说："我唱四部和声，在接下来的三到五年里，我要工作和唱歌。"但随后，他突然开始谈论起唐纳德·特朗普。"你在报上看到的都是对他的负面评价，不过他是一个出色的总统。特朗普所强调的是美国将首先要照顾好自己的利益，而其他国家也应如此先照顾好各自的利益。澳大利亚人和马绍尔人都说代表了双方共同的利益；我们美国不打算这么做。看看联合国（UN）和北约（NATO）吧，我们不再支持他们，让他们大吃一惊。其他国家也应该有所付出，不能只是让美国买单。实际上，除美国之外，唯一履行其义务的国家只有瑞典。"

我问他如何看待有关俄罗斯在这次选举中施加影响，以便特朗普上台的报道。

他立刻回击道："这都是民主党人（Democrats）的造谣。"他说特朗普在削弱前总统奥巴马的影响力方面做得很好,但是奥巴马利用联邦调查局对特朗普进行了间谍活动。"如果你想知道他们到底有多腐败,你应该去看看'克林顿家族所杀害的人'这个网站。特朗普没有做过这样的事,他试图让我们的生活变得更好——把美国人放在第一位。股市上涨了20%,就业岗位比以往任何时候都多。黑人和少数民族以及代表他们的人真的没有什么抱怨的,因为他们现在都有工作了,这多亏了特朗普——这些工作在民主党执政时期是不存在的。他正在采取措施对付非法进入美国的墨西哥人——我们加州的墨西哥偷渡者比澳大利亚总人口还多。我们之前就是应付不了。那么,如果你是总统,你会帮助哪些群体?是长相可爱的墨西哥贫困儿童,还是为国效力的老兵?我也很同情这些儿童,但说真的,我优先考虑的还是美国人,正如澳大利亚优先考虑的是澳大利亚人一样。如果你是非法入境者,你应该设法去澳大利亚。"

弗农认为自己是共和党人吗?他令人难以置信地宣称:"我不属于任何党派,我保持中立。"然后进一步澄清道:"我是一个自由主义者。"似乎是为了强调自己没有传统的意识形态理念,他开始谈论起基地上马绍尔人受到的恶劣待遇:"新公司决定要给他们减薪了。以前每小时挣15美元的人现在只能挣六七美元。这就是我辞职的原因——我选择一份工作,特别看重公司是否诚信,而不是我能挣多少钱。不久前我还在送达美乐比萨(Domino'pizzas),很多人以此为生。这些人都有家庭要养,公司怎么能做出这样的事情?特朗普为此正在采取行动,但民主党仍无动于衷。"

我问他是否担心美国政治的两极分化?

他说:"是的,不过出现这样的问题都是民主党人的错。"

"民主党人带着自己的孩子参加标语上写着'去他的特朗普'的游行集会。看看所有被暗杀的总统——都是共和党人都被民主党人杀死了。他们想让每个人都知道,共和党人废除了奴隶制,从与伊朗的交易中获利。共和党人只对钱感兴趣,他们和宗教右翼一样糟糕,他们自大、自满、自负。我有几个朋友是摩门教徒,我对他们说,'想象一下,如果耶稣基督遇到一对同性恋夫妇,他会怎么说、怎么做。'我想他会像平常一样说话,向他们献上上帝的爱。我读过《圣经》《律法书》《可兰经》,我还研究过佛教,他们都教人向善、平和,从来不挑拨是非。我很高兴搬到得州去。我会回到和我有同样想法的人群中去。"

我们要在夸贾林检查站分开。我在围栏里坐了下来,跟他的谈话让我迷失了方向。在我的上方有一个牌子写着"今日防护状态一级"。进入夸贾林岛机场的候机室,就像走出太平洋进入了另一个国家。一群白人承包商正围在一块儿开玩笑,说既然基地已经由一家新公司运营了,我们就得找份新工作。一个人说他要去沙特阿拉伯,另外几个说去得克萨斯;剩下一些人则说要回到夸贾林的新工作岗位。我看到弗农在和一群衣着相同的中年肥胖男人聊天,他们穿着宽松的马球衫、短裤,戴着棒球帽:活脱脱一群变成右翼的迈克尔·摩尔。[1] 为了避免目光接触,也为了避免再次与他交谈,我迅速走到一个陈列着夸贾林一系列展品的玻璃柜前,假装在认真地观看、研究。玻璃柜中有一个生锈的二战头盔,一些狗牌[2]和一个老式的机关枪枪管。不过,玻璃柜的大部分空间摆放的是一堆老式可乐瓶。

玻璃柜上方,一台电视正高声播放着军队频道的"国防媒体

---

[1] 迈克尔·摩尔(Michael Moore),1954年4月23日出生于美国密歇根州弗林特,美国作家、演员、编剧、导演。曾经在2016年美国大选正酣之际深入最支持特朗普的地区进行演讲为希拉里拉票,并拍摄了纪录片《深入特朗普之地》。

[2] 狗牌(dog tags)即军用识别牌。每一位美军士兵胸前都佩有狗牌,是美军士兵的身份号牌。

活动"节目。既有对站在悍马车前高傲的士兵的采访，也有财务管理服务的广告。这个频道体现了多元文化的特色——一位非洲裔美国人的财务顾问与一位太平洋群岛的上校进行了交谈，接着一位西班牙裔将军就职责、服役和财务规划的重要性进行了富有启发性的讲话。这就是现代的美国军队：来自帝国边缘的贫穷年轻人在其中创造自己的生活和事业。我周围是那些为特朗普投票的承包商：薪水更高的白人，渴望着一个基本上已经消失的美国种族隔离世界，这个世界现在只存在于偏远的、主要作为民用的基地，比如夸贾林和现已不复存在的巴拿马运河区。冬奥会正在进行，一个普通的观众可能会认为只有一个国家在比赛，这是可以理解的，因为在雪地里取得胜利的美国奖牌获得者挤满了夸贾林潮湿的候车室。

当终于可以登机离开，我走到停机坪上，转身往回看。基地大门上的标牌上写着"夸贾林美国陆军基地——卓越社区"。

9. 马朱罗和核试验的遗留问题

尽管比基尼环礁（Bikini Atoll）上的核试验是美国在太平洋最臭名昭著的核试验，但在埃内韦塔克环礁（Enewetak Atoll）鲁尼特岛（Runit Island）的核试验却留下了那个时代最令人震惊的核废料。大约73000立方米的核废料被倾倒在一个巨大的坑里，上面覆盖着一个被称为"鲁尼特穹顶"（Runit Dome）的混凝土石盖。如果可能的话，我想和来自埃内韦塔克的人谈谈，还想参观一下核试验现场。像马绍尔群岛的其他偏远岛屿群一样，埃内韦塔克在首都由一个"市政厅"代表。它位于马朱罗最高建筑（总共有五层）的第三层，紧邻着一个男厕所。

一位政府官员对我说："你们记者都一样。"

这令我非常惊讶，在我的太平洋经历中，很少遇到如此直率的观点。他继续对我说道："你到那儿去干什么？你想得到什么信息？你到那里问了问题，赚到钱，然后就离开了。不管怎么样，如果你真的想去那里，你可以去。我们会提供一艘船，可以把你送到那里，但没人知道它什么时候回程，或者你可以租一架飞机。选择权在你。如果你真的必须参观放射性穹顶也可以，但风险自负。"

我嗫嚅着表示抗议：我不是为了过去赚钱，我满怀尊重之情，只是希望记录下那里人们的遭遇，如果他们愿与我交谈的话。如果埃内韦塔克的代表不想和我谈话，只要说"不"就可以了。

该官员盯着我看了一会儿，然后问我是从哪里来的。我告诉他从澳大利亚来,他听后叹了口气说:"呀,是澳大利亚。"他来自菲律宾,市政厅的整个行政部门都是菲律宾人。他接着问我:"你知道澳大利亚的'工作求职'网站吗?我本来要去伦敦的,但是工作没找好,就来这儿了。"他做了13年的会计和行政工作。他还颇为伤感地说:"我也在上面尝试过找找澳大利亚的工作岗位,可惜没有成功。"这之后他开始不再那么傲慢,最初对于我的出现所感到的烦恼也消失了。

鉴于我现在知道他不是来自那个被污染的环礁,我更倾向于完成我之前的想法,便问他:"你介意我和埃内韦塔克的一些人谈谈吗?"

这位官员叹了口气,向市长办公室做了个手势,说道:"如果你能幸运地找到市长,肯定就没问题。不过,市长通常一天的大部分时间都在外面吃饭。"

我的确没能找到他,便前往朗格拉普(Rongelap)市政厅,那里的人相对开放而热情,没有过分担忧他们与外人接触的官员。

70多岁居民艾藻·萨克奥(Isao Sakaio)来市政厅领取每月退休金,他对我说:"你问对人了,我对那场核试验记得很清楚。"他给我讲了一些我曾从另外渠道也听到的故事。核弹爆炸时,天上好像出现了第二个太阳;爆炸后形成大量白色的核辐射粉尘,孩子们以为那是雪,跳进去玩耍;孩子们很快皮肤开始脱落、出现损伤,毛发开始成把的掉落。艾藻一边补充说"那种粉尘尝起来像水泥"一边噘起嘴唇,似乎想唤起对这种味道的记忆。

鉴于他本人对核试验有直接体验,我便问他对马绍尔群岛与美国之间当前密切的关系有何看法。

他回答说:"美国人太聪明了,他们可以制造炸弹和飞机,他们比我们先进得多。我们没有这样的东西,真的很落后。"当这位核幸存者虔诚地谈论美国技术的优越性时,我在想,在他因一次可怕的事故而逃离这个被污染的岛屿时,是否也把一部20世纪50年代的核宣传电影整个吞了下去。

*

我为了继续寻找更多的信息,便离开了市政厅,回到大街上。我顺着一个指向核索赔法庭(Nuclear Claims Tribunal)的指示牌走去,发现它位于核心商业区邮局和银行之间的一幢大楼里,看起来并不起眼。尽管从外面能看到这个法庭的明显标识,但进入大楼后找它的办公室却并不容易。我在满是灰尘的楼梯间里跑上跑下,最后终于在209房间隔壁的窗户下面看到了一张破纸,上面印着法庭的名字。门开着,办公室里面的摆设看起来像是20世纪90年代中期的东西。古老的苹果麦金塔(App Macintosh)计算机堆在角落里,房间中央有一台缩微胶卷阅读器。空空如也的桌子和转椅看上去充满了期待,似乎这里的人曾在1995年匆匆出去吃过午饭,之后就再也没有回来。唯一剩下的人是坐在桌子后面的一名看上去很惊讶的员工,她对我说:"我要打几个电话,你自己拿文件吧。"然后,她又开始研究她的手机。

核索赔法庭是1986年,美国和马绍尔群岛共和国之间根据《自由联合条约》(The Compact of Free Association)而成立的,在我于2018年访问此处的时候,条约规定美国应该支付20亿美元用于医疗补偿,以及人们再也无法回归故土所造成的财产损失补偿。但是,实际已经支付的钱不到400万美元,而且由于缺乏资金,法庭的日常运转在2011年就已经停止了。而在法庭判决的9600万美元中,仍旧拖欠与健康有关的赔偿款项2300万美元,这意味着美国政府支付给受辐射影响的人的所有与健康有关的赔偿中,有近¼没有兑现。2004年,美国国家癌症研究所估计,大约有一半的癌症病人病情仍在恶化中,这些癌症可能是由核辐射引起的。

核索赔法庭办公室的墙壁旁排列着一箱一箱的案件档案,这些档案以遭受核试验的主要环礁以及那些后来由于核沉降而无法居住的环礁命名。身处落满灰尘的杂乱文件中,我不知道从哪里开始查阅。尽管我非常好奇而且那位留守的工作人员也允许我自由查阅,但我还是遏制了自己的好奇心,决定不去查看标有"朗格拉普"和"埃内韦塔克"的文件,因为我知道这些文件中包含了那些经历过极度痛苦的人的私人病史。我转而一头扎进一些文件夹子都已经生锈的档案,里面有褪色的传真和老化的报告,满是灰尘和死蟑螂,这些档案讲述了一个蓄意对此地造成永久破坏的故事。美军在马绍尔群岛总共进行了 67 次核试验。我翻阅了附在其中一份传真后的一张看上去平淡无奇的表格,发现马绍尔群岛北部的一些环礁已被公开宣布在未来 24000 年内禁止人类居住。

在 20 世纪 90 年代,我发现一家来自新西兰的地质工程公司达洛克(Darroch),对比基尼岛链和比基尼环礁本身进行了评估。我找到了评估每个岛屿的综合列表和描述,内容是这些岛屿的主要珊瑚环礁,地势低而平坦,有一些植被但不是很多。很少有被认为能够"支持永久居住"的岛屿。读了几页之后,我发现一个令人毛骨悚然的短语不断出现,"环礁不再存在,蒸发掉了"。在最著名的核试验地比基尼环礁的报告中体现了一些乐观精神。尽管被动植物所吸收的铯 – 137 和锶 – 90 等放射性物质构成了高度污染,从而使受影响区域不适合人类居住,但该报告也宣称,"因其独特的历史、广袤的海滩和优质的潜水资源以及布拉沃陨石坑的吸引力(1 英里宽,400 英尺深),将来它肯定是马绍尔群岛的一个主要旅游景点"。

档案中所含的许多解密文件的基调都是由一些彼此亲密无间、抽着烟斗的人在哪间常春藤盟校公共休息室中定下的。关于总体战中特定因素的第二次跨学科大会的会议记录直接讨论了核冲突的可能后果。作为主持人的邓纳姆博士（Dr. Dunham）以诙谐的口吻做开场白，从自己的会议角色切入，"我想我的职责是作为一个发起者，就像人们谈论原子武器的发起者一样；问题是我是否能产生足够的中子来产生链式反应，这是会议的关键"。与会者哄堂大笑。邓纳姆继续说："杰出的科学家先生们应该考虑的一个有趣的问题是，当飞行员发现他们在飞行中'受到致命剂量的辐射'时，他们会作何反应。"

然而，美国原子能委员会（US Atomic Energy Commission）的梅里尔·埃森巴德博士（Dr. Merril Eisenbud）对在马绍尔群岛进行核试验所提供的可能性研究的描述，除了说明进行多大爆炸，更能揭示美国进行核试验的意图。解密文件显示，这次事件的影响比官方宣称的更广泛而且事件的发生并非偶然。美国当局给出的关于未直接参与比基尼岛布拉沃城堡试验的其他环礁受到污染的原因，是高空突然刮来的一阵风。不过，有关部门早就知道了风向。与此同时，美国能源部（US Department of Energy）邪恶的4·1计划从"研究辐射对老鼠的影响"转变为"研究辐射对人类的影响"，因为比基尼岛核试验之后，研究放射性沉降物的科学机会"无意间"来临了。当时，埃森巴德说："到那里获取良好的环境数据将是非常有趣的：每平方英里有多少辐射，涉及什么同位素，以及通过大量人群尿液变化样本，对人类生活在受污染环境中的最大辐射摄取量进行测量。现在，这种类型的数据还没有。尽管岛上很多人死了，但我想说，虽然这些人确实不像我们西方的文明人一样生活，但他们仍然更像人类而不是老鼠，因此研究价值更大。"

1954年比基尼环礁的布拉沃城堡试验之前，马绍尔群岛居民已经对核试验在他们岛上的扩大和影响深感关切。1946—1958年，马绍尔群岛的小环礁上总共爆炸了67枚大型核装置，其爆炸量相当于12年里每天爆炸1.5枚广岛原子弹。马绍尔人发现美国政府对他们的关切无动于衷，于是向已授予美国对马绍尔群岛托管权的联合国托管理事会（The United Nations Trusteeship Council）提出请求。该理事会只是名义上监督了第二次世界大战后联合国委托给战胜国的领土治理。外交官们当时承诺："我们将不遗余力地维护岛民现在和未来的福祉。"马绍尔人在其递交的控告中，用马绍尔语写道："马绍尔群岛人不仅害怕遭受这些致命武器的伤害，也担心越来越多的人从他们的土地上搬离……对于马绍尔群岛人而言，土地意义重大。它不仅仅意味着一个可以种植粮食作物、建造房屋或埋葬祖先的地方。这就是我们的生活。夺走他们的土地，也意味着夺走他们的灵魂。"不出所料，这个呼求被忽视了。美国国务卿亨利·基辛格（Henry Kissinger）在听到马绍尔人反对核试验时表示："他们只有9万人。谁会在乎他们？"

*

1954年3月1日，马绍尔群岛比基尼环礁上的人被疏散，为"布拉沃"核试验让路，比基尼人被告知核试验是"为了结束战争，保卫人类的共同利益"。在对岛上祖先墓地进行最后一次瞻仰和礼拜之后，比基尼人离开了他们古老的环礁家园，他们原本以为很快就会回来，所以临走时还以友好的姿态对美国人唱着歌，"你是我的太阳，我唯一的光芒，当天空灰暗时，你让我快乐"。地平线上，242艘海军舰艇、156架飞机、42000名军事人员和25000台辐射记录设备的数量超过了他们人群的数量。

一位来自距离比基尼100千米的朗格拉普环礁的幸存者告诉我："那天空中出现了两个太阳，我们以为世界末日到了。"

埃尔森·凯伦（Alson Kelen）是一名传统的航海家，比基尼环礁前市长，WAM的创始人。他说："马绍尔群岛的独木舟建造和航海起源于比基尼环礁。这些树被种植在环礁迎风的一侧,以确保它们能够弯曲以适应船体制造。树长得很慢,所以祖父母们会为他们的孙子孙女们提前种下。用这样的木材制造的船又轻又快,能够在几天内在分散的环礁之间顺风行驶近 1000 千米。"

他还说:"马绍尔人靠胃导航。我们练习'波浪导航',通过感受大海的波涛,识别它的方向。白天,我闭上眼睛感受大海的运动。环礁、树木、独木舟建造、古代航海:对我们来说,他们都是相连相通的。1954 年 3 月 1 日,这一切永远停止了。就像俄罗斯、英国、法国的核试验一样,美国核试验选择的地方是偏远的,被视为'野蛮人'的人的土地。"

由于遗留在埃内韦塔克环礁上的核废料没有被密封,放射性物质通过多孔的珊瑚过滤,随着海平面的上升,逐渐被冲入海洋。因此,据埃尔森·凯伦观察,马绍尔群岛是"刚刚经历原子时代,接着就迎来气候变化时代"。

比基尼社区面临着大量人群回归的压力。在美国大使馆的一次会议上,凯伦被告知可以回家,但不能"吃鱼或椰子,连地上的土也不能翻动"。他说:"我们还被通知让我们的孩子待在家里,不要到处乱跑,我问官员们是否知道我们是成年人,这样回去怎么生活。"

他告诉我:"我们再也不会回到比基尼了。这是一种理念,一种文化,我们通过教授航海和制作独木舟来保存它们。这不仅是为了保护传统,也是为了找寻一个可持续发展的未来。"

我问埃尔森如何看待马绍尔与美国的关系。

他回答说:"过去的事情,我们无法挽回。我知道我不会再回到比基尼岛,而且我们现在和美国的关系非常密切——我在美国接受的教育,很多马绍尔人在那里生活或有家人。"他拿起一本在独木舟项目中教年轻人英语的教科书。那是一本关于美国历史的精装本巨著,《自由的人民》(A Free People)。埃尔森摆出一副大度的姿态,举起书说:"如果这里有关于核试验的章节,我会很高兴的,但在美国谁也不知道这里曾经发生过什么。"一周后,当我离开马绍尔群岛回到澳大利亚时,我遇到了提尔曼·拉夫(Tilman Ruff)。他是墨尔本大学(University of Melbourne)的医生、学者,也是国际废除核武器运动(The International Campaign to Abolish Nuclear Weapons)的创始人,该运动获得了 2017 年的诺贝尔和平奖。我想向他提出一些在马绍尔群岛时人们向我提出的关于核试验的问题。我首先问了他关于阿巴卡·安·麦迪森(Abacca Anjain-Maddison)对夸贾林环礁湖中钚存在的担忧。

他说:"钚是人造的,是在自然界中不存在的东西。现在澳大利亚中部到处都有钚,而这些钚在 20 世纪五六十年代马拉林加核试验(Maralinga Test)之前是不存在的。"他指着我们面前的街道、行人和过往的车辆,继续说:"钚是一种重元素,尽管它的半衰期为 24000 年,但它不会广泛地扩散到周围环境中。对于钚的处理来说,最好的情况是它下沉到某个泻湖的底部,埋入泥中。"这似乎是一个高科技问题的低技术解决方案,但让我松了一口气的是,这种最有害的化学物质不会对大气和海洋产生无穷无尽的毒害。提尔曼接着说:"真正的问题是锶 – 90 和铯 – 137,这些物质会被动植物吸收,进入环境中。它们可能被吸入或摄入,导致癌症。"

我又问他辐射暴露的代际影响。现在,最初暴露在辐射中的一代人正在逐渐死亡,他们的子孙后代将会面临什么情况?

他回答说:"我们对此还不确定,但一旦基因受损,它就会进入遗传系统。癌症很可能会在后代中复发。"

我还对我听说的马绍尔群岛儿童生病的故事感到担忧,因为他们与夸贾林环礁湖正在进行的导弹试验有关。我问提尔曼教授它们之间是否有关联。提尔曼说:"这很难说,但它的症状——发烧、出汗、腹泻——也是雪卡毒素①致病的症状。雪卡菌是一种生活在死亡或受损珊瑚礁上的细菌,可能会被导弹碎片进一步破坏。"

他是怎么看待那些要返回有核试验或放射性沉降物的岛屿家园的人所面临的压力的?他们能像来自比基尼环礁的埃尔森·凯伦说的那样,遵守社区的相关要求就可以安全返回吗?

提尔曼说:"这也许是有可能的,尤其是对老年人来说,长期的文化或宗教原因对他们回归家园的决心影响很大。"他停顿了一下又说,"但住在那里是不明智的,如果换我我不会这么做。"

在我们离开时,我问他国际废除核武器运动在呼吁缔结条约方面取得了怎样的进展。有反对地雷的条约,因为地雷被一致认为是最不人道的军事技术之一,但没有反对可能导致地球生命终结的核武器的条约。

他说:"反对的势头正在增强,但存在一个奇怪的两极分化。许多国家完全支持这项条约,但也有少数几个核大国强烈反对。但我认为有一种道德上的共识,大国也发现越来越难以忽视缔结相关条约的紧迫性。"说完,他回到了办公室,随后又去了印度,与反对核武器的医生们见面,继续通过理性、辩论和一个简单的例证——谁也不希望地球毁灭,而这是可以避免的——来缓慢地建立道德说服力。

当随身带着"核足球"(黑色皮革公文包中的核发射密码)的美国总统访问北京期间,两国安全官员在核问题上发生争吵;当

---

① 雪卡毒素(ciguatera)是鱼类因大量摄食剧毒藻类而在体内积累的大分子聚醚神经毒素,毒性非常强,比河豚毒素强100倍,是已知的危害性较严重的赤潮生物毒素之一,已发现3类雪卡毒素,即太平洋雪卡毒素、加勒比海雪卡毒素和印度雪卡毒素。

唐纳德·特朗普（Donald Trump）和金正恩（Kim Jong-un）争论谁的"按钮"更大；当澳大利亚越来越深地依附于美国在亚洲和太平洋地区的安全网络，反华言论加剧时，核对抗的前景变得非常真实。在冷战期间，两个拥有核武器的超级大国相互威胁毁灭对方的逻辑或许至少维持了欧洲和北美的和平。但此类武器的扩散打破了冷战中的平衡，它们再次对我们所有人的生存构成威胁。对于马绍尔群岛的居民以及俄罗斯、美国、澳大利亚和其他引爆过核装置的太平洋岛屿的原住民社区——更不用说广岛和长崎的居民了——核问题将可能延续数千年。

第三部分 大洋的过去与未来

10. 离开库克群岛：外岛的衰落

在库克群岛曼加亚（Mangaia）岛下飞机后，首先映入眼帘的是飞机跑道上一辆被炸得面目全非的多用途运载车。飞机跑道也很简陋，不过是海岸边一片修剪整齐的草地。我们驱车几分钟进入一个由一条主干道、一些政府办公室和一家百货商店组成的镇子。

司机说："你们即将见到岛上最重要的人物。"然后，把我们送到商店，并加速离开。

原来他说的最重要人物是贝比（Babe），这个年轻人留着潇洒的齐肩长发，指甲修剪整齐，穿一件紧身的紫红色背心。贝比经营着这家商店和一家宾馆，见到我们时有点上气不接下气，先跟我们说："很抱歉，我来晚了。"同时指了指对面的网球场，那里正在进行一场激烈的网球比赛，他刚才正在球场打球。贝比基本上是当地经济的管理者，同时扮演了岛上网球经理人的角色。他是曼加亚岛排名第一的球员，在这个竞争激烈的岛屿上保持不败记录。通过在库克群岛的关系，贝比已经知道我们要来，并带来了食物和包装整齐的两箱啤酒和一盒香烟。

我问："这是什么食物？"

他边傻笑边朝两个堆满了斯帕姆午餐肉、大米、奥利奥和芬达汽水的货架摆了一下头，然后他一边说着"今天下午两点有公开赛，下午五点整有尊巴舞课"，一边小跑回去继续参加网球比赛。

这其实并非我所期待的开始。

当我正在想着怎么应付四天的午餐肉和尊巴舞时，突然有人大声嚷道："看看，哪来的这么多午餐肉！"说话人声音洪亮，虽然我感觉人应该离我很近，但并不清楚这声音是从哪里来的，我环顾四周，但也没有看到一个人。"在这里，你是聋子吗。"那洪亮的声音又响起来，我才注意到是一个身材娇小，头发烫得像钢铁一样支棱，看上去很结实的新西兰人在说话。对于她来说，已经习惯了每天食用斯帕姆午餐肉。后来我才知道，这位新西兰人名叫**格莱妮斯**（Glenys），是当地学校的一名教师。她一生都在指挥周围成群结队吵闹不休的孩子，这让她给别人留下了这样的印象：她总是在向一群随时可能分散注意力的人讲话。

我刚刚要张口说话。

她就爽朗地大声说："我先带这位新手到四周转转，熟悉下环境。"然后把我拽到外面一辆等候的车上。

与她这次外出是一次友好的单词语言旅行，她把我们看到的都用相应单词喊出来，以证明摆在我们面前的景象的真实性。可以说，格莱妮斯用她的呐喊创造了她的世界，用她与曼加亚的社会历史、身份认同和宗教神话之间的联系，每隔一段时间就用一个单词或一个简单的短语吼出来。当我们开车经过贝比的商店时，她尖叫道："商店！"紧接着就是"主干道"。几分钟后，出现了"大石头""沉船""港口""我的房子"，还有罕见地脱口而出的"风景价值百万的学校"。

我坐在车后座，很佩服她的音量和指挥一切的神态。她说得很对，这的确是一所了不起的学校。它坐落在高高的悬崖顶上，一望无际的草坪被叶子花和摇曳的椰子树包围着，可以看到波光粼粼的海浪拍打着礁石。开放的教室形成了一个半圆形，学生们穿着经过熨烫的制服和衬衫，在午后的阳光下玩着圆场棒球游戏。

为了逗她开心，我开玩笑地问她，我是否也可以在这所学校注册。

她吼了一声："这是个愚蠢的想法！"然后毫不犹豫地回到游览的状态中，喊着"教室""运动柜"……而我则像个受了训斥的孩子，溜到了她身后。

她带我们在一间小教室外面排好队，教室里的棕榈叶在轻轻地沙沙作响，她告诉我们："这是我们上课的地方。"她迅速地像变魔术似的拿出一个哨子，然后麻利地吹了三声。很快，大家安静下来，而孩子们则一股脑朝我们跑来。格莱妮斯立刻勃然大怒地喊道："纵向列队。"三十个满腹狐疑的八岁孩子很快明白了什么，两个一排纵向排好队伍。

我后来才知道，格莱妮丝也是我将去访问的 NGO 的领导人。在到达曼加亚之前，我已经对这个 NGO 在太平洋地区的灾害管理方面起主导作用一事有了深刻的印象。我已经能想到志愿者们认真地讨论救济物资运输与供应问题。我原以为讨论的内容会是防水布供应和疏散中心建设，如何最好地储存预先放置的工具和厨房用具，以及这些用品在仓库里可以存放多久。在 NGO 中，往往会有一个通常的程序，一般以灾难反应中面对的实际问题开始，以长时间的社区讨论结束。当游客们试图满足自己对岛屿生活的好奇心，四处发问时，见多识广的岛民们也会利用回答他们问题的机会来比较各种来自外部世界的信息和观察。

因为有了观众，格莱妮斯非常高兴，尖叫道："今天，我们要送一些橙子给村民们。"

于是，学生们被选为志愿者，在另一声哨响中，他们拿起事先准备好并储存在教室里的一篮子水果。更热闹的哨声接连响起，我跟着穿着制服的学生走出校园，到附近的村庄分发水果。

这个村庄秩序井然，铁皮屋顶的木结构建筑整齐地坐落在一座小山上，村子周围是椰子树和露兜树，树下开满了鲜花。除了过于诡异的安静，这里几乎可以说是太平洋上小岛社区的典范。

学生们已经打乱了行进队形，在房子之间穿梭，我跟着其中的几个。他们礼貌地敲门，大声询问是否有人在家，然后带着略微不安的神情进屋。他们对长辈和蔼可亲，并按照当地的习俗，待几分钟便告辞。很显然，这不是一群精力充沛、开心、乐观的孩子所期待的自然世界。

所有的房子都是一样的：昏暗而凉爽，整洁而迷人，就像我们将要走过的另外一个村子一样，房子里住着有不同程度残疾的老人。大多数人家，厨房里的锅碗瓢盆都洗得很干净；衣服和被褥也都经过熨烫，整齐地叠好，也有一些新洗过的堆放在隔壁角落的椅子上；墙上贴着一些家庭照片和剪报。

我们进入的第一所房子里，似乎没有人在家，不过其中一名学生发现了一位蜷缩在地板泡沫床垫上的老太太。她几乎不能说话，身体不能移动，眼睛似乎也什么都看不见。学生们跪在她身边，告诉她给她带来了橘子。老太太抬头望着我们，但似乎并没有注意到我们的存在，空气如凝住一般安静。

我不知道该做些什么，在外面时还充满活力的孩子们，此时都感到手足无措。不过，格莱妮斯并没有犹豫。她跪下来，握住老太太的手，做了自我介绍，并轻声细语地和她交谈。这样，老人即使无法与格莱妮斯口头交流，她也能感觉到对方的善意。不过，我不知道之后老太太会怎样处理留在厨房桌子上的那篮橘子。

我和格莱妮斯在外面静静地站了一会儿。她平静地对我说：

"我们很关注这些老人的状况，尽量每天都去看看。有时我们会在这里上阅读课，孩子们会大声朗读他们最喜欢的书，还会讲故事。"在我们等着送橘子活动结束时，她环顾四周，突然感到疲惫不堪。这是一个奇怪的现象：就在几分钟前，她还是一个忙碌而威严的人，发号施令，组织一切活动和谈话。她最后有气无力地回忆："20世纪60年代，当我刚从新西兰来到这里教书时，这里还人满为患，充满了笑声，但随着年轻的家庭陆续离开，剩下的孩子现在都成为寄宿生了。但我们还在这里，还在照顾这个地方。"然后她突然微笑起来——那一刻的阴郁已经过去了："而且我们的学校是库克群岛最好的！"

她把哨子举到唇边，用力吹响以召集这些年轻的志愿者，大声喊着："孩子们，集合！"

当我发现她又恢复了往日的热情时，便松了一口气，排到行进中的学生队伍后面。

*

曼加亚岛的图腾是一把既可作为农业用具，也可作为战争武器的石斧，上面刻着一个字母"K"，代表着在敌众我寡的战斗中，用露兜树绳子背靠背绑在一起，用石斧与敌人殊死搏斗的两兄弟。不可避免的斗争，导致了他们使用石斧作为通过牺牲走向和平道路的象征物。当曼加亚部落开战时，认为自己会输的一方会宣布休战。传说一个年轻人会被选为祭祀品，他将和石斧一起被肢解，他的遗骸将被均匀地分配到岛上村庄，作为争端已经解决的标志：这是为了更大的集体利益而做出的残酷的个人牺牲。

然而，到了21世纪初，以石斧为象征的社会契约瓦解了。在我拜访过的一座房子里，一个女人独居其中，墙上满是家人和朋友的照片，现在照片上的人都已经离开岛屿到其他地方生活。此刻，照片中欢乐、兴奋、开心的众人注视着这个高兴中透露着些许落寞的女人。随着时间的推移，社会发展、气候变化和新经济机会出现的综合进程逐渐使该岛的生活陷入困境。学校里还有若干寄宿生，他们在岛上的时间只是暂时的。年长的人们担心他们芋头地的长势而不会轻易离开，但是他们的下一代几乎都从岛上消失了，只在墙上的照片中偶尔捕捉到他们的影子。那些留下的人因为成为曼加亚已经逝去的青春的最后象征而受到人们的称赞。

鼎盛时期，岛上有 2000 多居民，但现在已经减少到几百人，而且其中主要是老年人。在 20 世纪六七十年代，一些新西兰教师来到曼加亚学校支教。在他们的才华和热情的帮助下，学校迅速成为全国最好的学校之一，并培养出了一代又一代的青年才俊。但是，随着更好的工作机会的出现，以及海平面上升导致的海水侵入土壤，种植芋头和山药的艰苦生活变得更加困难，这些学生很快就离开家乡，去了拉罗通加（Rarotonga）或者新西兰其他城市。城市中心的吸引力、教育形式的创新、曼加亚和首都之间的定期航班，再加上缓慢上升的海平面，意味着那些留下来的人要么是因为太老，要么因为病得太重，不得不留下，而现在他们更难再离开。

*

回到店里，贝比已经把成箱的啤酒冷藏好，坐在阳光下，陶醉在当天的销售额和又一次势不可当取胜的网球比赛中。我去了格莱妮斯早些时候提到的那艘沉船——一艘 20 世纪初废弃的运煤船，船体已经锈迹斑斑，被紧紧地卡在岩石中。1904 年 9 月，《新西兰先驱报》（*The New Zealand Herald*）报道了这次沉船事故，"格拉斯哥（Glasgow）崭新的四桅钢船萨拉戈萨号（Saragossa），排水量 2285 吨，运载着 3200 吨煤，从新南威尔士纽卡斯尔（Newcastle）

开往旧金山，离港 20 天后沉没"。凌晨 3 点，船只在离暗礁非常近的地方遭遇了大风，船员们曾大胆地试图让船避开暗礁。关于这一段经历，《新西兰先驱报》驻曼加亚的记者写道："先是全员进入紧急状态，然后调整舵向，驶回港口，但是船只在加上速度之前，船尾先搁浅。船头前倾，船体被海水冲击到暗礁边缘，并被牢牢地卡住，遭到海水重重撞击，不久主桅杆和前桅杆都出现倾斜，只剩下船尾的一只小桅杆独自支撑着。"

船只当时孤悬海中，有船员发射了一枚火箭，向岛上的居民求援。韦韦恩戈（Vaevaeongo）是一名曼加亚的当地人，是皇家动物保护协会（Royal Humane Society）奖章获得者，同时也是一位拯救了很多人生命的英雄。他让船员在火箭上系上一根"结实的绳子"，通过它，韦韦恩戈出色地把水手们安全地拉上陆地。他说："我们花了整整 5 个小时才把人们从沉船上救上岸……因为波涛汹涌的大海使船颠簸得厉害，船只有时也会碰到礁石。"当被救人员被拖向海岸时，韦韦恩戈也被绳子往海里拽了很远的距离，经常被海浪淹没。虽然这艘船的残骸后来被其指挥官邓肯（Duncan）船长以 10 英镑 11 先令的价格拍卖，但《新西兰先驱报》的报道中没有提到韦韦恩戈是否还获得了另一枚来自皇家人道协会（Royal Humane Society）的奖章。

那是一个平静的夜晚，尽管有萨拉戈萨号残骸所营造的不祥气息，我还是潜入海中，想要驱散在村子里感受到的悲伤。这个村子曾经是那么的生机勃勃，但现在除学校之外，却几乎是一片寂静。一小片珊瑚在我的脚上划了一个细细的一英寸长的口子。我沉浸在大海的涛声和傍晚轻柔的海浪声中，没有理会伤口。

*

　　回到墨尔本，一觉醒来后，我感觉很不舒服，浑身出汗，体温飙升。我跟跟跄跄地下床，想去喝杯水，发觉腿上一阵刺痛。低头一看，发现自己的脚是鲜红色的，肿胀得都变形了。我几乎无法走动。我爬下楼，艰难地骑上自行车，连滚带爬地去看医生。医生见到我后，脸色凝重地说："这是败血病症状，你究竟是怎么弄的？"

　　我血液中毒了。一个多星期后，被小珊瑚切割处突然又亮了起来。这是一种疾病，如果不加以治疗，在没有抗生素的偏远太平洋岛屿上可能是致命的。即使服用了大剂量的处方药，我还是在床上躺了一周。

　　我在给同事的信中风趣地解释这次意外说，这是"在一次关于气候变化影响的田野调查中受的伤"，很明显同事会明白，我之所以受伤是因为本该工作的一个下午却去游泳而致。在等待抗生素起作用的同时，我疯狂地阅读各种新闻以打发时间。

　　来自伊朗的寻求庇护者，24岁的哈米德·卡萨伊（Hamid Khazaei）此前被拘留在澳大利亚资助的巴布亚新几内亚马努斯（Manus）岛"寻求庇护者滞留中心"，在被空运到布里斯班（Brisbane）接受治疗后刚刚死亡。他腿上的伤口导致了败血症。澳大利亚当局忽视了这个严重疾病的明显症状，未对其进行治疗，直到一切都太迟了。由于缺少几片现成的有效药片，哈米德·卡萨伊失去了生命。

　　我又想起曼加亚——一个没有青春的世界——想起韦韦恩戈英勇营救萨拉戈萨号船员的壮举。我想到了因政府管理人员的官僚惰性所致，故意无视哈米德·卡萨伊请求帮助的声音。

　　在曼加亚，格莱妮斯仍在教学、参观，忙着填补她所处的社会生活中日益增加的沉默。个人默默挣扎，但国家却至高无上。澳大利亚甚至不会与寻求庇护者签署一份医疗合同，该中心的工作人员也都是匿名，并受到澳大利亚保护。他们不像勇敢而有责任心的韦韦恩戈，也不像不屈不挠的格莱妮斯，他们会在夜晚危难的信号中安然入睡。

11. 重新审视莫尔兹比港

从巴布亚新几内亚首都莫尔兹比港（Port Moresby）的酒店出发去一个周末潜水胜地的路上，一位同乘的意大利采矿工程师跟我说："我们资历很浅，所以总是被派去一些烂地方。"他和一位年长的英国侨民同事在经历了几分钟的干呕和深呼吸后，终于硬着头皮回到车里。之所以会这样是因为司机，他来自莫尔兹比港郊区一处既没水也没电的居民点，身上散发出一股无毒但有些令人讨厌的柴火烟味。这让人想起篝火旁的漫漫长夜，而不是不洗澡的人身上的臭味。为了解决这个问题，这位意大利人曾试着屏住呼吸，但并不管用，于是他只好把头伸出窗外，然后又发现炎热、潮湿和灰尘对他来说也难以忍受。所以，他只能不断探出去深呼吸一口气，然后再回到车内的柴火烟味中，在前往海滩的90分钟旅程中反复重复这一过程。而他的同事只是咬紧牙关，一言不发，眼睛盯着路，他内心的煎熬只有偶尔抖动一下鼻孔才会显露出来。这位工程师接着说："这是我到过的最不文明的地方之一，好在来这里挣得比较多，等之后我们找到更好的工作，就会轮到别人来这些垃圾地方了。"大家都默不作声，只有工程师偶尔把头伸出窗外，像只奇怪的鼻子不灵的狗。他的英国同事什么也没说，只是打开钱包，轻轻地摸着皮夹的柔软皮革，心不在焉地用手指摸着一排信用卡。这次工作是由世界上最大的液化天然气项目资助的，该项目将新几内亚高地的大量燃料输送到莫尔兹比港外的一家加工厂。

当晚晚些时候，吃完晚餐的前副首相莫伊·阿维爵士（Sir Moi Avei）说："一旦退休，高夫（Gough）会和我一起去巴黎度过我们闲暇时光，我们都是巴黎联合国教科文组织（UNESCO）的理事。"我曾受邀在莫尔兹比港附近一个名叫博埃拉（Boera）的村子里，帮助组织一个备灾研讨会，并与莫伊爵士的家人一起租住在一栋用木桩在海上搭建的木屋里。他对液化天然气项目有着浓厚的兴趣，说话时总能表现出良好的幽默感，尤其是吃上几只田蟹后。他继续回忆他在法国招待高夫·惠特拉姆（Gough Whitlam）的日子，他们都曾在联合国教科文组织（UNESCO）担任荣誉职务。在那高高的房子里，凉风习习，听着下面海浪的拍击声，我睡得很香。每天早晨，我醒来后会去看海上日出，新几内亚高地上现磨的戈罗卡（Goroka）[①]咖啡的香味也不时飘来。我在村子里走一小段路，就到了研讨会的会场，后面跟着一大群热情的孩子。

我到那里的第一个早晨，景象尤其壮观。海滩边尘土飞扬的小路铺着红地毯，通往一个摇摇晃晃的高台，巴布亚新几内亚总督在高台上发表了开幕式演讲。在一出道德剧[②]中，穿着标有"艾滋病""肥胖""洪水""台风""战争""冲突"等衣服的舞者和演员们，被穿着"发展""性别平等""教育""防灾备灾"等衣服的舞者和演员打败。最后讲话机会留给了液态天然气项目主管。他说，"所有巴布亚新几内亚人的生活都将变得更好"，并宣布计划中管道将穿过的村庄，届时这些管道将带来财富，结束贫困，为和平与繁荣提供持久的基础。讲话结束时，他说，"让我们高兴

---

① 戈罗卡（Goroka）是巴布亚新几内亚东北部中央山脉北坡新兴的市镇。
② 道德剧（Morality Play）是从宗教剧发展而来的新剧变种，是一种以寓意的手法，宣扬宗教道德或世俗道德的戏剧，剧中人往往是某种概念的化身，是演绎道德教条的工具。

一下吧",给每个人都发了一套可以戴在脖子上卷曲的猪牙状气球,演员和舞者欢呼起来,人群鼓起掌,孩子们也高兴地呐喊,接着红地毯被卷起,显贵们陆续离开。

  一周后,田园诗般的海边村庄博埃拉就着火了。这个村庄位于液化天然气管道经过之处,前面这些显要人物的出席,以及我为之工作的非政府组织参与这些高度引人注目的活动,都是为了配合天然气公司向人们宣扬矿山开采给大家带来的好处,以及同意放弃土地的各个村庄的光明前景的活动的一部分。然而,巴布亚新几内亚的自然资源管理方面存在不足,经常引发暴力活动和不稳定情绪。液态天然气项目的批评者声称,这将剥夺原住民捕鱼、狩猎、饮水和种植花草的权利。一个邻近的村庄想要更多的利润分成,因此反对提议的村庄边界,并增加了他们对预计分配修建管道所需土地补偿款的要求。随后,为此发生了骚乱,一周前还玩过游戏,一起欢笑的舞者和演员们,此时都回来了,并参与了骚乱。

*

  约瑟夫(Joseph)和塞缪尔(Samuel)是一对已经70多岁的兄弟,在他们的职业生涯中曾分别在巴布亚新几内亚的司法和行政部门担任过重要职务。在听说我想对莫尔兹比港多一些了解后,他们异口同声地说:"我们可以带你去看看这个港口所有的新建道路和基础设施建设。"不过,尽管这个提议很有趣,但我还是点犹豫,因为我想了解得更多。约瑟夫似乎察觉到了我的窘态,为了缓解我的尴尬,便说:"不管怎么样,你先听听我们谈谈这个地方的过去吧,参观的事情稍后再说。"我立刻对这两个大腹便便、通透爽朗的兄弟产生了好感。他们起先乘独木舟来到首都,路上花了一个多星期的时间,在那里他们扶持农村发展,也经历了独立后巴布亚新几内亚政治和政府的动荡，随后主动提前退休，从事各种发展项目和司法调节工作，为许多亲戚提供了他们需要的资源、建议、关系和家族企业发展的支持，在这个过程中，他们也获得了优渥的生活与成功的职业生涯。他们很幸运，因为他们在该国的第一所大学——久负盛名的巴布亚新几内亚大学（University of Papua New Guinea）成立时完成了基础教育，并成为该大学的早期学生。他们说一口流利的英语，受过良好的教育，阅历丰富，他们所得到的机会是其他留在家里继续务农或在矿井里从事体力劳动的人所得不到的。

但是，如果说约瑟夫和塞缪尔有理由为自己的成就感到自豪的话，他们对自己国家从独立以来的成就却抱持怀疑态度。塞缪尔说："我们和迈克尔·索马雷爵士（Sir Michael Somare）① 是同届同学，但我们从来没有加入过他的腌牛肉俱乐部（Corned Beef Club）。"这个俱乐部后来成为一个传奇，大学生中的激进分子会聚集在这里，一边吃着美味的腌牛肉，一边讨论政治和独立问题。

约瑟夫眼里噙泪，从塞缪尔停下的地方继续说道："1975 年 9 月 16 日是国家独立日，那是个令人悲伤的日子，我依然记得那天的日落。总督在那里，高夫·惠特拉姆（Gough Whitlam）② 在那里，迈克尔·索马雷（Michael Somare）在那里。我们站在一座小山上俯瞰着这一事件的发生，当太阳下山，澳大利亚国旗最后一次降下，号声停止时，人群中发出了一声声叹息。大家泪流满面，感觉我们失去了一个亲人，我们对此没有准备。"

---

① 迈克尔·索马雷，1936 年 4 月 9 日出生于巴新东新不列颠省拉包尔市，巴布亚新几内亚国父，爵士。曾为东塞皮克省卡劳村酋长。1968 年当选议员，同年创建潘古党并任领袖，领导民族独立斗争。

② 高夫·惠特拉姆（1972—1975），澳大利亚工党政治家、第 21 任总理。

我对此十分惊讶。自吉卜林①以来，还没有人以这种方式对垂死的帝国发出哀叹之声。在我们见面的旅馆里，他们所在位置的墙上挂着一张查尔斯王子（Prince Charles）的照片，他也参加了那个独立日的活动。照片拍摄时，他正准备离开莫尔兹比港，站在杰克逊机场的停机坪上，旁边是一群澳大利亚管理人员，他们穿着20世纪70年代的服装，留着长发和鬓角。查尔斯尴尬地站在照片的中央，身穿有金色肩章的白色制服，胸前挂着一排排勋章，一只手拿着装饰有羽毛的遮阳帽，另一只手握着一把剑。和查尔斯一样，约瑟夫和塞缪尔兄弟似乎也不完全属于他们的时代，他们在殖民统治下长大，从未完全适应过新秩序。

塞缪尔说："你可以说我们是迷惘的一代，还有许多人不愿看到澳大利亚人走。"

我问他们，旧政权、殖民国家的那些拥有无上权力的行政人员和巡警们，难道不是已经让人无法忍受了吗。

约瑟夫回答说："你知道吗，汤姆，尽管当时在很大程度上实行种族隔离政策，但法律和秩序还是存在的。我们曾经开玩笑说'kiap'代表'保持原住民的原始状态（keep the indigenous always primitive）'。他们对社会控制得很严格，但我们知道自己的立场。事实上，我年轻的时候就想当一名巡警。他们穿着漂亮的卡其布制服，脚上穿着又大又亮的皮靴——这是有权有势的人穿的靴子。"他在说这些话的时候，脸上闪现出一丝嫉妒和喜悦的神情。然后他讲述了一个故事，殖民地管理者为了吓唬当地工人，离开时会在桌子上放一副眼镜，以便制造他很快回来的假象，从而让工人努力工作。当他们回来时，还会戴上眼镜并装模作样地与眼

---

① 约瑟夫·鲁德亚德·吉卜林（Joseph Rudyard Kipling，1865—1936年），英国作家、诗人。

镜说话，似乎眼镜具有神奇的观察力，可以报告他们不在的时候谁在努力工作，谁在偷懒。

似乎是觉得这些话有些不妥，斯蒂芬转移了话题，谈论起对威权统治的不满，"不管怎么说，我们毕竟是巴布亚人，肯定首先支持巴布亚人的权利。我们从来不想和苏格兰高地人待在一个国家里；他们具有战斗精神并主宰一切，而我们太过温和，太温文尔雅了"。

*

第二天，我开着他们借给我的有些破旧的蓝色校车，去了莫尔兹比港中心港口上的一个古老村庄哈努阿巴达（Hanuabada）。19世纪70年代，伦敦传道会（London Missionary Society）的第一批成员抵达莫尔兹比港。一位来自库克群岛（Cook Islands）的传教士第一个登陆，建立了一座教堂，开始向当地人布道，现在，这里每年都举行一周的盛宴和庆祝活动来纪念他。

一位村民以为我是传教士，便把我介绍给一个住在铁皮棚里的好学男子，他自称正在写教会的历史。当我们走近时，他特别在他的笔记本上写下了一些严肃而冗长的句子。我的向导在我耳边低声嘱咐我不要打扰他的工作，于是我坐了几分钟，静静观看这位一心一意的牧师认真写作的样子。

过了一会儿，他终于从污渍斑斑的本子上抬起头来，问道："有什么需要效劳的吗？"

我向他解释说，我有兴趣参观并了解更多关于哈努阿巴达的事情。为了跟他建立更好的关系，我大胆地说，我可能也会把这段经历写下来。

他看上去吓坏了，有些严厉地对我说："你知道的，这需要一些程序。我们已经有了一些重大发现，但我必须先向编辑委员会报告，然后才能谈论它们。"

我问："伦敦传道会就是从这里抵达巴布亚新几内亚的吗？"

他回答说："这超出了我目前的回答权限，不过，一旦编辑委员会认可并验证了我们的发现，我将很乐意进一步讨论这个问题，就像我最初表示的那样。"

我感觉事情有戏，毕竟，关于几个传教士的历史可能会有什么争议呢？

最后，他终于让步了，说了句，"好吧"，然后小心翼翼地环顾四周，好像意识到把消息泄露给我是不够慎重的行为。他说："有些日期可能略有不同，我们也可能拼错了一些名字，而且，我真的必须请你们把更多的问题留到委员会开会后再提。"说完，他又神气十足地在笔记本上做了重要的标记。

哈努阿巴达是一个以莫图人（Motu）为主的村庄，莫图语至今仍带有强烈的波利尼西亚印记。尽管其人口的遗传具有多样性，他们显然可能来自巴布亚新几内亚的任一地区，也许是更广泛的整个太平洋地区，他们共享一种源自早期汤加（Tongan）和萨摩亚（Samoan）的贸易和定居点的语言。这个村庄是莫尔兹比港中心地区的少数语言与文化的代表性地方。

伊迪雅·西西亚·诺（Edea Sisia Nou）指着他的深色皮肤对我说："如你所见，我是美拉尼西亚人，但在文化上，我们莫图人和波利尼西亚人更相似。"

伊迪雅现在已经70多岁了，平时会坐在大街或村里的防水油布下。他年轻时居住的村庄与我此时参观过的社区完全不同，现在的哈努阿巴达危险地悬在水中木桩上，被莫尔兹比港的城市发展所包围。他告诉我："当时这里没什么人，我们不怎么穿衣服。一直到了20世纪60年代穿衣服才开始变得普遍起来。当时会有大鱼径直游到岸边。"他抬头看了一眼通往该市主要环路之一的一座小山，继续说道："我们身后是灌木丛，我们的花园过去也在那里。到处都是鸟，现在鸟都没了。"

我竖起耳朵，的确听不到鸟鸣声，而只剩下过往车辆的轰鸣声；原来岸边有大鱼出没的地方，现在是一个巨大的漂浮垃圾场，填满了塑料袋和软饮料瓶。花园和灌木丛已经逐渐被占据、萎缩，而人口却增加了。人们除了到海里搞一些建设，已经没有什么其他选择了。长长的木板铺成的人行道伸向大海。房子建在人行道的两旁，通过短木板连接到人行道，短木板被泥浆中的木桩支撑着。尽管看起来很不稳，但在这些由木桩撑起来的郊区却能感受到微风拂面，而且整洁、干净。面对港口和地平线，这个被架空的木制村庄似乎是莫尔兹比港一个远离道路建设，未被现代化世界中央商业区的平板玻璃侵占之地。

但是伊迪雅失去的不仅是他童年的村庄，他还回忆道："八个月前这里发生了一场火灾，原本火灾发生在100米之外，但是一个火星被包裹在一块儿垃圾里，垃圾被吹到我的房前，然后房子着火被烧毁了。过去八个月来，我一直在等待政府援助。"几个月前，他得到了一堆木料，但这些木料不足以建造一栋新房子，而且即便木料够了，他自己也无法胜任建造工作。好在他还比较乐观冷静。

他继续对我说："你知道吗，我挽救了一些传统的东西。当我访问库克群岛庆祝伦敦传道会到达一百周年活动时发现，每个来自太平洋地区的人都有自己的舞蹈，但是我们莫图人没有，我感到很难过。传教士禁止我们跳舞以及演唱我们自己的音乐，他们说那是异教行为。"后来我想起了一个老人——一个基督复临论者——他知道我们的舞蹈。我说服他违背他的宗教信仰来教我。我告诉他，即使他的宗教禁止这样做，如果他死了而没有人传承下去，我们文化的一部分将永远消失。于是，我向他学习了舞蹈，并把它教给了所有的孩子。现在每年 11 月我们会表演一周。这是一种美丽的舞蹈,是属于我们自己的舞蹈,我们称之为"袋鼠舞"。

我走到村头时,遇到了两个正在抽烟的男人。他们的房子在水面上,但靠近陆地,到处都是垃圾。其中一名男子戴着一顶印有曼联队(Manchester United)标识的帽子,是当地一家电信公司的工程师。他说:"我在镇上租了一套公寓,不在这里住了,这次回来是参加一个葬礼。我想为孩子们提供一个健康的成长环境,为了我们家庭的未来,我们需要照顾好自己,远离这里的一切。习俗很重要,但大多数时候我想像世界各地的工程师一样,在办公室工作。"

他的哥哥是煤矿建筑工人,一边深深吸了一口烟,一边笑着告诉我:"我刚从菲律宾度假回来。"我怀疑他是从他在新几内亚高地飞来飞去的采矿同事那里对性旅游产生了兴趣。

随着传教士、矿工的涌入,环城公路的建设以及首都不断扩大的办公大楼,慢慢淹没了大海中的村庄,伊迪雅·西西亚·诺的童年和"袋鼠舞"的魅力似乎在逐渐消逝。

*

几天后,为了寻求最好地了解莫尔兹比港的方法,我在游艇俱乐部会见了一些澳大利亚研究人员。在酒店附近的街道上徘徊了一整天,然后逛了逛市场,我突然发现自己好像回到了家乡凯恩斯(Cairns)[①]。游艇俱乐部的建筑是澳大利亚式的,它的客户也是澳大利亚人。我从阳台上眺望,夕阳在几十艘亮白色游艇整齐停

[①] 凯恩斯是北昆士兰的首府,是昆士兰州北部主要的城市,距离布里斯班以北约 2000 千米,为进出澳大利亚主要的国际门户之一。

泊的港口上投下长长的影子。

我的联络人带着惊讶和失望的神情说道："你来这里不会是为了写一本指南吧？我邀请过来的每个人都可以告诉你一些关于在这边生活的事情。比如这边的乔（Joe），他对高尔夫球有浓厚的兴趣，每个周末都做大量练习，温迪（Wendy）做帆船运动，安迪（Andy）在人力资源部工作，同时还在唱诗班唱歌。我觉得如果你想知道澳大利亚人对什么感兴趣，可以写写城外的一座战争公墓和一个美丽瀑布。"说完后，他们点了一杯苏打水，满脸期待地看着我。

惊慌失措之下，我没有时间或想象力来编造借口，所以我默认了真相，告诉他们我对参观城镇边缘的定居点兴趣比较大。

接着就有人直言不讳地说："你的这个想法比较奇特，这里的外国人是不会去那里的。"

这类定居点据说是莫尔兹比港的暴力中心，给这个城市带来了不好的名声，使莫尔兹比港成为世界上"最坏的城市"之一。这些定居点被轻蔑地称为"贫民窟"或"棚户区"，它们聚集在城郊，为许多在城市里从事低薪或低技术性工作的人提供便宜的住所。居民点也是移民的中心，特别是来自巴布亚新几内亚农村的青年男子，他们来到城市寻找工作，但往往以失败告终。贫穷、缺乏机会和无聊使一些定居点对外来者来说很危险。在之前的几次访问中，我都被关在一家戒备森严的酒店里，不允许到任何地方走动。如果我想在晚上出去，必须从一个由英国海军陆战队前队员成立的叫作"军团"的公司叫人护送，该公司的员工虽然不携带武器，但不怒自威。他们乘坐一辆全副武装的轻型卡车抵达，携带有尖刺的棍棒，并由一只关在金属笼子里的德国牧羊犬陪同。这是一场为战斗所做的准备，不能确定出去之后能不能安全归来。

我在莫尔兹比港的侨民聚居地待得越久，就觉得越不安全。在沿海的村庄和熙熙攘攘的市场上，除了一些零星的扒手，每个人似乎或多或少都过得很好。然而，在俯瞰这座城市优雅海港的山上，外交官、政治人物和富有的商业精英的住所被层层铁丝网、围栏、探光灯和监视设备所覆盖。即使是在战区，我也没见过这么多防御工事，而这些狂热的安全措施，与其他普通人的现实生活如此不同，产生了一种矛盾的不安全感。我第一次见到塞缪尔时，他就说："在一个如此不平等的城市里，围栏是一种挑衅性的存在。"

在我与游艇俱乐部外籍人士的接触失败后，一位同事帮我联系上了巴布亚新几内亚大学（University of Papua New Guinea）的研究生查尔斯（Charles），他曾在这些定居点住过，提出可以带我参观。我们在一个早上相识后，一同前往伯恩斯皮克，一个莫尔兹比港中心一座小山上的社区，这样我就能见到查尔斯所说的"孩子们"。

我们先是经过了定居点的市场区，一小群人坐在那里赌博，全神贯注地玩纸牌游戏，似乎已经玩了一整天了。赌博区里到处都是扑克牌局，有的人下注赌赢，有的赌输，有的谨慎地观望。肥肥的红香肠在44加仑大桶做的烧烤架上咝咝作响，一位有创业精神的居民还树起两个投镖的圆靶，等待人租去玩。市场四周蹲着一些莫尔斯比港无处不在的槟榔贩子，当槟榔与红色石灰石糊混合时，会使牙齿和牙龈变红，并产生大量深红色唾液，这会令人兴奋——首都的街道和小巷经常有一些被随意吐槟榔的人染红的地方。

我们继续往前走，爬上一座小山丘，来到平地上的一座小木屋前，屋子后窗上插着一面巴布亚新几内亚国旗。查尔斯指着一张斜靠在山坡上，夹在两棵树之间的旧办公椅漫不经心地说："我关于巴布亚新几内亚储备银行货币政策的部分论文就是在那里写的，那里有树荫,很凉爽。我们没有足够的电力供应,所以不得不在外面学习。"

查尔斯放出话来,说我想和伯恩斯皮克的人见面,一会儿就有大约 15 个年轻人来跟我谈话。起初,我们尴尬地坐了一会儿,不知道该说什么,也不知道为什么大家会过来。他们坐在石头地面上,而作为客人的我则得到了一个倒扣着的金属桶,可以坐在上面向他们提问。有人拿来槟榔,有人跑到市场买饮料;这似乎很快使我们建立了关系,缓解了彼此的尴尬。但他们说话的声音很轻,我几乎听不见,当我问他们的生活和生计,试图听清他们在说什么时,不得不弯下腰。

一个人告诉我:"我们没有工作,也无事可做。"另一个人补充说:"我们有时会在这里看到我们的朋友,有时会在其他地方,但我们哪儿也不去,什么也不做。"

他们中有人完成了学业吗?实际上没有人读完过八年级。其中一人说:"我们没有足够的钱继续读下去,即使是公立学校也要几百美元,我们根本负担不起。"

这些人都没有工作,我不知道他们是否曾经工作过。巴布亚新几内亚政府最近在莫尔兹比港进行了重大建设,为亚太经济合作峰会做准备,亚太国家领导人将在峰会上聚几天,就区域经济合作问题进行会谈。我突然想到,这些年轻人住在市中心,离峰会举办地很近,可能在建筑工地有就业机会,但结果是,这些年轻人都没有被雇用。

另一个人说:"所以,我们就只能待在这儿。"

其中一些人参与了某非政府组织开展的"城市青年适应计划"。但他们都觉得:"这个计划并没有什么用,我们花了一周时间学习'生活技能',他们告诉我们要对彼此友好。有一天学习性别知识,还有一天学习如何管理银行账户。但那里没有工作,我们也从来没有进过银行。"

谈话就这样继续着，我不知道他们在没有工作和钱的情况下是怎么生存下来的。他们的大家庭里有人有工作吗？有几个人举手，但不是很多。

他们说："我们主要靠偷窃为生，这里土地贫瘠，我们什么也无法种植。我们不能像海边的人那样去钓鱼。所以我们会偷任何能找到的东西，尤其是手机——三星手机、苹果手机。崭新的三星Galaxy可以卖500美元，如果它能解锁会值更多钱。大多数情况下，我们只是威胁一下，如果他们把钱或手机给我们，我们就会离开。如果他们反抗，我们就会真用刀刺。之后，我们会去买些酒，也许还会买些大麻，开个派对，兴许还能在派对上认识一些女孩儿。"

当这一纸醉金迷的生活结束时，赃款耗尽，酒也醒了，然后再去偷窃，重复这一循环。他们指着我之前看到的烤得让人没胃口的红香肠说："只有通过偷窃才可以从市场上买到香肠，所以对我们来说唯一能吃上饭的方式就是偷。这两天的晚餐和早餐都吃这些烤肠。如果我们吃不起饭，又饿了，我们就嚼槟榔，它也能消除部分的饥饿感。"

我身边的一个年轻人悄声说："有时如果我们什么都没有，我们就抓鸟或狗。这些狗很乖。如果我们有钱，我们就出价卖给老板，如果我们没钱，我们就抓一只，埋在泥土里慢慢烤，同时加入一些特殊的叶子和辣椒，就像烤袋鼠一样。"

另一个年轻人听到后说："别人种山药和芋头，而偷东西是我们的园艺。"

我问他们是否会称自己为帮派。

他们立即说："那当然，我们是007团伙。"然后我注意到他们中的许多人在拇指和食指之间文了"007"。有人告诉我："这附近有许多帮派，比如'13赌场''58'和意为'混血儿'的'MXM'。我们都来自巴布亚新几内亚的不同地区，所以名字显示了我们与哪些定居点结盟，但这么多帮派中，007是最强的一个。"

我说："肯定是这样，你们是最厉害的。"随即便对自己如此滑稽的说辞感到后悔，因为这个团伙是他们团结和骄傲的源泉，不能被取笑。

他们接着说："有时我们一起工作，有时我们会生气和打架，但我们不交易任何东西——比如毒品——我们只是偷东西。有时候我们喝醉了会吵架，但第二天会和好，彼此之间互相照顾。"

这里有一个和他们在一起的年轻人，他6岁时被一辆汽车撞了，但他幸运地活了下来，不过需要做气管切开术。他现在大约14岁，通过支架呼吸，但是事故和医疗损坏了他的声带，所以他不能说话。年龄大一点的成员说："我们照顾我们的兄弟，我们可以理解他说的话，为他翻译，因为他无法发声。如果有人戏弄他，我们就揍那人。"

我问不同帮派之间是否会发生暴力冲突，他们是否各自不同的地盘。

"是的，我们的地盘在伯恩斯皮克；其他帮派不能来这里。有时我们用拳头和刀子打架，有时我们拿枪。"

他们所说的"枪"是自制的。我没有见到过，但是从他们描述说枪管是绑在木头上这一点来看，它对开枪的人来说似乎更具危险性。

一个人说："有好的犯罪，也有坏的犯罪。"这话引得许多人大笑，他继续说道："好的犯罪是当你为别人偷东西的时候。"

另一个插话说："警察会追我们，他们来到定居点殴打我们，我们身上都有伤疤。他们闯进来，会劈头盖脸一顿揍。"

我仔细看了看他们，许多年轻人的脸上和前臂都有躲避殴打时留下的伤口，尽管这些疤痕不是最近才留下的。

一名年龄较大、看起来有些滑头的成员说："有时我们还会被抓进监狱，但我们都成功逃出来了。"

我问他们是如何做到这一点的，这句话引起了很多笑声。

"我们带去一些食物或一束花，并在里面藏一把小锯子。"

监狱维护得很差，看守工资低，不会恪尽职守，所以他们出来相对容易。尽管如此，虽然经典的逃跑情节近乎滑稽，但在现实生活中也有很大的风险。

007的一名老成员补充道："如果逃生口不够宽，人可能会被卡住。然后如果警察来了，真的会狠狠打你一顿。"他说得很认真，这显然不仅仅是对头部的几下重击。

难道他们没有考虑过离开这里，或者回到他们父母所在的村庄？

他们说："不，我们现在是这里的人。我们不能回去住在村子里；我们对乡村生活一无所知。伯恩斯皮克是我们的村庄，我们必须留在这里。"

当谈话结束时，我问他们今天接下来要做什么。

一个年轻人笑着说，"恢复正常工作"。

另一个人歪戴着一顶塑料礼帽，神气活现地说："我们要去照看我们的花园。"

他们是我见过的最友好的一伙小偷。我是完全安全的，尽管当我拿出我的苹果手机给这群人拍照时，我感到所有的眼睛都在警觉地盯着我手里的东西。没人有进一步的动作，他们脸上的笑容仍在，但他们都意识到了。我很高兴这不是一个大家都在喝酒、打架的周五晚上。

当我和查尔斯下山时，一个瘦高个的男人向我们走来，他戴着一顶编织的拉斯塔无檐帽，穿着一件五颜六色的外套。他很友好，似乎生活在自己幻想的精神世界里。他对我们说:"再见。我要去拉斯维加斯(Las Vegas),梦想开始的地方。"他指了指香肠摊、槟榔摊,还有一小撮为了买贺卡正在凑钱的人,露出对这里绝望的表情。

后来,我们进入了一个拥挤的市场,查尔斯听到了另一群人的谈话。他们说盯住那个白人。查尔斯瞪了他们一眼,他们跑开了。不远处,一名便衣警察戴着飞行员墨镜,拿着一根长而灵活的软管,偶尔抽击下路人。

*

回到巴布亚新几内亚大学,我和查尔斯的一些研究生进行了对话。一位经济学专业的学生说:"莫尔兹比港比以前安全多了,20世纪八九十年代时这里非常糟糕,但现在你可以走到任何地方,尤其是在白天,这里的定居点安全情况也不算太差。"

我想知道发生为什么会有这种变化。

他想了一下,然后回答说:"手机,如果有什么麻烦,人们现在可以报警了。"

我还怀疑莫尔兹比港的重新设计与此有关。在 2018 年亚太经合组织峰会前夕,这座城市上马了一个由中国政府贷款资助的大型整洁美化项目。旧的集装箱港口从市中心迁出,为一条长长的优雅海滨长廊让路。一座现代化的平板玻璃建筑坐落在港口的人造岩石平台上,借鉴了巴布亚新几内亚长廊房屋的古老建筑传统,同时使用了最新的材料。道路即便达标也被挖开,重新铺上柏油路面,这样峰会的代表们就可以享受最舒适的空调车前往凉爽的会议场所。一条路牌上写着"莫尔兹比港,安全、干净、整洁",指向一座熠熠生辉的会议大楼。在其他地方,新道路上的司机被要求遵守新的行为标准:"系好安全带,否则用胶水把你粘在车座上。"为了改变城市形象,这是一场耗资巨大,但在许多方面行之有效的运动。

  当然,这场运动也有争议,其中包括购买50辆玛莎拉蒂,用来运送参加会议的尊贵的各国领导人,同时还出台政策,禁止销售槟榔。卖槟榔是定居点居民的主要生计,他们通过出售抑制食欲的槟榔赚取几美元作为食物和必需品的来源,但是对于敏感的政府来说,覆盖在人行道上的红色唾液污渍被认为太多了,所以估计每周价值100万美元(考虑到莫尔兹比港有多小,最贫穷的居民有多穷,这是很重要的)的槟榔贸易被完全禁止或仅限于郊区。这项禁令通常是无法执行的,因而导致了那些商人无法负担的罚款、收入损失和遭到挥舞手杖的便衣警察的殴打。

  对管理资本开发项目的巴布亚新几内亚"大人物"来说,被谄媚示好、贿赂和获得退职金是家常便饭。正如007团伙的一名成员告诉我的那样,"我们不是莫尔兹比港唯一的问题,但其他人如果被抓,都可以通过贿赂摆脱困境"。2008年我第一次访问莫尔兹比港时,该国报纸报道一位部长抱怨他被一家伐木公司骗了。他义愤填膺地说,与该公司已达成协议,将"放松"环保规定,以换取装在棕色信封里的现金。部长已经适当地放宽了规定,但他还没有得到他的回扣。随后,他向媒体表达了他的愤怒。与此同时,占据头版头条的是一项对首都发展局局长在一个城市瑜伽项目上花费数十万美元的调查。

  重新规划莫尔兹比港的一个主要组成部分是一系列新的环形道路建设,根据规划它们要穿过旧的定居点,这些定居点突然成为黄金地段。以前,尽管有伯恩斯皮克这个高地在,但由于定居点主要建在这里,矿业公司、政府机构和希尔顿酒店集团(Hilton Hotels Corporation)都忽略了此地开发房地产的价值。现在它们认识到壮丽的海港景色将会使房地产价格翻番,可以赚到更多的钱。

此后，闪闪发光的高速公路取代了迷宫般的铁皮棚屋和紧挨着莫尔兹比港山丘的人行道。不过，后来没有人关注旧定居点的人去了哪里，他们是否被重新安置或得到赔偿，或者他们发生了其他什么事。但是很明显，像哈努阿巴达的鸟一样，那里已经不再是他们的容身之处。

12. 所罗门群岛：识数的小伙子

澳航值机乘务员带着惊慌的语气对我说："不好意思，我马上给经理打电话。"

我赶紧说："不必，不必，现在我不想和任何人说话，没有什么问题。"

但为时已晚：管理层已经被叫来了，一位更高级别的职员过来处理状况，他用殷勤的态度以减轻我的不满。实际上我并没有任何不满。

我是在最后一刻才紧急请求前往所罗门群岛（Solomon Islands）的，当天航班剩下的都是商务舱票。然而，我到达机场时，遇到了一小群所罗门群岛的志愿者，他们正来自我要去支援的非政府组织。与经济舱相比，商务舱有更优质的登机服务，餐食更可口，还会提供一杯香槟，工作人员对乘客态度更好，但这些志愿者没有被安排进商务舱，而是被一股脑赶进了经济舱，这让我感到很悲哀。他们原本就对国际援助存在很深的偏见，这种待遇只会加深这种偏见。我已经付钱了，但是我的所见让我感觉很难受，我觉得自己难以继续心安理得地坐在商务舱，所以我要求航空公司给我降级到经济舱。

这位受过争议解决与合理妥协艺术训练的航空公司高级职员起初有点儿蒙，但一直没有放弃说服我放弃决定，我们之间进行了讨价还价式的交涉。我一口气说了三个不。

"不，我不想优先登机。"

"不，我不想给我的行李贴标签，所以请先把它们拿出来。"

"不，我不想要任何琐碎的小优待，这些优待在三万英尺的高空，变成了你们航空公司区分乘客等级的重要象征。"

这位经理回复我说："我必须得先向悉尼总部汇报一下。"他对我放弃特权感到不解，这些特权是全球特权者的地位象征。航空公司还没遇到过乘客主动降级放弃休息室、积分系统和免税选项的情况。

我是在没有被提前告知的情况下，突然被召到霍尼亚拉①（Honiara）处理一桩悬而未决的性丑闻的。总部突然收到令人震惊的控告，说一名国际工作人员过着奢侈的生活，如果是真的，他肯定是滥用了职务所赋予的信任、权力和责任。我很不愿接受这个任务，但别无选择。这项被指控的行为非常严重，而且极不光彩，尽管宽容一点说这并不是犯罪行为，但我不得不尽快去调查清楚这桩控告背后的真相。

我主动降级后，挤进了经济舱的座位，茫然地盯着前面座位的头枕，想着接下来开启调查后的糟糕日子。一个友好的声音从黑暗中传来，是其中一名志愿者，他手里拿着盛在塑料杯里的香槟愉快地对我说："我们的舱位已经升级到商务舱了，你应该回到原来的座位。"他轻快地从我身边走了过去，到有更宽敞的伸腿空间和更大电视屏幕的商务舱。当我们到达霍尼亚拉时，我发现随身带的公务包丢了。

*

接下来的几天，我在霍尼亚拉的侨民聚居地逗留，试图调查有

---

① 霍尼亚拉是所罗门群岛首都和主要港口。

关性行为不端的指控。就像塞勒姆女巫审判（Salem Witch Trial）[1]一样，我似乎听到自己一遍又一遍地问："你看见伪善者古蒂（Goody Good）或者伪善者奥斯本（Goody Osburn）[2]和魔鬼在一起了吗？"但是没有人看到。当地人仍然守口如瓶，什么也不说，或者实在不能沉默的时候，他们会用和离他们最近的电器——空调、吊扇、冰箱发出声音相同的频率说话，这样别人就听不清他们说了什么。许多在霍尼亚拉生活、工作和做志愿者的外籍人士来到我面前，与我分享秘密，低声讲他们知道的故事——而我则坐在那里，试图找到一个没有其他人的地方，比如酒店休息室和带空调的咖啡馆仔细听听，并敦促他们讲述性丑闻的细节和其中可能发生的耸人听闻的故事。但实际上，这些都是经过不断的复述而润色成事实的谣言。

幸运的是，一个更有经验的调查员加入进来，她提出了更深入的问题，并指出调查要稳准狠。她在几次采访后说："我一直住在乡下，那里依然是古老的谣言工厂，但在这里它有了自己的生命。"她不是从人力资源手册或大规模精神病例中，而是从 EM. 福斯特（EM Forster）的《印度之行》（A Passage To India）中引用了一句话："除了马拉巴尔洞穴（Marabar Caves）——距市中心20英里——钱德拉波尔（Chandrapore）市就没有什么其他特别之处

---

[1] 塞勒姆女巫审判（Salem Witch Trial），在1692年，美国马萨诸塞州塞勒姆镇一个牧师的女儿突然得了一种怪病，随后与她平时形影不离的7个女孩相继出现了同样的症状。从现代医学角度讲，这是"跳舞病"的一种表现。这类症状的病因是一种寄生于黑麦的真菌"麦角菌"。当时人们普遍认为，让孩子们得了怪病的真正原因，是村里的黑人女奴蒂图巴和另一个女乞丐，还有一个孤僻的从来不去教堂的老妇人。人们对这3名女人严刑逼供，"女巫"和"巫师"的数量也一步步增加，先后有20多人死于这起冤案中，另有200多人被逮捕或监禁。近300年后的1992年，马萨诸塞州议会通过决议，宣布为所有受害者恢复名誉。

[2] 古蒂（Goody）和奥斯本（Osburn），即萨娜·古蒂和萨娜·奥斯本，是1692年塞勒姆女巫审判中第一批被指控施行巫术的三名女性中的两名。

了。"在莱姆酒廊（Lime Lounge）或泳池边喝着冰镇科罗纳葡萄酒闲聊的外籍人士，就像现代版的钱德拉波尔的"图尔顿们（Turtons）和伯顿们（Burtons）"①，他们住在俯瞰城市的山脊上，过着新殖民主义的隐居生活。《印度之行》可能会被误认为是《孤独星球》（Lonely Planet）② 中的所罗门群岛，里面曾经说道："至于国内车站，人们路过时不会有任何反应，因为它没有魅力，不过也不至于看到后会感觉不适。它的规划还是很合理的，如果把它比喻成一个人，那么在它的额角处有一个红砖建造的俱乐部……平房沿着以直角相交的道路布置……除了广阔的天空，它与城市没有任何共同之处。"

一天晚上，我们搭乘另一个外国人（派驻霍尼亚拉执行任务的外交官的妻子）的车子到了我住的酒店。我注意到我的搭档的皮肤是深褐色的，而且神态十分放松。在听了一天的受访者讲话后，我突然变得烦躁起来，说她一定很享受在游泳池旁边的时光。

她很简短地回答我："这根本不是晒黑的——我是黎巴嫩人（Lebanese）。"

我当时特别尴尬，真希望什么都没说。

调查结束后，我递上辞呈，总部也很爽快地批准了，相互都不存遗憾，我终于逃离霍尼亚拉酒店里的办公室和机场候机室，走在街上，不必再向完全陌生的人问尴尬的问题，即便吸入一些汽车尾气和路上的灰尘，都不觉得遭罪，只有一种解脱的快乐。

---

① 两人是《印度之行》中的人物，是一对夫妻。
② 《孤独星球》是世界最大的私人旅行指南出版商，由托尼·惠勒和莫琳·惠勒于1972年在澳大利亚维多利亚州墨尔本西郊的富兹克雷区创立。

霍尼亚拉镇仍然保留着1943年瓜达尔卡纳尔（Guadalcanal）岛战役结束前作为美国陆军基地和后勤中心的一些样貌。该机场是以当时监督建造的美国海军工程师亨德森·菲尔德（Henderson Field）的名字命名的。即使是现在，巨大的半圆形铁皮飞机库也是城市景观的重要点缀，只不过从物资供应仓库变成了机械车间和港口办公室。新建的低矮混凝土建筑仍然给人一种物资供应中心的感觉，尽管规模没有那么大了。仓库、建筑材料和"大宗物品商店"占据了整个城镇。在他们旁边是数百家小家庭作坊商店，出售服装、塑料物品和家庭用品，这些商店几乎完全由新来的中国移民经营，他们坐在高高的摊位上，观察过往的车辆，留意那些手脚不干净的顾客，并观察自己雇用的当地员工是否诚信。与太平洋其他城镇中心服装店打着当地和国际品牌的名号或者宣扬异国情调来吸引顾客不同，霍尼亚拉的商店只是宣布"新货到了"：批量包装、按公斤购买的二手T恤和短裤。

小路上和路边热闹的小摊上，岛上的妇女们经营着自己的槟榔摊。所有的摊位都一模一样，卖的都是饱满的椭圆形槟榔、柠檬汁和香烟。摊档聚集在一起，具有高度的社会统一性，在价格、供应和质量上彼此没有差别，形成了一种没有竞争的资本主义。

我问一个摊主如何才能挑选到好的槟榔。

她建议我说："你注意挑那些绿颜色的就行。"

但实际上每个摊位上的槟榔都看起来一模一样，而且全是绿色的。于是，我拿了一个胖乎乎的，咬开果壳，把里面棕色的小坚果放进嘴里。瞬间就感受到它的魔力。嘴里快速分泌出大量口水，我快步离开摊子，到附近的灌木丛中把它吐出来。我感觉头晕目眩，好像刚喝了一品脱①浓咖啡。我摇摇晃晃地走了几分钟，吐了口唾沫，深吸了一口气，然后晕头转向，向市场走去，一路上脑袋都嗡嗡作响。

报贩们蹲在人行道上兜售《所罗门星报》（*Solomon Star*）和《所罗门太阳报》（*Solomon Sun*）。两份报纸的头条都令人振奋：《所罗门星报》高呼"惩治法律腐败"。《所罗门太阳报》则称"议员吸干了辛勤工作的公民和纳税人的钱"，"房屋在政府的报复行动中被烧毁"，"政党危机：国家陷入无党状态"。不过，内版新闻就没那么耸人听闻了。《所罗门星报》刊登了一篇关于芋头种植技术改进的报道，并附上了一幅人们在田地中劳作的照片。《所罗门太阳报》的一名作者以"太平洋金枪鱼管理者应改革运输制度"为标题写了一篇文章，主张进行渔业改革。这是一个奇怪的排版：重大的政治丑闻后面是一些有价值的内容编排。此外，内版还充斥着开业、毕业典礼和各种研讨会参与者的大幅合影。

市场上，公交运营人员为了不让座位闲置，纷纷出来招揽生意，"还差一个人""再有两个人就可以开车了"的喊声在大街上回响。在市场入口处，我松了一口气，因为看到了我之前错过机会拜访的盖伊·科恩牧师（Pastor Guy Cohen），他是来自以色列（Israel）的福音派传教士，也是为我们的时代和末日救赎提供引领的"救世领袖"。

由于我的行李还没到，急需一套换洗的衣服，于是我花了一个上午的时间，在一捆捆发霉、破烂的里普柯尔（Rip Curl）②牌子的T恤、陈旧的短裤、磨损的工作服和超大号运动背心中翻找。电

---

① 一品脱大约是568毫升。
② 里普柯尔（Rip Curl）是世界领先的时尚户外用品的制造商，自1969年创立至今已有四十余年历史，其产品广布世界各地。

动工具和采矿设备公司工人丢弃的工作服，也是首都人热衷的服装选择之一。经济就是一切，我在姓方的中国人便宜、大折扣的大宗商品批发商店（这里仅有的几家之一）里搜寻到了需要的东西。一小时后，我在那堆"值得考虑"的T恤中选出了几件写有口号的。我一直在想，我是穿"尝试新事物永远为时不晚""自食其力"还是"澳洲1993"会更好看些。这类交易需求旺盛，成交得很快，最好的商品很快就被抢购一空。

大多数商店都在招人，门前的反光玻璃上贴着手写的字迹潦草的广告牌子。其中一个牌子上写着"急需识数的小伙子"。这些都是很有诱惑力的职位。在寻找自己的衣服时，我开始观察其他人的穿着，发现霍尼亚拉是太平洋地区最时尚、最多样化的首都之一。它的街头智慧、不畏挑战的精神和利己主义很明显源自多种影响。从基督教传教士带来的严肃、刻板装束到全世界足球明星的时髦发型，再到电影《第一滴血》中兰博的民兵装扮，在这里都可以找到。对男性来说，有迷彩短裤、酷潮T恤、巨大的男式发髻、时髦的胡子和垂直的非洲式爆炸头发套。对女性来说，有很多从传教士为隐藏他们所认为的"异教徒的裸体"而引进的穆穆袍①改进的各种端庄服装，但这种类服装逐渐被越来越酷的T恤所代替。最后，我选了一件稍微有些肥大，背面是褪色的蓝精灵图案的T恤以及一条膝盖处有点破碎的灯芯绒裤子，用一根细绳做了裤腰带。

*

虽然地图上的街道名称听起来很有异国情调——孟丹努厄（Mendana）大道和伦加基基（Lengakiki）路与芙蓉（Hibiscus）大

---

① 穆穆袍是一种色彩鲜艳的女式宽大长袍。

道相交——但现实并非如此。走路的时候我的脚趾碰到了地上一块突起的金属，我低头一看，发现那是剑桥公爵（Duke of Cambridge）和其公爵夫人（Duchess of Cambridge）的纪念牌。他们在2012年开辟了莎利山联邦大街（Commonwealth Street），这是一条尘土飞扬、坑坑洼洼的小街，它通向港口，路两边种满了火焰树。但霍尼亚拉与其说是一个城镇，不如说是一个补给站的感觉从未真正消失。火焰树的旁边是巨大的汽油桶仓和一个挤满了市中心的集装箱码头。非政府组织和联合国机构竖起了巨大的围板和标牌，劝诫岛民实现千禧年发展目标（Millennium Development Goals），洗手及消除疾病。另一个广告牌上写着"你我参与，实现平等"，提倡以某种方式减轻家庭暴力。在一个互联网和手机使用都很有限的国家，这类标牌是重要的社交媒体选择。酒店和会议中心的告示牌上的信息却是编码缩写的。"太平洋普惠金融计划（PFIP）/所罗门群岛中央银行（CBSI）联合研讨会"在左边，而"联合国开发计划署与爱尔兰兄弟保险公司（CBPFI）的咨询会议"在大厅的另一边，来自堪培拉、华盛顿或苏瓦（Suva）的负责经济发展的官员还来不及倒时差便匆匆忙忙地往返于两个会议之间。

我继续往前走，经过政府办公室，在街道对面有一块统计局竖立的巨大LED屏，上面显示一些为普及公众教育列出的统计数据。我站在它面前，被这些数据所吸引，但其中许多后来被证明是错误的，甚至是虚构出来的信息。根据2009年人口普查统计，粗出生率为37.7‰，但平均家庭人口为5.4人，核心通胀率为1.4%。预期寿命，男性是66岁，女性为73岁。虽然40%的男子和妇女都完成了某种程度的中等教育，但只有3%的妇女和9%的男子获得中等以上教育。尽管这些数据已经令人捧腹，但往下列出的一些图表更加有趣，这些图表意图"按照经济活动单位"对2016年国内生产总值（GDP）的贡献情况进行概括归纳。这些荒谬的数据提供给我的乐趣已经超过了看一场电影的欢乐。

在闲逛了几个小时后，天马上就要黑了，有人极力劝我天黑后不要到处乱走。我还没打算返回酒店，便未听从劝告，继续漫无目的地徘徊着，最终在小青桃（Little Tsing Tao）餐厅停了下来。一小群中国男人坐在那里抽烟、喝酒、玩手机。食物很美味，我尝试着和厨师愉快地交流一下，但语言障碍太大了。我只好拍了拍肚子，并向他竖起了大拇指，但他只是盯着我看，并没有理解我的意思，也许面对这个穿着蓝精灵T恤、短裤上还拴着麻线的西方人，他的惊慌并非毫无理由。我不知道用什么肢体动作告诉他们，我的行李要下一班飞机才能到达，这只是身临时穿着，不必惊慌。不过，好在一位女服务员察觉到了我的好意，当我离开时，她直截了当地对我说了句，"谢谢你，图马斯（Tumas）"。

外面的大街上一片漆黑，万籁俱寂。大多数商店都已关门，只有远处零星摆放的几台自动取款机发出几束或绿或红的淡光。我很自信，也很谨慎。因为我正在做导游手册和安全简报告诉我不要做的事，所以我睁大眼睛，聚精会神，保持警觉。由于没有街灯，我尽量走月光最明亮的那条路。我觉得一群混在一起的男人和女人是相对安全的；对于单个的男性我会用眼角的余光扫视，保持警惕；而对于一群单独的男性，我会早早注意到错开他们所走的路。

在我的右手边，一个留着长长的脏辫的大块头男人毫无征兆地从我身边擦过，轻声说了句"晚安"。

再往前走，我遇到一群妇女，她们正在用稻草做成的刷子清扫尘土飞扬的道路。她们弯着腰，扫帚每猛烈地扫动一下，就会扬起一团灰尘，不一会儿灰尘又重新落在路上。她们看到我后同样愉快地齐声向我喊道，"晚安"。

当我走近旅馆时，看到一群青少年坐在一棵火焰树的树冠下，嚼着槟榔，随意把深红色的唾液喷吐到人行道上。

我走过时，他们大声喊道，"睡个好觉"。当我回到房间的时候，我已经得到了整个城市人的晚安祝福。

*

汤米·陈爵士（Sir Tommy Chan）懊恼地对我说："你知道吗，我本来雕刻的是妮可·基德曼（Nicole Kidman），可惜下巴雕坏了，另一座是安吉丽娜·朱莉（Angelina Jolie）。"①

汤米是著名的霍尼亚拉旅馆（Honiara Hotel）的老板，这家旅馆大而杂乱，曾经是霍尼亚拉的骄傲，但近些年来一直在缓慢地衰退，不过它仍然是这座城市的一大吸引人之处。私下里他被认为是所罗门群岛政治版图中的重要力量，他领导着一个议会的小党，其选票是大党组建联合政府的必要条件。他一开始像其他虚伪的政客一样对我说："我其实从未想过从政。"不过，出人意料地是他继续说道："一旦你从政，人们对你的期望就会很高，你只能去喂那些浑蛋。"他的选民一直要求他提供米饭、面条和烤猪肉。他还向我表示他要离开议会并退居二线。如果我没有注意到他言谈间闪烁的眼神，我几乎都要相信他的这句说辞。我后来还注意到，我们在他餐馆吃的那顿午餐竟然成为第二天报纸的头条。《所罗门星报》最近在其头版高喊"汤米爵士在联合政府的谈判中要求首相辞职"。很明显，他对政治活动的热情并没有丝毫减弱。

他现在真正的爱好是雕塑，他带我参观了几件他的作品，海豚、鹦鹉和用玻璃纤维做的色彩鲜艳的小丑鱼。酒店停车场的特

---

① 妮可·基德曼，1967 年 6 月 20 日出生于美国夏威夷，澳大利亚女演员、制片人。安吉丽娜·朱莉，1975 年 6 月 4 日出生于美国洛杉矶，美国演员、导演、编剧、制片人。

色是一只 6 英尺高的鹦鹉塑像，它戴着一顶大礼帽，一手拿着一瓶啤酒，另一手握着一把吉他。它原本在一栋摇摇欲坠的大楼门口作为"火烈鸟俱乐部"（Flamingo Club）的标志物而存在的，后来被移到停车场。在霍尼亚拉酒店前台上方，一个巨大的水晶吊灯记录着过去岁月的尘埃。但他最引以为傲的作品还是那些以混凝土制成的美人鱼，为了做出优美的曲线，他甚至借用了酒店厨房里各种型号的铁锅。他指着一条有着巨大混凝土脑袋，瞪大的眼睛被一缕缕稀疏的墨绿色的涤纶头发遮住了一部分，并且在阳光下有些褪色的美人鱼说："我觉得这座更加性感。"在美人鱼的身下，漂浮着墨绿色的浮渣。

这几天，我一直潜伏在酒店里的三家餐厅和酒店入口旁边的咖啡馆里，试图采访汤米。汤米的房间在四楼，楼梯扶手已经很破旧且生了锈。我爬上爬下，双腿发麻，想看看能否在这个神秘主人的地盘里见他一面。最后，耐心终于得到了回报，他似乎注意到了我的存在，接受了我对他的采访。

汤米把我带进一间凉爽的会议室。他把一堆堆的旧相册放在我们面前的桌子上，显然是想坐下来好好回忆一番。他先开口道："经常有人告诉我应该写自传。"接着他把旧相册和沾满灰尘的马尼拉纸制信封推给我，我边看边更加体会到时光荏苒，心情也跟着有些低落。我翻开相册，看到一张黑白的霍尼亚拉酒店照片，这个酒店是汤米的父亲于 1968 年创建的，其父亲是中国香港移民，在英国统治时期是一名船舶工程师；接着翻到一些霍尼亚拉酒店在 20 世纪 80 年代的柯达彩色照片；还有一些汤米的个人照片，蓄着灿烂的鬓角和胡子，抓着一条大鱼尾巴的汤米以及在派对上边玩滑水游戏边喝着冰镇罐装啤酒的汤米。此外，还有他在白金汉宫的照片，他曾因为多次在慈善事业上做出的贡献被封为爵士。他指着这些照片对我说："我过去只是个商人，但有人曾问我是否还有良心，我当然有良心。"他又说："如果我没有良心，我早就形同朽木，崩溃掉、死掉、完蛋了。"然后是女孩的照片、舞会、时装秀、泳池派对，参加的都是当时年轻漂亮的社交名媛，她们的名字现在几乎被遗忘了，但她们的青春时刻被记录在霍尼亚拉酒店渐逝的档案中。这些照片展示的是一种爵士乐时代繁荣末期的场景，最终大约在1990年消失，因为独立的所罗门群岛不再需要一个外来的统治阶级，剩下的欧洲人在面对内战的动乱局势时迅速逃离了。最后，我的眼睛被几张天堂般的白色沙滩度假胜地照片吸引住了。汤米对我解释说，这些度假胜地"在紧张局势中被烧毁了"，但他没有详加说明。

不过，实际上没有时间留给我们去多愁善感。每隔几分钟就有一名酒店员工拿着一摞文件走进房间请他签字。在对汤米的采访中，他讲述了他经历选举、赢得政治斗争的过程，认为有必要重新实施肉刑，但同时也夹杂着他对酒店厨房芒果用得过多，超出预算以及他作为董事会主席却没有第一时间被邀参加中央银行圣诞派对的抱怨。其间，一个商人一直就长期租房的事跟他纠缠不休。他通过电话对手下人吼道："给他一间房，但不要给他提供早餐，掐断房间的无线网，也不要派人给他按摩。"然后，他转过身来对我说："我不喜欢他的样子。我很注意观察人的面相，他的眉毛太短了，不值得信任。"

突然，汤米敏锐的眼睛看向了我，并以惊人的专业精神开始研究起我的面相。他仔细端详了我的耳朵，又花了很长时间从侧面打量我的鼻子。接着对我点了点头，"嗯"了一声，但并看不出是对我的特别鼓励，"我要看看你的手掌，才能了解更完整的你"。他抓住我的左手，把瘦骨嶙峋的一根手指戳向我手掌上的肉块上。他像在读一个清单一样，自言自语道："这是一个注重生活的人吗，是的；这是一个有良心的人吗，是的。"然后，他的眼神明亮了起来,"好了,我读懂你的面相了",然后是另一个拖延的声音,"嗯"。

看到他这个样子,我有点担心地问他:"我的面相怎么样?"

他回答说:"嗯,听我说,你的头骨很好,顶部是圆的,但中间有点窄。你曾经是学校里排名前5%的学生,但你要么懒惰,要么勤奋的女孩太多,后来成绩落后了。你的鼻子还不错——只是中间不够挺,但没什么好担心的。如果鼻子底部将来变大了,你不要担心,在你这个年纪,这没什么大不了的。两只眼睛之间距离足够宽,牙齿也很好。你本可以当领导的,但你的耳朵太小了。"说到这儿,他脸上显露出一种在这方面拥有卓越能力的满意神情继续说:"我的耳朵就不一样了,形状相当好,和我的眉毛在同一水平线上。"最后,他表示我个人也不必为此担心,并建议我把更多的钱捐给慈善机构,这样可以解决我耳朵小的问题。最后,他还提醒我:"总的来说,永远不要相信从后面就能看到下巴的人。"

我问他,在他与英国王室的多次接触过程中,是否曾有机会以这种方式研究过王室成员的面相,但他似乎不愿谈论这个话题。

他对我说:"你知道,他们一直授给我这些该死的勋章。我现在已经有很多了:圣约翰救护勋章(St John's Ambulance Medal)、大英帝国勋章(OBE)、大赦勋章(Jubilee Medal)、大英帝国二等勋爵(KBE)。你说得出来的,我都有,我不知道怎么处理它们。我从没想过要爵位。我在殖民时期长大,只有退休人员或即将去世的人才会获得爵士头衔。那不是我——我还有很多工作要做!"

说完这些话后,他宣称要给我看样东西。我们离开会议室,穿过长长的酒店长廊,走过空无一人、只剩下巨大枝形吊灯的酒吧,经过一个巨大的横幅,横幅上写着剑桥公爵夫妇2012年访问霍尼亚拉酒店以及汤米早些时候会见女王的文字。横幅附近摆满了植物盆栽,那是他刚从南非进口的3000株苦味植物的幼苗,他声称这种植物可以保证他长寿健康。我们来到酒店外面，汤米向我展示了他最大、最雄心勃勃的雕塑艺术项目：一个巨大的美人鱼从满是百合的池水里跃出，追逐两只海豚；一个穿着比基尼、头戴牛仔帽的女人，骑在两匹马上。我们敬畏地注视着这些雕塑，然后我回想起那些老照片和20世纪80年代的宁静岁月，那时还没有现在这些装饰精美、华丽的酒店，霍尼亚拉酒店就是镇上最受欢迎的地方。即便那个时代神采飞扬的年轻人已经青春不在，但他们的记忆仍存，冻结在玻璃纤维和混凝土制成的幻想中，被飞跃起来的海豚包围着。

看完这些后，汤米爵士客气对我说："现在我得去参加中央银行的圣诞晚会了，不能继续陪你了，希望你不要介意。"

*

我们的船只马托劳号（Maetolau）穿过瓜达尔卡纳尔岛（Guadalcanal）和马莱塔岛（Malaita）之间的海峡时，天气非常好。几缕卷云缓和了下午晚些时候蓝色天空逐渐变暗带来的焦虑，水面一片平坦。船行得非常稳，甚至感受不到一点晃动，发动机柔和的嗡嗡声推动着船只进入了一种沉思的状态，这个声音大小恰到好处，声音太大了影响交谈而声音太小了会让人分心。船上一百名左右的旅客安静了下来，很快就睡着了，大家四肢伸开躺在甲板上的阴凉中。在平静的海洋里，唯一的生命迹象就是飞鱼，它们不时地从船头蹿出来。所有想去旅行的人都可以先上船而不需要船票，旅程中间，一位身穿迷彩背心，头戴一张绣着闪烁火焰的鲜红色头巾，有点像所罗门群岛的西尔维斯特·史泰龙（Sylvester Stallone）的年轻男子前来要求大家补票。除此之外，乘客之间几乎没有互动。不时有一股烟味从"禁止吸烟"的标识下面飘上楼梯。

五小时后，我们到达了马莱塔省的首府奥基（Auki）。在码头上，我遇到一个学生模样的年轻人，他告诉我他正在马莱塔技术学院（The Technical Institute of Malaita）学习，并问我是否愿意去参观一下。

第二天，我步行前往该学院，它坐落在市中心外一座有些摇摇欲坠的建筑里。我先被领到了尘土飞扬的宝石学系，然后我被介绍给了系主任，他是此时该学系唯一在校的成员。他刚从斐济南太平洋大学（the University of the South Pacific in Fiji）地质学专业毕业。他熨得整整齐齐的商务衬衫和职业精神，与周围的环境形成了鲜明的对比。

系主任脸上洋溢着年轻的乐观情绪对我说："我们是一个令人兴奋的新机构，成立于三年前。"有那么一秒钟我相信了他，但之后我看着地板上的洞，生锈的二手设备和成堆的过时教科书，很快回到现实，不再相信他的鬼话。

他补充说："马莱塔的地质非比寻常，我们有很多半宝石：碧玉、缟玛瑙、石英、石榴石。一般认为大约1.1亿年前中新世期间，澳大拉西亚（Australasia）[①] 构造板块的碰撞导致这块陆地的形成，但我们认为这个假说需要进一步商榷。"

我慢慢明白了他的意思，说道："那么，如果这里的地质情况和澳大利亚的基本一样的话……"

他打断了我的话，抢在我之前说出我的想法："是的！如果是这样，我们这里也应该和澳大利亚一样有钻石和蛋白石，我们只需要把他们找出来即可。我相信我们一定会找到的，除非我们付不起四处寻找的车费。"

为了攒够寻找珍贵宝石的经费，他决定制作珠宝并卖给市场上

[①] 澳大拉西亚一般指大洋洲的一个地区，澳大利亚、新西兰和邻近的太平洋岛屿。

来来往往的游客。几个星期前,一位新西兰设计师来帮他做这件事,他似乎对珠宝制作有很大的野心。但那里并没有什么游客,而且我怀疑,那些将来可能会来的游客也不太可能想要一个马莱塔技术学院宝石学系,用石英和铜制成的宝格丽①风格(Bulgari - esque)的奇怪珠宝。我向他请求多看一些岩石样本,但他说管理橱柜钥匙的人不在。

随着我们之间讨论的进行,卫生系的系主任出现在了学院。那是一个星期二的下午,但是看不到学生。我问站在门口的行政和财务人员:"有多少人注册该系?"他回答道,"我记不起来了",然后从办公室的窗户里吐出了一串嚼碎的血色槟榔。

卫生系的系主任说:"我想大概有 60 个。"他似乎比其他人更有创业精神。他穿着一件亮白色的 T 恤,肌肉鼓鼓的,留着平头,牙齿雪白。如果换一个场景,他可能是一个宣传价格过高的菠菜汁或可疑的维生素补充剂对生活有多种好处的推销员。巧合的是,结果证明我的猜测是正确的。他一直在从马莱塔的传统治疗师那里收集草药,他对我说:"我专攻卡斯特姆(Kastom)② 医学。我可以治愈糖尿病和癌症,我正在研究治疗艾滋病的方法。"他向我保证,当病人接受了他的癌症治疗后,他们的肿瘤通常在三个月左右就会消失,不过这在一定程度上取决于他们的病情,有时只需要六个星期。他似乎说服了古巴的某个人投资该计划,他们将一台机器带到马莱塔,把草药制成药片出售给病人。

起初我想告诉他,利用他的这种疗法去治疗穷人和病人并从中获利是完全不道德的。但是,这个"年轻而令人兴奋"的技术学

---

① 宝格丽,意大利珠宝品牌,1884 年创立。
② 卡斯特姆是一个皮钦语单词,用于指代传统文化,包括美拉尼西亚的宗教、经济、艺术和魔术等内容。

院，在短短几年的运作之后，已经达到了发展的顶峰，打败了全球生物技术公司，找到了一种以药丸形式治愈癌症的方法。实在让人觉得不应该打击他们，所以我离开时祝他们好运。

*

随后，我在市场上一片低垂的棕榈树下停下脚步，周围聚集了许多槟榔商贩，我遇到了卖槟榔的玛丽（Mary）。她的头发高耸，额头和脸颊上露出已经褪了色的部落文身。她曾与多个非政府组织合作，致力于提高人们对性别暴力的认知。那天晚上，她邀请我去她的村庄排练她正在导演的一出戏。

到达那里后，在夜晚的黑暗中我们跌跌撞撞地走向她还未完工的房子。房子有一个锡制的屋顶，其余部分只是一个开放的木框架，大概勾勒出未来房间的模样。玛丽独自坐在一个角落后面的椅子上，屋里没有电灯，只有一个隐约闪烁的手电筒充当照明设备，而她的丈夫和一个儿子在隔壁房间，聚在黑暗中一起抽烟，他们的脸随着他们吸烟时烟头闪烁而忽明忽暗。

玛丽把她的戏剧小组召集到一起排练，很快就有几个十几岁的孩子加入了她的队伍，默默地站在房子外面。玛丽一拍手，孩子们就都站了起来，她突然大声向他们发出命令。显然，这是一部关于家庭暴力的起因和后果的戏剧。她告诉我，这是基于《圣经》中"浪子回头"[1]的故事改编的。在玛丽的喊叫声和命令下，排练开始了，一个年轻人向他的"父亲"要钱，然后他去了一个

---

[1] 《圣经》中的一个经典故事。某家人的小儿子从父亲那儿分得财产后即远走他乡，在外边终日花天酒地，挥金如土，最后沦落为放猪郎。穷愁潦倒之中他幡然悔悟。回到家里，向父亲承认自己的罪过。父亲非但丝毫不指责他，反而对他亲切有加，盛情款待，设宴庆祝他的归来，并对因此而愤愤不平的大儿子训诫一番。《圣经》通过这个故事告诉人们：天国的大门随时都向人们敞开着，只要认识到自己的罪责并真心悔改。

"夜总会"，在那里他开始喝酒和抽烟。玛丽继续用导演的口吻大喊："你是在喝醉酒的状态，步伐要再踉跄一些！"为了营造出戏剧需要的烟雾弥漫、阴暗的俱乐部氛围，所有的青少年都被要求"再抽一支烟"。根据剧情发展，这个年轻人需要酩酊大醉的状态，她便大声喊道："姑娘们，再给他来点烟酒，音乐放大声点！"几个年轻的女人继续向这位年轻的绅士献殷勤，给他更多的酒和香烟，把他所有的钱都拿走了。喝得酩酊大醉，花掉了所有的钱，年轻人只能回到父亲身边，而父亲拥抱了他一下，说没关系。

玛丽带着满意的微笑转向我，对她作为导演的表现和村里演员们的表演感到满意。她还在排练时向演员们出售香烟和槟榔，同时以艺术的名义要求他们多抽点烟，从而赚了可观的一笔收入。仿佛这出戏还不足以表达她的想法，玛丽抓起旁边的一把吉他，开始拼命地弹唱，几乎没有意识到这些年轻演员笨拙的喃喃自语和假唱。

> 城市的灯光太亮了，我沉迷其中。
> 挥金如土，过着不计后果的生活。
> 主啊，如果你聆听到我的哀求，请饶恕我。
> 现在救救我，我要回家了。

很明显，这首歌中的"明亮的灯光"并不是来自那个漆黑的村庄，也不是来自马莱塔首府奥基，因为奥基人在日落时分就关上门上床睡觉了。

玛丽骄傲地小声对我说："主教非常喜欢这首歌。我们周日要在他和教众们面前演出。"

我很难理解这出道德剧的价值所在。它所传达的东西和家庭暴力没有任何关系。如果说有什么区别的话，那就是它暗示了年轻女性要为男孩的堕落负责，并最终一遍遍背诵并牢记诱惑、罪恶和救赎这些强化了教会对女性的父权观的说辞。难怪主教那么喜欢这首歌，而年轻的女性们却对歌唱它并不怎么热情。

我问这些少年是否喜欢表演，但没有一个人似乎有足够的信心回答我。表演结束后，他们低着头，边嚼槟榔边抽烟。最后，我问他们多大了，才发现他们根本不是青少年，而是二十五六岁的青年。他们有些沉默寡言，但仍然受到长辈和教会公开利用他们并进行牟利活动的影响。

*

一天下午，我在奥基大街上遇到一位正在买槟榔的精神科护士斯蒂芬（Stephen），他邀请我参观他所工作的一所附属医院——太平洋地区仅有的两家专业精神病治疗机构之一。这所附属医院被火焰树和翠绿的草坪包围着，打眼一看很令人舒适。一些病人在护士的宽松监督下，坐在外面的一棵树下。

斯蒂芬告诉我："他们是有理智的。"他指的是他们知道自己的病情，并且在治疗中会很好地配合。正当我们站着谈话时，旁边一扇有铁栅栏的窗户突然传来持续不断的砰砰敲击声，一位病人似乎在睡觉，示意我们闭上嘴。

我们从窗口走开时，斯蒂芬烦躁地说："毫无理智的一群人。"

进入医院后，我被介绍给了住院医师。他告诉我："这里的大多数人都是因为吸食大麻而致病的。"我正要问他医院提供什么样的治疗时，他说他有一个紧急会议需要参加，然后推开了一扇通向男厕所的脏兮兮的门。我不禁注意到，他戴的棒球帽正面有个大写的哥特单词"毒品"（DOPE）。

首席精神科医生更加坦率。他站在门口，徘徊在桌子上的一些报告和户外阳光、树木的吸引力之间。他说："我们给他们用药，一开始是强力的基础负荷，几天后，等他们平静下来，我们就制订出一个抗精神病药物疗程。几周后，当他们有了意识，我们就告诉他们关于疾病的治疗情况，然后让他们离开。这里的大多数病人都是重复发病的，我们没有任何能减少主要副作用的新药。"药物的麻痹作用，加上缺乏资金和药品，意味着大多数病人被迫在药品用完或受不了副作用而复发时被赶回医院。

我询问了他们除了抗精神病药物，是否还有诸如艺术、音乐、讨论或其他途径治疗和护理方法？但斯蒂芬和首席精神科医生都一脸茫然地看着我，斯蒂芬说："其他方法并不是很多。"他问我是否想见一些病人。

我们沿着大厅走到一个大房间，里面有四五个男人躺在水泥地上，一副十分无聊的样子。房间是锁着的，我们从走廊里透过一扇有铁栅栏的窗户往里看。

斯蒂芬告诉我："我们已经把床都搬走了，因为床上有臭虫。我们在等除虫的喷剂运来。"

在窗户对面的走廊里有一台电视机，几名男子隔着栅栏在看电视，一边抽着把散烟用打印纸卷起来做成的香烟。

斯蒂芬告诉我："他们每天早上和晚上都会被放出来放放风。"他试图向我表明他们这个机构对于病人的自由是很珍视的，但这只会让我更加容易联想到监狱。

房间里的人都患有不同程度的疾病。斯蒂芬告诉我，其中有一个病人几乎已经完成了治疗，准备回家，而其他病人则刚刚入院，明显更加局促不安。那个即将被释放回家的人叫乔治（George），他很愿意与人沟通，所以我们隔着窗子上的栅栏交谈了一下。这不是他第一次来到这个医院，他现在期待着能尽早回家。

我旁边坐着几位精神科实习护士，他们刚从太平洋基督复临安息日教会大学（Pacific Adventist University）的马莱塔分校来到这里。他们告诉我："我们把病人当成完整的人来治疗，关注他们的医疗和精神需求，我们通过精神诊断的过程来分析这些需求。我们发现，如果人们能够克服与上帝的疏远，他们就能更快地康复。"

我问他们这种精神治疗手段包括哪些具体内容，但他们只是努力解释他们实际上做了什么而没有正面回答我的问题。他们新学会的专业用语含混不清，背后隐藏着很多东西。关于诊断的必要性、了解病人的需求以及确保医疗和精神治疗的互补性做了大量论述，但他们无法提供任何例子说明这可能会带来什么实际的治疗效果。在我从几个不同的角度提出这个问题，但都没有成功得到回答后，其中一个人小心翼翼地回答："我们的精神治疗手段之一是教他们唱歌。"

我知道继续问下去肯定也会一无所获，于是决定离开。临走时，我突然把注意力放在了电视机上，因为它一直在大声地播放着，充当着我们交谈的背景。当时正在放映一部名为《信仰问题》（A Matter of Faith）的电影，故事发生在美国中部某个普通大学城。它展示了一个整齐划一的世界，有白人演员、白色房子、修剪平整的草坪和整齐的栅栏。所有的男人都是平头、方下巴、蓝眼睛。所有的女人都很漂亮，留着长长的黑发。所有人的牙齿都闪着荧白色的光。

影片的背景是一名基督教学生的宗教世界观受到了挑战，因为她在一所世俗大学上了一门生物课。她虔诚的父亲说："一个男人一生中最艰难的事情之一就是送他的小女儿去上大学。"她被凯曼（Cayman）教授的生物课所吸引，他用一套"简洁的方式，向我们展示我们都是从猿进化而来的"。在了解了凯曼教授讲授的内容之后，她的父亲非常生气，因为他发现"这家伙是个进化论者，而且在整个课程中没有任何关于《圣经》中创造人类的内容,而且论述时斩钉截铁,不容反驳"。

这位学生的一位同学觉得洞悉了凯曼论述的巧妙把戏,想要从这位生物学教授的进化论观点中拯救他,她断言:"类人猿来自类人猿,人类来自人类,他们是两个物种。"

我在病房里站了几分钟,看着电影情节逐步展开。乔治紧紧地盯着它,还有一个人紧紧地盯着远处的角落,手里夹着一支熄灭了的香烟。我问乔治觉得这部电影怎么样。

他回答说:"电影很不错。"随着电影一幕幕继续着,我们陷入了片刻的沉默。他接着补充说:"我的村子里没有电,更不用说看电视了。"

我突然想到,整洁、干净,演员全是白人的电影世界,对他们来说看起来一定像是来自火星的访问。

当我再次转身离开时,我发现一个实习护士在我身后。他带着解释的神情对我说:"我们特意从大学带来了这部电影。这就是我们所说的精神治疗法。"他满脸笑容,似乎很高兴终于能够回答我的问题了。

在回镇子的路上,我决定再去一趟马莱塔技术学院,看看他们打磨宝石的工作进行得怎么样了,但空走一场,一无所获。那个管理矿石柜钥匙的人依旧不在,谁也不知道他什么时候回来。寻找钻石和蛋白石财富的实地考察之旅也被无限期推迟。他们借了一辆加满油的车,这本来解决了他们负担不起巴士费的问题,但当他们开车去实地考察时,发现车根本爬不上坡,所以宝石学团队仍然被困在城里。相反,那位教师和他的一个学生坐在桌前,教师目不转睛地敲着计算机,而学生则趴在一本纸张泛黄的惊悚小说《巴勒斯坦的子弹》①（*Bullets over Palestine*）上打瞌睡。

  我离开技术学院，沿着街道走回《所罗门星报》的办公室。在招待会上，我遇到了安德鲁（Andrew），一个娶了马里人的澳大利亚人。他对自己非常满意，因为他刚刚把《圣经》翻译成当地语言夸拉语（Kwara'ae）。他带着一些照片访问了该报的当地分社，以纪念他们翻译团队大规模翻译工作的结束。在一张照片中，有一个蛋糕是他女儿烤的。他告诉我："蛋糕上有一句用夸拉语说的耶稣在十字架上的最后一句话——'一切都结束了'。"他很快觉得似乎有些不妥，补充道："当然，这句话主要是针对《圣经》翻译这件事的完成来说的，没有其他的意思，毕竟我们不是来这里建教堂的。即便大多数人都能用英语阅读圣经或去教堂礼拜，但这对他们的生活改变又有什么意义呢？"

  我问他帮忙翻译的是哪个版本的圣经，希望他能把一些神秘的旧约故事翻译成皮金语。

  安德鲁显然读懂了我的想法。他失望地说："我们翻译的是《新约》。"然后又补充说："而且是新国际版圣经（New International Version，NIV）。"②我对教会缩写不太熟悉，他给我解释说这是新国际版，用"简明英语"翻译出来的版本。

  但是，即使翻译的是新国际版圣经也没有完全抑制住他可以再翻译一个皮金语版本的喜悦。安德鲁一边说着圣经中的话，"我们在天上的父"，一边敦促信徒们翻到其中的一页，并跟着他读出来，"我们时时刻刻都属于上帝"。当地人发明出一些很普通的短语给来访的人类学家，像他们把那些直升机描述为"属于天空属

---

  ① 应该是 *Bullets of Palestine*——译者注

  ② 新国际版圣经是一个当代英语圣经译本，也是目前在英语国家被很多人使用的圣经版本。不过，一些保守派信徒仍然坚持钦定版圣经为唯一标准圣经译本，指责新国际版圣经有若干异端倾向。

于上帝的电子机器",或者把查尔斯王子称为"女王的第一遮羞布",这给他们的学术研究造成很大的困难,直到后来人类学家才明白是什么意思。他们的聪明却备受讽刺的对象比他们更了解他们的学科。

安德鲁说:"有个翻译一直在整理夸拉语版的圣经,但他已经做了一整天了还没有做完,所以我要替他去监狱上课。"这似乎是个不容错过的好机会,于是我跟着他离开了报社,去了当地监狱。

精神病院感觉像个监狱,而这个监狱却感觉像个精神病院。监狱似乎比医院病房要自由得多,尽管有宗教教育,主要还是文化和工艺技能方面的教育,这里没有一个基督复临安息日会的信徒来做教员。安德鲁的宗教教学课程低调而不教条——给了犯人更多的机会来练习皮金语读写、阅读理解能力并引导他们思考出狱后如何生活。

当我问其中一名囚犯为什么来上课时,他说:"我想知道有什么可以救助我的计划。"

当我问他们最喜欢听安德鲁讲什么故事时,他们一个接一个的都说是《浪子回头》。在一个善于观察的社会背景下,他们似乎从这样一种想法中得到了一些安慰:无论他们做了什么被锁在铁丝网后面,未来都有被社会重新接纳的机会。

我还了解到,经常带领小组查经的那个人刚刚越狱跑掉,不过,很少有人提及此事,所以,也许囚犯们对上帝的话语更感兴趣。

安德鲁说:"我们每周都去看望他们,还给他们带点外面的食物,等他们小组学习讨论完后吃。"

我翻了翻皮金语版本的圣经故事,发现有些章节里有插图。所有的人物都是白人,耶稣被描绘成一个有着金色长发和蓝色眼睛的盎格鲁—撒克逊人。

虽然一些反思与讨论与"施洗者约翰"这一章有关，但有几个参与者想谈谈巫术以及可能被痛恨他们罪行的人诅咒的可能性。正式的课程结束后，我向提出巫术问题的维克多（Victor）询问了更多有关巫术的问题。他告诉我一些关于鲨鱼的故事以及他的社区成员如何尊敬它们并能呼叫他们。我以前听说过鲨鱼呼叫者，他们和毛利鲸鱼骑士（Whale Rider）[①]相似，据说有与鲨鱼交流的特殊能力。我对这类问题特别感兴趣，想知道得更多，但安德鲁在那里，我觉得不太方便就没有继续开口。即使在他所在的思想开明、非教条的基督教中，也有一个"之前和之后"概念——"黑暗的异教世界"只在基督教思想诞生之前存在，之后便被驱除而不存在了。安德鲁说，"那可能只是一种臆想"，然后结束了对话。由于没有得到答案，所以之后的行程中我一直在思考该如何呼唤鲨鱼。

*

一个只系着条围裙，带着南非口音，留着海象式小胡子以及有飘逸白色胸毛的男人对我喊道："我叫冈瑟（Gunther），过来到这边坐！"在甲板一个分隔开的区域里，他坐在一个写着"啤酒花园"的标识牌下面。我犹豫了一下。我没料到这里会有一群喝着啤酒的澳大利亚老侨民。我继续站着，略带紧张地与他交谈了几分钟，然后他坐在那里对我喊道："我是个聋子，太远了，我听不见。"我只好勉强同意在他旁边的躺椅上坐了下来，对着冈瑟毛茸茸的耳朵大喊与他交流。

[①] 《鲸鱼骑士》，一部关于毛利人的电影，其中关于毛利人的起源有一个传说：1000多年前，他们的祖先派克（Paikea）带着他的人民前来新西兰，因为他骑着鲸鱼，所以避开了海难，在这个美丽的海岸定居了下来。

我后来才知道冈瑟实际是一个德国人，在布里斯班①从事了35年的建筑工作，他简洁的德语和扁平的澳大利亚元音混合在一起，让他听起来像一个阿非利卡人（Afrikaner）②。从那以后，他断断续续地在马莱塔的兰加兰加泻湖（Langa Langa Lagoon）的人工岛上生活了12年。在那里，他用自己的建筑技能在其妻子丽贝卡（Rebekah）所在的马莱塔岛建造了一座宾馆。

知道这些之后，我跟他讲述了我所居住房间的质量，他十分肯定地说："当地人建不了这样的房子。"

我忍不住告诉他，他住的地方是太平洋上一个古老的工程奇迹，一个由珊瑚岛组成的迷宫，这些珊瑚岛都是由在他看来根本搭建不了木头架构的当地人手工切割和建造的。

他听了我的话后陷入令人不安的沉默，过了好一阵后抱怨："这该死的雨，以前从来没有下过这么大的雨。一切都跟以前不一样了。气候变化带来的雨水灌满了每一个低洼地。我们这里过去一年的降水量是7000毫米，今年大概得有10000毫米了。"

我说最近昆士兰也发生了严重的森林火灾。他立即回复道："让它燃烧吧，我不喜欢那儿了。我在那儿已经住了35年多了，可他们还是不给我护照——该死的澳大利亚人。在20世纪70年代，它还是个不错的地方，但现在不是了。他们把它塞得满满的：商业决定一切而且移民太多了。

我感觉到冈瑟正在慢慢地表现出对这个问题的巨大谈兴，但是我被困在他旁边的躺椅上，很难逃脱，只能继续听他讲。

他继续说道："现在大多数地方都完蛋了，看看斐济，每年有

---

① 布里斯班（Brisbane），又译布里斯本，是澳大利亚昆士兰州首府。
② 阿非利卡人，旧称"布尔人"，是南非和纳米比亚的白人种族之一。以17世纪至19世纪移民南非的荷兰裔为主，融合法国、德国移民形成的非洲白人民族，说阿非利堪斯语。

300万游客。那里很像黄金海岸（Gold Coast）①，尽管我从未去过那里，但现在也不想去了。"

我问他在马莱塔是否感到快乐。

他回答说："是的，这是个好地方，我在这里很快乐，但你可能不觉得如此，你肯定还有很多更好的地方要去。但我这把年纪还有什么希望呢？我的孩子不会照顾我，但我的妻子丽贝卡（Rebekah）会。不管怎样，看看纳米比亚（Namibia），那里有太多的中国人。如果你想独处，这是最后的一块儿边疆地带。"

告别冈瑟后，我来到一个可以俯瞰大海的小平台上。在那里我找到了丽贝卡，她和她丈夫非常不同。起初，我假定冈瑟只是在工作上脾气暴躁，但有一颗善良的心。但后来，当我听到他责备丽贝卡，抱怨当地人的无能，并列举了他所感受到的不公平待遇时，我得出的结论是，他是个怪人。

丽贝卡在冈瑟听不到的这个小平台说："你知道吗，基督教徒来了，他们破坏了我们的记忆。古老的故事，古老的血统，他们认为所有这些东西都属于异教徒的过去，并试图摆脱它。他们让我们穿他们的衣服，用他们的方式思考。我们失去了太多太多。"

我问她是否认为自己是个基督徒。

她告诉我："我只是表面上是，但我内心不相信了，至少是不会再相信了。"

这时冈瑟的声音在客房的另一边响起，他愤怒地大声喊道："丽贝卡！"丽贝卡走进去，他开始斥责她准备的晚餐不可口。

我突然有一种想独处的冲动，前提当然是不能和冈瑟在一起。

---

① 黄金海岸是澳大利亚昆士兰州南部的一座城市，也是澳大利亚东部沿海的假日游乐胜地。

他在屋里的时候，我偷偷溜过客房的后墙，进入了邻近的红树林沼泽。走了几步泥泞的路后，我找到了一条石子路，沿着这条路穿过一些树叶茂密的起伏处和蜘蛛状的树根。走了几百米后，小路分叉了，我沿着一系列凸起的岩石台子，在两个方向中选择了杂草丛生但前景似乎更好的那个方向。不久，许多漂亮的茅草屋出现在视野中，每一座都有一小块人造陆地突出至泻湖里，由一座棕榈树桥与小路相连。

我走到了一条又长又直的小路上，上面撒着一层薄薄的沙尘，使它在脚下显得很柔软，路旁种满了紫罗兰色的凤梨花。为了躲避突然下起的倾盆大雨，我站在铺着茅草的槟榔店门口。一些好奇的孩子跟我一起进去，他们大大方方地自我介绍，有阿拉贝拉（Arabella）、拉斐尔（Raphaella）和本尼迪克塔（Benedicta），还有一个表情严肃的年轻人雷穆勒斯（Remulus）。当女孩们在凤梨花丛中玩耍时，雷穆勒斯问了我一个问题：他想知道澳大利亚的生活与这里有什么不同。

对于一个只经历过霍尼亚拉（Honiara）城市生活，来自一个连道路都让人感觉柔软的村庄的人来说，这是一个难以说清的比较。我不想让他觉得，当地的生活，他所谓的"简单生活"，在任何方面都不如澳大利亚的城市环境那样令人满意。于是我描述了澳大利亚的人、汽车和摩天大楼以及无尽的道路和交通堵塞等情况。

我对城市拥挤的描述似乎并不能使他信服。他说："我们这里什么都有。我们可以生活得很轻松。这是我们的农场和鱼，但是我们没有钱。"他在霍尼亚拉做了两年建筑工人，最近刚回来，想学习成为一名小学教师，但负担不起学费。他继续说："所以，去年我在当地的一所神学院上了基础课程。我通过了考试，他们已经接受我开始神学课程再学习七年，训练我成为一名牧师。"

我问他这是不是他想要的。

他毫不犹豫地说，不，这不是他想要的，随后他又补充道："但是他们会支付我的学费。"

我让雷穆勒斯自己去做下一步的决定，然后继续往前走，穿过菠萝树，沿着一条泥泞的小路，又穿过一些菜园，来到一条河流的河口。爬过低垂的树枝，穿过黑黝黝的沙滩后，我找到了一小块空地，我也要面对自己的犹豫不决。站在河口刚好没过脚踝的水里，我突然想起浅水里可能潜伏着鳄鱼。然而，我并没有立刻跳起来，而是拿起手机，在搜索引擎里输入了一个问题，"马莱塔有鳄鱼吗"？但是手机没有连接网络，这就是我刚刚告诉雷穆勒斯的城市人的愚蠢之处。我往下一看，发现沙滩上有几个人的脚印，从岸边一直延伸到水里，我记得有一小群人来这里游泳。于是，我跳进了向环礁湖流去的那条缓慢流动的黑暗水流中。当我进入河中央时，开始还是暖和的水突然变冷了。我逆流而上，看着天上乌云密布，偶尔还会看到一条为了躲避潜伏在水下的捕食者而跃起的鱼儿。

过了一段时间，我来到了河流的一个岔口。我停止了游泳，仰面漂浮，望着天空和悬在半空中的树木，随着水流慢慢地漂回去。

当我从水里出来时，把在岸边的一家人吓了一跳，他们正在用长长的灌木刀抓螃蟹。那位母亲说："天快黑了，你可以搭我们的便车回去。"于是她派两个小男孩去取独木舟载我们回家。夜幕降临时，孩子们熟练地撑着独木舟在水中快速滑行。当我们接近小岛时，天上没有星星，但在我们下面有一群乌贼鱼，在泻湖的黑暗中发出星形的磷光。

13. 布干维尔：一个岛屿的命运

在布干维尔首府布卡（Buka）的命运宾馆（Destiny Guesthouse）里，有一场激烈的争辩。

住在该酒店的巴布亚新几内亚（New Guinean）女商人艾薇（Ivy）指着我说："他是新来的，我已经安排朋友带他参观了。"但是迈克（Mike），一个澳大利亚人，正在电话机前准备打电话，并没有听到她说话。他这时候正要离开这里，说道："我来这里是为联合国做些工作，但他们没有准备好让我做些什么，所以我要回家了。不过他们仍然得付我全部薪水。"最后，他不理睬我和艾薇，打通了电话："嗨，辛迪（Cindy），我给你带来个年轻白人——你绝对难以抗拒。"他还用皮金语补充道，"这个人不错，帮我照顾他，小乖乖"。

很快我就听到他口中的这个小乖乖在计划我该住在哪里，该去拜访谁。我决定逃走，以避开迈克、艾薇和这个小乖乖的热情好客。在他们争论的时候，我从一个侧门溜出了客房，上了大街。

但这次逃离只是个开始。我在街上遇到一个戴着一顶松软迷彩帽和太阳镜、镜片上还贴着价格标签的男子，他热情地向我打招呼："你好，我的兄弟。"然后，他告诉我，他也是刚从巴布亚新几内亚的另一个地方来到这里。他还说："我支持基督教复兴运动（Christian Revival Crusade），但我真的很想去澳大利亚——布里斯班、悉尼、阿德莱德——去宣传福音。尤其是对阿德莱德的人来说，他们需要我们的帮助。兄弟，加入我们吧。"听了他的话，我又一次被迫逃跑，不过这次是在一条小巷里。

之前有人告诫过我要预料到意想不到的事。不过在这一刻，我觉得这个男子也是一个外国人，并没有觉得特别不安。这时，迈克突然出现，一支潮湿的香烟夹在他的耳朵上，满头大汗的他严厉地把我拉到一边："你可能感觉这里很安全，但你不知道，这些人都很危险。我在这里待了十年，后面还要长只眼呢，一点儿也不敢放松警惕。"他紧紧盯着我的眼睛，作为一个行家里手指导我这个新手。尽管我知道要在巴布亚新几内亚警惕潜在的人身危险，但我还完全没有准备好被抢劫还表现得无所谓。

我在树下停下来乘会儿凉。树旁是一个路边摊和一个铁栅栏，上面挂着美拉尼西亚地区常见的红、黄、黑三种颜色的T恤，上面印着一只紧攥着拳头，旁边是字母"AROB"——布干维尔自治区。在对面一个公园的入口处，有一块手绘的绿色标牌很显眼，上面写着"离公投还有160天"。我避开了再次进入视线的基督教复兴运动者的目光，向摊主杰西（Jess）询问衬衫和标牌的情况，希望能让"我的兄弟"知道我正忙着别的事。

她不经意地提到这些印花T恤的价格在70澳元左右，并说："我们的生意很好。我们在斐济制造，然后运过来卖。虽然很贵，但还是有人买。"

我问她公投时会投赞成票还是反对票。

她直截了当地告诉我："我只是嫁给了当地人，但我不是布干维尔人，所以我不会投票。不管怎么说，这里的人还没有准备好公投。你四处看看，觉得这里像个首都吗？他们认为公投独立后就可以拥有所有的矿区资源，获得全部的利润，但没有巴布亚新几内亚，他们根本就无法运营，或者将不得不将矿区出售。独立与否我们都得努力赚钱。我现在还买不起一间商铺。我正在找一间合适的商铺，但是都太贵了，所以目前我就在这棵树下工作。

不过，好在人们还是会来摊位上转转，如果他们想买这些昂贵的T恤，我们就会很高兴卖给他们。"

海岸上已经没有人了，我走回到大街上，经过熙熙攘攘的卖槟榔的市场，看到在布卡岛和布干维尔大陆之间的海上通道上往来的五颜六色的香蕉船。

我当时正在寻找一位当地知名的环保活动家，我有一种预感，可能会在当地社区找到她，那里有许多公民社会组织。但是到了那里后我发现门是锁着的，大厅内的灯也熄灭了。其中一个房间似乎开着灯，门上有一个褪色的标识，显示着"2016年S/M会议"正在室内举行的信息。我有些忐忑地打开门，一股16度的空调冷风吹了过来，但让我松了口气的是，迎面是布干维尔残疾人协会主任西恩·阿图阿（Sione Atua）温暖的笑容，就好像他在期待我的到来一样。西恩先向我展示了他所在机构的年度"行动计划"，这是写在两张有点破碎的小纸条上的，上面有许多方框，方框里写着一系列类似代码的缩写和短语。这些行为是对官僚程序的完美复制。我了解到，该组织将修订其政策和程序，同时启动协商程序，以制定新的组织条例。另外，还需要高管会议的商讨决定。这是一份听起来令人印象深刻的计划书，西恩告诉我，在没有任何资金的情况下，这几乎是残疾协会所能做的一切。

他说："我们首先需要的是信息。除了我，我们不知道还有谁是残疾人，他们是怎么致残的以及他们现在住在哪里。我们不知道他们的残疾是精神上的还是身体上的。我们不知道他们是看不见还是走不动。"

协会仅有的三名成员，协会主席、办公室主任和协会秘书——都是无偿服务，没有工资可以领。西恩告诉我，他之所以在如此条件下还会做这些走过场的事情，是因为作为一个残疾人，他仍然"忠于他的人民"。我注意到，除了"巴布亚新几内亚运动会"

这一标题下的条目，这个行动计划几乎与他去年提交的行动计划完全相同，连计划文字都是写在去年计划书的背面。目前完全不清楚他的组织是如何且以何种方式支持何人的。西昂意识到我对他谈话的兴趣，骄傲地补充说："我们计划参加拳击和跑步比赛。"

*

小岛索哈诺（Sohano）穿过布卡海峡，在1975年澳大利亚结束对巴布亚新几内亚的统治之前，它一直是布干维尔的首都。索哈诺岛上的住宅的分布有明显的差异：有的位于岛的顶端，有的位于岛的底部。在岛顶端的岩石上，可以俯瞰到布卡海峡的美景，古老的殖民地时期的房屋矗立于此，它们有坚实的柱子和高高的斜顶，房前整洁的草坪一直延伸到海边。这些都是布干维尔政府上层，特别是司法部门人士拥有和居住的。几段维护良好的木质台阶从海滩通向山墙门，上面有"仅供法官使用"的标牌。树根处覆盖着蕨类植物的古树和巨大的树冠形成了一个拱形的绿色屋顶，可以抵御北所罗门群岛强烈的阳光。

在索哈诺岛底部有一个定居点，我在那里找到了特库纳（Tekuna）酋长，他是一个衣冠楚楚、精明而风趣的人，留着20世纪70年代流行的鬓角，有着电影明星的长相，一头黑发，来自布干维尔遥远的莫特洛克（Mortlock）群岛的波利尼西亚（Polynesian）。

他的衬衫没扣扣子，鬓角闪着光，眉毛扬起，像个20世纪70年代的浪子，我让他摆个姿势给他拍点照片，对他说："笑一下。"

他回答说："我可以笑，但我没有牙齿，那可能会很丑。"

渐渐地，随着海平面的上升淹没了更多的岛屿，偏远的环礁生活变得越来越困难，莫特洛克岛上的居民逐渐迁移到索哈诺，在岛的底部形成了一个流离失所的波利尼西亚居民定居点。

特库纳指着下面说："我要回莫特洛克，跟岛屿一起沉没。"

我有点吃惊便问："一起沉没？"他笑着说："是的，一起沉没。"

然后他继续说："我是第一个在这里定居的人。当时有很多工作机会——政府部门、煤矿到处都需要人，如果你受过教育的话还可以去学校教书。但现在不一样了，许多年轻人都处于失业状态。即使在莫特洛克，过去也有很多工作机会，政府常常会派人到外地招聘，但是现在，这一切都变了。我们甚至都回不去了。这里曾经有一艘正规的政府运营的渡船，但现在这艘船可能每隔几个月才会开一次，而这也往往不准时，人们最终会被困在布卡。住在这里和莫尔兹比港（Port Moresby）的人比住在莫特洛克的人多。现在那里只剩下一千左右的人，大部分都很老了。所有的年轻人都走了，但我退休后会回去。那里和我年轻的时候不一样了，那时候人口还没有被迫迁移。我们以为那是座大岛，但现在我们失去了这么多土地。我们不能用过去的方式种植任何东西，也几乎没有政府提供的服务。但尽管如此，最终我还是会回到那里，那是我的岛，我的家，就让海水从那里带走我这把老骨头吧。"

我问特库纳关于公投的事以及他是否支持独立。

他犹豫了一会儿说："我认为公投将是一场灾难。"很多来自莫特洛克的人住在巴布亚新几内亚的其他地方，也有很多人在这里结婚，住在布干维尔。他们会做出什么选择？接着他又说："反正谁也不知道那是什么意思。什么是独立？什么是更大的自主权？没有人对此做出过解释。"

他附近的一个邻居加入谈话："我们是少数民族。我们相信我们与汤加人关系更密切，所说的语言与汤加语和新西兰毛利语等其他波利尼西亚语言相近。但政府并不关心我们，我们不是他们施政的重点对象。"

接着，特库纳打断了我的话："今天就聊到这里，我得去布卡看医生了。"我对他的身体状况表示关心，但他挥手阻止了我，不屑地说："不，不，我并没有感到不舒服，在公共事务部工作40年后，我想赶紧退休，但他们不批准。我之前在人力资源部工作过，所以我了解这个系统是如何运作的。我得看三个医生才能说明我病得不能工作了，然后才可以退休并有资格领取养老金。今天是看第一个医生。"

我搭乘了一截香蕉船回布卡。在路上，我经过了当地的学校大楼。有些大楼的墙皮已经脱落，被学生用涂鸦覆盖了；另一些最近刚刚被修整了。一间教室外的一块牌子上写着澳大利亚的援助资助了整修工程，下面还有一块潦草的红色涂鸦，上面写着"血腥钱，坏蛋"。

*

回到布卡，重新感觉到了久违的商业氛围，人也有了精神头。周日的麻木已经消失，那种困倦的死水般的感觉已经被一种较为进取的精神所取代。市场上人流涌动；香蕉船的水手推搡着乘客；人们在街上闲逛，在商店前驻足。它甚至可以被看作一个正在形成的小型国家的首都。

经过市场时，一位戴着太阳镜和金耳环，穿着得体的女商人伸出手来拦住我说："嗨，我是艾薇（Ivy），你昨天跑到哪儿去了？"

我停下来和她交谈，但她的电话一直响个不停，每说几句话就会被另一个来电者打断。

艾薇对着电话说："好的，硝酸甘油，我可以帮你拿。"过了一会儿，她又说起法语："不，继续擦，擦干为止。船还没到，它应该很快就会到。"接着她又发了一大堆瓦次普（WhatsApp）消息，以便让她的客户非常满意。然后，她对我说："你知道吗，我认为泥蟹市场有很好的前景。"

在我们所站的地方，一个过路人对周围那些"红皮人"指指点点，好像见到了新奇之物。艾薇一副听天由命的表情解释说："我来自巴布亚新几内亚的另一个地方，不像布干维尔的人那么黑。他们叫我们'红皮人'，我总是回答说，我是外红内黑。"然后她一边看手机，一边漫不经心地指了指一个普通的公园，继续说："顺便说一句，那是战争中的大屠杀现场。那几个槟榔摊贩所在的那棵树下有一个集体坟墓。"她指的是始于1988年的布干维尔分离主义者与巴布亚新几内亚政府之间长达十年的残酷冲突。公园上方的一个大牌子上写着"距离公投还有159天"，这并非巧合。但艾薇的担忧更为直接。

她继续说，"生意很艰难"，但她不只是像商人那样抱怨政府的官僚习气："有时他们不希望我们在这里，看到那边那个人了吗？"她指向一个穿着民兵制服，戴着一顶旧军帽，围着一条红色头巾的男人。他的右手上戴着一只黑色的无指手套，指关节上布满了小金属钉。艾薇告诉我，他曾在现已解散的布干维尔革命军（Bougainville Revolutionary Army）当兵，后来因抢劫、袭击和强奸被关进监狱。她接着说："我得和他商量给他一些东西。他曾给我发了一条短信，说如果我不满足他，当再一次动乱开始时，'我最后一颗子弹会送给你'。"

仿佛听到了我们的谈话，那人走了过来。他没有看我，只是跟艾薇打招呼，简单说了几句话。他们用拳击手的敬礼方式碰了碰拳头，表示一种对抗性的尊敬。

那人走后，艾薇继续说："所以我有时会冥想，花时间独处。也许哪天我会消失不见；也许我会像我的家人一样移民到澳大利亚。待在这里很困难，我没法回家，他们烧毁了我的房子，那是我父亲建的，他是一名基帕斯（殖民时代的地区官员）。他有不同的思维方式，只是把事情做好。不过，一切都变了，教会也无能为力。我们曾经是一个巫术社会——巫师会坐在酋长的右边，作为顾问，调解纠纷。通过巫师保持社会秩序，没有直接的杀戮。教会告诉我们，杀戮是错误的，并引入了一种新的世界观，但他们未能带来司法、警察部队和其他社会控制手段。现在这里非常暴力。"

暴力也曾直接降临在艾薇身上，她向我讲述说："我的前夫是巴布亚新几内亚军队的一名士兵，他所在的反恐部队曾被派去对抗布干维尔革命军。他参与了这里发生的杀戮，因此我们分手了。危机过后，我来到布干维尔，试图帮助那些被他毁掉的人。我在这里真正感兴趣的是幼儿教育，这也是我留在这里的原因。这太重要了，每次我想到离开的时候，我看着镜子里那些小黑脸，我就会想到我还得教他们'自然拼音法'（Phonics）。"

夜幕降临时，我们沿着街道闲逛。作为提高人们对即将到来的公投重视运动的一部分，布干维尔政府设立了一个大型户外电视并播放电影，内容很奇怪。每天重复播放着三部电影，但观看的人却越来越少。第一部电影是布干维尔铜业有限公司（BCL）在20世纪70年代早期制作的关于盘古纳铜矿（Panguna Copper）的宣传。这是当时世界上最大的铜矿，为澳大利亚的股份持有者和巴布亚新几内亚政府创造了巨大的利润，但只有很少的钱留给了布干维尔。它聚焦于澳大利亚矿业的英雄时代，展示了大型卡车铲平大地的场景，而这确实在当时被认为是一种进步。戴着安全帽的高大白人男子则操作着重型机器，在古老的热带雨林中开辟出一条通往繁荣的道路，这时狂躁的音乐响起，音乐声混杂着喝着啤酒挣着快钱的工人们热火朝天的呐喊声。

影片切换到一个小男孩，他的家原来坐落在山谷里，现在已被巨大的矿井毁坏。但在影片中他却说："我最喜欢推土机，它们有四个前进挡位和四个后退挡位。"

声音低沉的讲述者带有一丝对布干维尔母系土地所有权传统的屈尊态度说："只有女性站出来抗议，她们想要一个新的环境评估报告。她们获得了象征性的胜利，拿到了报告，但矿井却照常开采。"

一位澳大利亚承包商问当地的一个男孩："你长大后想做什么？"男孩回答说："我不知道，我一直在改变主意，就像我看到的山谷一直在变。"

我问旁边的人对这部电影的看法。她对环境的破坏感到震惊说："看看这些被毁坏的树。"一只迷失方向的鹰盘旋着，在残骸中试图寻找它以前的家。"整件事太让人伤心了。这一切都与公投有关。政府让我们思考它的意义。他们认为这是发展、进步和获利机会。也许吧，但我觉得这很悲哀。"

我说："他们好像借鉴了澳大利亚之前用过的宣传手段。"她使劲点了点头。我问她是否认为公投会成功。她回答道："是的。90%的人会投赞成票，我也会投。"坐在她旁边的年轻人用皮金语说："她是一个认真的人，她真是这么想的才会这么说。"

附近，一名来自莫尔兹比港的警察，他的电话坏了。我认出他是命运宾馆的房客，他向我招手，并低声对我说："别说独立了，他们甚至连互联网都没法使用，更不用谈什么数字经济，现在这个时代，没有互联网能干什么，没有经济发展，独立了有什么意义。"

接着下一部影片开始播放。20世纪70年代的澳大利亚已经过去，这是一部关于一对旅行中的英国音乐家的电影。看了一会儿，艾薇说："取景地不是在布干维尔。"后来，我们意识到它是在喀拉哈里沙漠（Kalahari Desert）[①]拍摄的：一个不同的地点和时间，

[①] 喀拉哈里沙漠（Kalahari Desert），非洲中南部沙漠。

但同样屈就于布干维尔铜业有限公司的宣传的电影。

如果这仅有的少量观看影片的观众，不能从电影中认识到采矿可以赚到巨额利润而自己的环境却会遭到巨大破坏，也许他们才会去像傻子一样投票支持独立。

我们继续往前走，碰见了玛丽（Marie），她是艾薇的朋友，在布干维尔自治政府工作。路上我们遇到了一个大水坑。

艾薇一边沿着泥泞的河水走一边开玩笑说："这里需要一座桥。"

玛丽满口行话地回答道："也许有过一个建造桥的提议，但因为缺乏资金，最终胎死腹中。"艾薇不失时机地回话道："也许我们可以向中国申请一笔非优惠贷款？"

这很有趣，但也是事实——这是这个即将独立的国家官员对已经掌握的国际发展术语的一次使用彩排。

艾薇要去一个酒吧，她约好了和她的朋友艾达（Aidah）、莉亚（Liah）见面，她邀请我一起去。这三名妇女第一次见面，是在当地天主教修女管理的性别暴力受害者安全屋。虽然为她们提供了一个临时住处，但管理安全屋的修女们本身却也很粗鲁，虐待她们，甚至用暴力对待她们，所以她们三个又都从那里逃走了，然后彼此依靠。尽管她们成功地逃脱了与"暴力男"的婚姻，但她们仍然不得不提防那些嫉妒她们成功逃脱的人所提出的巫术指控。

莉亚的父母在同一次袭击中受了重伤。离开丈夫后，莉亚回家和父母一起住，但他们又遭受了另一次袭击，这次是来自邻居。她告诉我："因为有人说我母亲在施行巫术，他们便用砍灌木的刀砍我父母。但实际上，他们知道我们都是正常人。每次我回到那个村庄，都会感到恶心。虽然我的母亲已经康复了，但是她的头部和颈部仍然有那次袭击留下的伤疤。我们试着继续生活，但我知道是谁干的，他们还住在那里。他们假装什么都没发生过，但我永远不会忘记，心里会时刻记着他们的所作所为。"

艾达的父亲是一位村长。她说："在过去，巫师和村长会一起工作，讨论如何更好地管理村民的精神世界，这可能涉及不同的仪式、宴会、传统和祭品。但现在人们自己来完成这一切，任何被指控施行巫术的人都会遭到暴力对待。管理冲突的旧方法基本上已经崩溃而失去作用。现在任何人都可以对巫术提出指控，这导致了越来越多的随意暴力行为发生，尤其是针对女性的，一旦被定性为巫术行为，加上嫉妒以及权力不平等的旧思想，相当于给指控火上浇油，会造成严重后果。"

然而，这三位朋友不顾一切，计划成立一家合资企业。艾薇说："中国新年就要到了。我们需要 2000 只泥蟹在下周末之前出口到香港。"支撑她们商业计划的是一个简单的愿望：她们想建造属于自己的房子。"如果我们有自己的小房子，我们就会更安全。我们只需要有足够的钱买些棕榈叶和木料，我们就能躲起来，过我们自己的生活了。"

艾薇停了一下又说："也许，我们可以用蟹壳盖房子，住在里面当隐士，这样那些安全屋的修女们就永远也找不到我们了。"

当时已经很晚了，天也完全黑了，但她们三个不让我一个人回酒店，要把我送回去。我们走过布卡阴暗的小巷，经过无数在非法啤酒馆喝酒的年轻人，他们在卖常温的南太平洋啤酒和会破坏大脑神经的自制啤酒。他们只顾着自己娱乐，忽略了我们，但艾薇一路上还遇到了更多的女性朋友。她们聚集到一起，我发现自己是被布干维尔女人组成的保护方阵围在中间，护送回命运宾馆的。

*

布干维尔的近代历史都是从阿拉瓦（Arawa）开始的。从布干维尔沿着崎岖不平的道路向南走四个小时就到了阿拉瓦。当我在市场上狼吞虎咽吃着一大堆菠萝和芒果时，遇到了格拉迪斯（Gladys），她提出带我游览这座城市。阿拉瓦是服务于布干维尔盘古纳铜矿的主要城镇和商业中心。尽管位于布干维尔中部，但这个城镇却让我有一种奇异的熟悉感。和格拉迪斯一起散步时，我看到这里有宽阔的道路，井然有序的十字路口和人行道，还有修剪整齐的绿化带。我们来到第十区，这里的房子有高高的屋顶，草坪也经过了精心地修剪，让我感觉仿佛是在一个晴朗之日回到了凯恩斯（Cairns）或布里斯班的郊区。这里有壳牌石油公司的加油站、壁球场、可口可乐广告、银行分行，还有一栋褪色的白色市政建筑，上面写着一些字，"1985年庆祝独立十周年"。它的风格像是20世纪80年代的一个澳大利亚小镇，虽然现在已经衰败了，但却被时间冻结了，让我捕捉到了战争爆发和附近盘古纳矿场关闭的瞬间。

当格拉迪斯和我走过因冲突而伤痕累累、被遗弃的阿拉瓦时，她在脑海中重温了它的鼎盛时期：一个经营良好、充满活力的城市，由高薪的矿工、他们的家人以及经营企业、学校和娱乐业的人组成。这些人并不是飞来飞去，下班后就离开，相反，矿工和行政人员在镇上生活和工作，并帮助这里的人建立了一个社区。当我们来到一座烧毁的建筑，在破旧的遮阳篷的阴影下停下来时，她伤感地回忆道："这原来是一家很棒的超市。"再往前走，格拉迪斯指着一个上锁的房门给我看，说这是强生公司的药房。在这个小型金融中心，有一个"纽吉尼劳埃德银行"（Niugini Lloyds Bank）的标识，在墙皮有些剥落的前市政大楼，还有一家南太平洋银行（The Bank of the South Pacific），银行名字旁有一棵现在还能看到的椰子树作为装饰。当我们经过时，她的脚步慢了下来并指着它告诉我："我的母亲过去曾在那里工作。"她心里似乎有什么事，当我们来到一个杂草丛生、铁丝网生锈的街区时，她说这里曾是她的小学，她开始谈论当年那场危机。她轻声重复了一会儿："那真是个可怕的时刻。"似乎不愿让自己回到那些记忆。我并没有追问过她这些，但对她来说，过去的记忆是不可磨灭的。

"当战斗开始时，我离开了学校，我们一家回到了丛林中。我们很害怕，也不想成为革命军的一员，所以我们住在村子里。我们没有枪，只能用棍棒来保护家园。我们没有攻击任何人，我们只是想确保自己的安全。但后来我弟弟得了传染病，情况变得非常糟糕，我的父母决定把他送到一个巴布亚新几内亚军队控制地区的诊所。我们投降了，但这让布干维尔革命军很生气。"

她几乎无法描述接下来发生了什么。布干维尔革命军进了村子。"他们有枪，所以我们无法阻止他们，他们要求见我母亲。他们指责她向巴布亚新几内亚国防军泄露机密。哥哥和我试图阻止他们，但他们把母亲拉开，拖到灌木丛中。我知道他们是谁，而且在冲突之前就认识他们。我很害怕他们会把我也带走强奸，但我不能让他们带走我的母亲，所以我尖叫着要母亲回来。"

我们站在午后的细雨中，一个部分被遗弃的小镇那空荡荡的街道上，格拉迪斯哭得很伤心。她继续说："那天晚上，我妈妈爬回了村子，我把她抱在怀里。她遭到民兵的野蛮侵犯。虽然她奇迹般地活了下来，但她的健康未再完全恢复，她在前一年去世时还很年轻。除了去市场买槟榔，我现在很少出门，我经常只想一个人待着。"

冲突结束后，20岁的格拉迪斯回到中学，后来在巴布亚新内亚的一所大学商学院学习。她交往了一个男朋友，但他经常虐待她并使她怀了孕，最终，她没有完成学业就回到了阿拉瓦。她说："所以现在我不得不在家照顾孩子，有时还到镇上一些人家里做保姆。我有时会看到那些对我们做下恶行的布干维尔革命军，但我有意不理他们。他们跟我打招呼，对我微笑，但我讨厌他们，我不敢看他们。他们应该为我们而战，而不是像对待动物一样对待我们。我们是同一类人。"她用力捏了捏她的前臂，表明她皮肤上的黑色素是布干维尔人特有的。

我们继续往前走，我问她是否认为这个小镇正在慢慢恢复生机。她直截了当地说："没有。我们即将举行公投，但我不知道会发生什么。我们不能回到暴力时代，我已经受够了。布干维尔革命军说他们已经缴械，但他们把枪藏在家里某个角落。我听他们中的一些人说，如果他们不能如愿以偿，就会发动第三次世界大战。不管怎样，他们不应该再拿起枪来进行杀戮。"

我们又在空旷的小径上停了一会儿，安静地聆听滴滴答答的雨声。过了一会儿，她说："来吧，咱们走吧。"

*

当我在阿拉瓦古老的商业中心散步时，还遇到了奥古斯丁（Augustine）。他现在已经50多岁了，冲突之前，他在市政府有一份很好的工作。我是在城市广场上一栋废弃的建筑外遇到他的，当时他倚着栏杆，还穿着上班时的制服。我跟着他来到他的办公室，他告诉我："我和我的孩子们的关系很不好。"外面下着大雨，办公室里没有电，很黑。在一个角落里，有两个并排的厕所，厕所的墙已经塌了，所以办公室里臭气熏天。奥古斯丁正试图在这里创办一个提供成人教育和扫盲课程的社会机构。在微弱的光线下，他在一张小金属桌子旁工作，周围的书架上放着一些旧书，一本快散架且发黄的《新约》，还有一些报告，由于年代久远，满是尘垢，我没有碰触它们。

即使在现在的办公室里，他仍保持着一种专业的风度。他对我夸口说，是他监督了镇上第一个交通灯的安装。窗外一片杂草丛生的场地，那里正在进行一场橄榄球比赛，他指着那里说："我们这个地方仅次于莫尔兹比港。阿拉瓦应该很像悉尼。所有的城市规划者过去都称我们的高速公路为'海港大桥'（Harbour Bridge），旁边就是'帕拉马塔'（Parramatta）①。在小镇的边缘，曾经有一个由格雷格·诺曼（Greg Norman）②设计的高尔夫球场。不过现在这个小镇已经大不如前了。在我成长的过程中，我们这里有巴布亚新几内亚最好的教育。布干维尔的学生很聪明，在学校的考试中总是名列前茅。我们的老师是澳大利亚人，教学水平非常高。我们学校里也有欧洲人。"

我问他，欧洲人是否过着独立的、种族隔离的生活，就像在其他许多采矿环境中那样，但他说没有。

他笑着说："我们都混在一起，彼此之间很友好，没有太多区别。只是学校当局发现白人女性会被当地男性吸引，曾试图阻止这种情况，当他们进入中学时，就把他们分开。但现在不一样了，我们也有了迷惘的一代。"③当他说完这些，突然有点分神。我似乎听到背后窸窣的脚步不断靠近，奥古斯丁急忙朝我身后张望，

---

① 帕拉马塔位于悉尼以西 18 千米，是西悉尼的市中心，为悉尼地区内第二重镇，澳大利亚第三大经济区，是澳大利亚发展最快的地区之一。

② 格雷格·诺曼（Greg Norman），澳大利亚昆士兰州人，史上最出色的高尔夫球手之一。

③ 迷惘的一代（The Lost Generation），又称迷失的一代，是美国文学评论家格特鲁德·斯坦因提出的第一次世界大战到第二次世界大战期间出现的美国一类作家的总称。他们共同表现出的是对美国社会发展的一种失望和不满。他们之所以迷惘，是因为这一代人的传统价值观念完全不再适合战后的世界，可是他们又找不到新的生活准则。他们认为，只有现实才是真理，可现实是残酷的。于是他们只能按照自己的本能和感官行事，竭力反叛以前的理想和价值观，用叛逆思想和行为来表达他们对现实的不满。

然后开口说:"是我儿子来了。"我问是否可以见见他。

奥古斯丁说:"当然可以。"然后把他从办公室后面叫出来并介绍给我认识,"这是我儿子唐(Don)"。我们握了握手,就这样认识了。

虽然奥古斯丁保留了一个在市政府工作的人应有的专业、受过教育的体面,但他的儿子却心不在焉、惴惴不安地在办公室周围晃来晃去。他有着奥古斯丁那样温和、聪明的外表,但与坚忍的民兵风格格格不入。他戴着红色的头巾——这是布干维尔革命军的标志——穿着便服。他只是看上去像个民兵。他匆匆朝我点了点头,然后点上一支香烟并向我们头顶上方吐了一口烟,仿佛在标明他的位置,然后一言不发,扭动着身体,蹒跚着脚步,大摇大摆地向门口走去。显然他对我们不感兴趣。

唐的出现给奥古斯丁带来的那种轻微紧张和忧虑的神情很快就被他的离去所带走。他说:"冲突之后他就再也没上过学。他虽然看起来很像个民兵,但他太年轻了,还没有被布干维尔革命军接纳。事实上,我们村并没有卷入其中,我们试图在那段时间为大家提供一些教育。任何我们能想到的事情,比如木工、建筑、编篮子。这样的话,即使在危机中,我们的年轻人仍然能学到一些东西。我给他起名叫唐,这是我在学校时的一位澳大利亚老师的名字。这位老师曾鼓励我学习商业知识,还教我如何推销商品。"

我问唐识不识字。奥古斯丁沉思了一会儿说:"几乎可以说是个文盲,只认识一些词,读懂一些简单的句子。他很多的同龄年轻人都是这样。他们以为自己就是布干维尔革命军,但实际上并非如此,也没有适合他们的工作。他们无事可做,就会吸大麻,喝自酿啤酒,所以我的组织将努力教这些年轻人他们错过的东西。"坚韧不拔的他举起手,指了指发霉的办公室、暴露在外的厕所和支离破碎的报告说:"我的团队将从这里开始工作。"

＊

那天晚上，我离开奥古斯丁的办公室。雨已经停了，夜晚很凉爽。有几个小摊在树干旁和两棵巨大的无花果树的树冠下继续营业。我很想回到酒店，但还有最后一个我想见的人要拜访：当地的音乐家与和平活动家伊斯梅尔（Ishmael）。我走到他家，看到灯还亮着，我请求他接受我的访问。一个体格健壮的男人在半明半暗的光线中出现。他神气活现，有一只胳膊虽然还很强壮，但有点干瘦。他的T恤袖子下面有一处可怕的已经痊愈的肌肉和肌腱节。他宽阔的T恤前胸上印着"没有什么是不可能的"的字样。他顺着我盯着伤疤的目光，一本正经地说："这是与榴弹发射器近距离接触造成的，我以前是一名战士。"如果阿拉瓦的年轻人想要模仿他的风格，将会以完全失败告终。他没有戴头巾，穿迷彩衣服或其他标示民兵身份的徽章。但毫无疑问的是，他曾领导过布干维尔革命军的一支部队。回忆片刻后，他想起来一些事：

"当我们放下武器时，我很激动。不过，我并没有立即成为一名和平活动家，也没有一开始就想要与政府和解，我是经历过一些事情后，逐步思考后才支持这个决定的。当我们签署和平协议时，一些指挥官仍然想继续战斗，但我遵循内心的选择。我知道大势所趋，试着去感受空气中的和平气息。我们的战斗的确是结束了，但弗朗西斯·奥纳（Francis Ona）[①]想继续战斗。我们签署的和平协议中重要的一条是独立公投。我并不想放下枪，我是一名战士，我们的部队也取得了成功。我并不厌倦战争，但我认为我们需要用枪支来做的事情已经实现了。"

奥古斯丁和他的儿子唐的事情让我感触万分，我向奥古斯丁表

[①] 布干维尔革命军的领导者。

示很担心这些在战争中长大,或者因为太年轻不记得发生的一切,或者因为年少轻易被洗脑成为政治事业上的狂热分子的迷惘一代。

他并不认同我的担心,有点咄咄逼人地说:"我觉得你的担心是多余的,我的孩子们都很好。这实际上取决于父母以及他们如何培养孩子。最重要的是,这是我们的土地,是我们的未来,所以我不知道你说的迷惘是什么意思。最终,我们赢得了战争,现在我们需要强有力的投票支持独立。我们战士已经尽了我们的本分。我已经放下了枪,如果布干维尔的人民不在公投中支持我们,那将会浪费掉这难得的机会。如果他们不这样做,他们就会让自己失望。我们需要95%的选票支持才能让政府知道我们是团结一致的。"

我想平复一下他激动的情绪,便问起他所爱好的音乐。他说:"我们现在主要玩雷鬼①,我们受到了加勒比解放运动的鼓舞。"他给我看了几首他写的歌,歌名都很有特色,"团结""一个人""正义""独立"等,我想知道他是否写过与政治无关的东西。他说:"没有,他们的歌曲都是政治性的。"然后他唱了几小节,从他宽阔的胸膛里传出丰富而深沉的旋律:"我的眼中充满了泪水,我的祖国。我为你哭泣。我的眼里饱含泪水。"他唱完后说:"这是《九重葛②之夜》(Bougainvillea Nights)里的歌词。"歌声暴露了革命军温柔的一面。

当我走回酒店的时候,我看到了一个巨大的电视屏幕,就像布卡的那个一样,在夜色中大声播放着节目。天空又下起了雨,在

---

① 雷鬼音乐由斯卡(Ska)和洛克斯代迪(Rock Steady)音乐演变而来,融合了美国节奏蓝调的抒情曲风和拉丁音乐的元素。"雷鬼"(Reggae)一词来自牙买加某个街道的名称,意思指日常生活中一些琐碎之事。早期的雷鬼乐是一些都市底层人士用来表达抗议的方式。

② 九重葛又叫叶子花,是一种热带植物,向着阳光生长的,花色鲜艳,代表着一种乐观精神;因其生长环境都艰苦,也代表着顽强、坚忍的精神。

废弃的市场上，一场几年前在莫尔兹比港举行的以"全民公投意识"为主题的学术会议正向观众播放。一位国际法律学者说："当然有几种公投形式，我只讨论其中最相关的。"他一边说，一边用苍白的双臂对着盘古纳铜矿后面隐约出现的黑色山脉挥舞着。

*

离开阿拉瓦十五分钟后，我们来到一个检查站。我和布莱斯·奥纳（Blaise Ona）一起，他是传统意义上的地主，也是布干维尔革命军前领导人弗朗西斯·奥纳的孙子。我们是来参观铜矿遗址和他家族祖籍地所在的盘古纳的。这个煤矿也是布莱斯的祖父躲避巴布亚新几内亚国防军搜捕的避难所，它仍然受到忠诚的前布干维尔革命军战士的保护。这个检查站是曾经被奥纳控制的地区的入口标志。布莱斯说："现在我们进入禁区了，但我的祖父是一个爱好和平的人。他跟士兵打仗，而且只跟拿枪的人打仗。在这里，他想要建一个检查站，而不是路障，这是有区别的。在其他情况下，设置路障可能意味着无法无天，但在布干维尔不是这样。这个检查站意味着这是我们的土地，政府控制区到此为止。"

亚历克斯（Alex），一个前布干维尔革命军斗士，来到了车前。他印着查克·诺里斯（Chuck Norris）[①]的T恤上搭了一条围巾和一条红色的大手帕，标志着他的革命军身份。他向我收了钱，然后拿出一本收据，写下我的姓名、地址和付款金额。他们不是叛乱者，而是自己土地上的主人，这些收据向所有来访者发出了一个很小但很重要的信号，表明他们对这片土地所拥政权合法性。

布莱斯告诉我："我祖父其实不想打仗，但他必须要捍卫自己的土地、传统与环境。"

[①] 美国电影明星。

亚历克斯有同样的感觉。他边把收据递给我边说："我想采矿业结束了，我们现在需要把重点放在农业上，以免所有的土地都被毁坏。你们白人靠钱生活，但我们靠土地谋生。你可以靠它生活，但你不能交换它。"在冲突之前，亚历克斯是一家石灰石采石场的主管，擅长使用、监督采矿设备和管理工人。像奥古斯丁一样，他保留了自己的专业精神。他带有澳大利亚口音的英语很完美，他的举止友好而又轻快，公事公办。如果他没有戴着民兵的围巾，守在这个检查站，我们可能会在某个建筑的办公室里讨论一个重要的项目。他告诉我："我回到了灌木丛，并在那里活了下来。我在西澳大利亚和奥科特迪（Ok Tedi）[1]的其他地方得到了采矿的工作，但我选择留下来和我的人一起战斗。我儿子现在30岁了，但因为经济危机，他没有接受教育。他是不同的一代，迷惘的一代。他们看起来很强壮，留着胡子、长发，穿着军装，但他们从没打过仗。如果没有独立，布干维尔就永远不会有和平。"

当我们开车通过检查站后，路面突然变糟糕了，布莱斯为了避开坑坑洼洼之处，不得不左右转弯。不久，我们来到了一些废弃的混凝土建筑前，这是盘古纳矿场的入口。路边躺着废弃的卡车轮胎，还有无法辨认的锈迹斑斑的设备残骸。布莱斯放慢速度，注意转向避开这些障碍。在山腰深处，我看到了一排四层楼高的箱子，就像堆在一起的集装箱。这些最初是为矿工建造的，但现在被当地地主和他们的家人占据了，他们慢慢地回到了曾经属于他们的山谷的巨大废墟中。一些箱子生锈了，而另一些则挂着洗过的衣服。云雾笼罩在山谷中热带雨林覆盖的山脊上，融进绿宝石般的深绿之中。

---

[1] 奥科特迪（Ok Tedi）是位于巴布亚新几内亚最西部偏僻的斯达（Star）山脉中的斑岩型铜—金矿。

我们继续开着车，走了最后一段路，到了一个视野很好的观景台。布莱斯停下车。我们向下看了看山脊线下的巨大通道，沿着山谷向下，时宽时窄，一直到矿井的底部。在边缘的一些地方，被氧化的铜染成了绿色，在底部狭窄的地方形成了一个混浊的湖泊。在下面很远很远的地方有一些房子。一些移动的模糊影子应该是一家人带着几个小孩慢慢地向山脊处攀爬。

布莱斯说："很多人还在这里逗留观望，尤其是下雨之后。之所以如此，是因为这里有金子。布干维尔铜矿有限公司（Bougainville copper Limited）声称这是一座铜矿，从未申报他们发现的其他如金、银、镉和锌等金属。他们只是悄悄把这些金属开采后运到阿拉瓦的码头，然后装船送往澳大利亚、美国和欧洲。巴布亚新几内亚政府从铜矿中获得的利润不到1%，而我们这些盘古纳的土地所有者什么也没有得到。"

我问他是否学过地质学。

他回答说："没有学过，冲突开始时我还只是个孩子。我六年级就辍学了，再也没回过学校。但我很担心刚刚看到的那一家人。孩子们不上学，只是跟着大人试图寻找黄金。但铜矿公司提取金属时使用的是汞、硝酸盐和氰化物等有毒物质，加上仍然存在于地下的重金属，如果他们喝了这里的水，会得病的。"

我们沉默了一会儿，我可以听到一条小瀑布冲过山谷的声音，在光秃秃的坑壁上回响。有几只鸟在啁啾，远处有几只老鹰在盘旋，寻找猎物。当我们继续往前走时，我问他："回来看看矿坑和山谷发生的一切，你有什么感觉？"

布莱斯想了一会儿，把车停在一支第二次世界大战时期留下来的日本高射炮旁，指着远处的山脊说："感觉还不错，现在和平了，这里是我们的了。"

我期望他——来自布干维尔冲突的核心地区，作为弗朗西斯·

奥纳的孙子——表现出和亚历克斯、伊斯梅尔一样支持独立的决心。于是，我思虑再三还是决定问他对独立公投的看法，布莱斯考虑得很清楚。

他说："我认为人们会投票支持，但我不认为独立是可能的。"接着他问道："我们怎么能让矿场重新开工？我们如何支持国民的经济发展？我们的政府甚至连一条公路都无力维护。"过了一会儿，他又说："我觉得我们这里的人就像非洲人一样。"

我不明白他这句话是什么意思，布莱斯短暂停顿后继续说道："我认为非洲人在丛林中过着简单的生活，其实我们也一样。"他的希望是大家大杂居、小聚居，和平共处。他说："看看这里的人，他们现在以种植香蕉和椰子为生。如果他们一无所有，他们也可以通过种一小片地生存下来。他们通过淘金找到足够的金子，除了购买生活用品还可以存下一些钱。"他指着他祖先留下的那个被挖开、解剖、蹂躏过的山谷说："现在他们已经不需要这个了。"

布莱斯带我去了一个废弃的车间，那里曾经是采矿设备修理处。在这里，他把我介绍给斯蒂芬（Stephen）和克里斯（Chris）。这两人回到了曾经的山谷，成了这个车间的管理员。这个车间有一个巨大的金属框架，里面装着一些扭曲的、生锈的设备，即使是在现场搜寻废金属的收破烂小贩也看不上这些设备。他们两人的家人也住在相邻的棚子里，棚子是用废铁和矿上的金属碎片搭成的。

两个人中个头更大、声音更洪亮的克里斯说："每个人都会投票支持独立，我们会为之不懈奋斗。我目睹了冲突期间发生的一切，我知道没有人会投票反对独立。布干维尔矿业公司主导这里时，我们是巴布亚新几内亚的一部分，我们需要为我们的环境而战。看看他们在这里和巴布亚新几内亚的其他地方做了些什么。但是一旦我们独立了，我们会勘探所有的矿山——铜、金、石灰石——然后重新开始开采，惠及我们所有人。"他对环境的短暂关心在矿山开采带来的巨额利润前很快就消失殆尽。他也许是典型的年青一代。他穿着迷彩服，套着一件印有"我爱巴布亚新几内亚"字样的T恤，却大谈独立。

我问他冲突开始时他几岁。

他说："六岁。"他受了影响，但不是冲突各方中的一员，他有一种老一代真正战斗的人所不具备的风格和嗓门。

斯蒂芬问我："你觉得我们该怎么处理这个金属架子？"

面对露天矿山中央一个巨大的、正在倒塌的金属结构，我想不出什么特别的方法，所以我没有回答他。

克里斯有自己的答案。他非常肯定地说："这里将成为我们的出口中心。"鉴于澳大利亚在矿区和布干维尔冲突中所起的作用，我问他对澳大利亚人有什么看法。他说："他们人都很好。他们只想把地下的东西都挖出来卖出去。其他的事情他们都不关心。"

布莱斯和我沿着大路开回检查站。汽车登上山脊，进入一阵薄而有些凉意的雾气中。阳光和干燥的矿井使人感到清爽。我们在山脊上停了一会儿，然后沿着坑坑洼洼的道路往回走，穿过禁区，越过检查站进入政府控制区。薄雾豁然开朗，下面山谷里茂密的森林突然映入眼帘，透过远处的云隐约可见朦胧的山峰。我们停车顺着视线望去，我们正越过布干维尔的山谷。随着暮色的降临，乌云再次笼罩我们，限制了我们的视野，我转身上了车。

布莱斯犹豫一下，指着下面说："看，那里有一株黑兰花。"

14. 基里巴斯和巨型蛤蜊的诅咒

我在诅咒之地的接待人、东道主说："我们必须送你一份礼物，以示你受到欢迎并得到保护。"他把我带到椰子树旁的一块空地上，那里有一个巨大的蛤蜊壳，周围有一圈石头。我退后一步，他向蛤蜊鞠躬，恭敬地走近它，告诉它我是谁，我此行的目的，然后请求蛤蜊灵魂的保护。

仪式结束后，接待人安慰我说："你现在受到保护了，接下来的日子会一帆风顺。"他从口袋里掏出一包加拉赫（Gallaher）[①]的爱尔兰薄荷奶油蛋糕嚼烟。在海底反射性地咀嚼了一生之后，这只古老易怒的蛤蜊似乎应该养成了一种喜咸的口味。但接待人断言："它喜欢嚼烟草。我有时也会给它一包自己喜欢抽的乐福门（Rothmans）香烟。"[②]

我毕恭毕敬地走近这只蛤蜊，注视着它那狰狞的下颚和雪白的大牙齿。一直走在我旁边的接待人突然走上前，迅速弯下身子，把一块潮湿的褐色烟草塞进蛤蜊的嘴里，然后啪的一声合上了它的嘴。

既然能保证我在岛上探险活动的安全，我赶紧给这只蛤蜊拍了一张照片。现在看来，这只蛤蜊似乎不那么吓人了，而且在我看来，它已经表现出一种心满意足的神气。之后，我离开诅咒之地，

[①] 加拉赫集团（Gallaher Group）是英国一个著名的跨国烟草公司。
[②] 乐福门香烟是英国的香烟品牌，英美烟草旗下品牌。

到潟湖边走了一天。

为了看看基里巴斯共和国（The Republic of Kiribati）的另一面，我来到该国塔拉瓦北部（North Tarawa）地区。我曾去过塔拉瓦的南部——那里是地球上人口最多的地区之一，也是城市化十分密集之地——我想在那里体验一种更为传统的岛屿生活。塔拉瓦南部污染严重，甚至寄居蟹也开始寻找废弃的瓶盖，而不是贝壳，作为它们可移动的家园。20 世纪 50 年代，澳大利亚作家南希·费伦（Nancy Phelan）前往基里巴斯。她的书《环礁假日》（Atoll Holiday）描述了这个国家在核试验、气候变化和独立之前的情况，当时仅仅乘船去那里就需要几个星期。20 世纪 90 年代初，她再次来到这里，但情况已经发生了变化，尤其是在塔拉瓦南部，正如她在《天堂的碎片》（Pieces of Heaven）一书中所描述的那样：

气候、季节发生了变化，去那里的交通方式也不一样了。不用再在平静的海上花费几周的时间，也没有了登岸那一刻的喜悦，现在可以乘坐瑙鲁航空（Air Nauru）的飞机去那里，不过到达邦里奇机场（Bonriki Airport）时，却感觉浑身疲惫、忧虑、不愿活动……

当我走在曾经一尘不染的海滩上时，觉得自己像个幽灵。退潮后，零星的垃圾散落在浅滩上。浅滩是阴暗的，一个灰色的潟湖倒映着没有颜色的天空。到处都是破碎的铁皮，在阳光下闪闪发光，被晒得很热，把曾经被它们盖起来的凉爽小洞穴变成了烤箱。拜里基（Bairiki）[①]是不是变成了圣地亚哥（Santiago）的郊区或者卡萨布兰卡的贫民区？

后来，费伦飞过基里巴斯上空时她写道："下面是幽灵般的岛屿；白色的大陆在蓝色的海面上滚动。太平洋仍在等待，等待时

[①] 拜里基（Bairiki），基里巴斯首都。

机摧毁一切。科学家和其他人平静地谈论着气温上升、海平面上升、低岛被淹没、环礁居民迁移等问题。这些美丽的小岛有一天会消失吗？它们的故事才刚开始就要面临结束吗？"她问周围的人，独立前还是独立后的生活更好。有人回答她："当然是独立后的现在生活更好。"

在独立和城市化之前，我并不了解基里巴斯，所以在2019年，也就是我第一次访问这个国家十年之后，我对南塔拉瓦的现状并不感到惊讶。有些事情甚至得到了改善。一条防波堤已经完工，看起来不再像过去几十年迟迟未完工留下的残骸。尽管环礁狭窄，风高浪急，这条防波堤还是给了人们更大的安全感。那些曾导致车祸频频发生的没有标识清楚的减速带，由于常年的撞击已经不存在了。现在主干道两边都有宽敞的、绿树成荫的人行道，走在上面很让人愉快，白天很凉爽，从机场开车进来也很舒服。泻湖已经被严重污染，看上去像一块液体的天青石，令人窒息。位于南塔拉瓦南端的商业中心贝提欧（Betio）看起来比十年前更加拥挤了，当初它是由日本人用一些锡铁和旧汽车残骸随意搭建起来的。海滩变得更脏了，第二次世界大战期间日本人为抵御美国人而设置的大炮和海岸防御工事都生锈了，无人照管，周围全是垃圾和粪便。

*

在南塔拉瓦的一个晚上，我偶然被一个朋友邀请去参加一个欢迎一位离开基里巴斯65年的天主教修女的活动。由于患有运动神经元疾病且不能说话，之前她被送回澳大利亚，以便在晚年接受更好的治疗。仪式上喧嚣热闹，好像是为了弥补她不能说话的缺憾。年轻的修女们抛开习俗的约束，又唱又跳，表达她们的同情之心以及庆祝她的归来。其中一位修女对其他修女说："这身打扮很好，这是当地人的穿戴习俗。"边说着边扔掉了自己身上的土褐色长袍，换上了华丽的草裙并戴上基里巴斯传统的花头饰，和那些从小经过长期的音乐训练从而能准确踩点的基里巴斯人一起跳起舞来。

在这种情况下，我有点儿蒙，不知道自己该坐到哪里。慷慨而好客的修女们把我带到前面的一个座位上，与政要们一起，我发现自己一边是一位从堪培拉来的澳大利亚政府代表，一边是当地的一位主教。

当我告诉政府代表我是一名游客时，他说："这里的游客倒不多。"

我回答说，我无法想象为什么会这样。可能是南塔拉瓦岛太过拥挤，有这么多报废的汽车，城镇很简陋，海滩脏得要命，如果换成这个国家的其他地方，有天堂般的环礁、奇妙的海滩和独特的当地文化，那么肯定会吸引成群的游客？

他说，"也不完全是这样"，这时修女们又开始疯狂地跳舞了。

我说，"至少从澳大利亚和新西兰到这儿来很容易"。

他回答说："不是这么容易。"

我说："搭乘所罗门航空（Air Solomon）的廉价航班过来既便宜又便捷。"

他说："班次很少。"

我说："这边有绝佳的钓鱼环境，绝佳的气候……"

政府代表听了我的话，只是轻蔑地哼了一声。穿着草裙的姐妹们仍然在高声呼喊着"和散那"。这种嘈杂声中他向我坦白，"我这次过来有一项更重要的工作"。我感觉他对基里巴斯旅游景点缺乏热情可能与他的职业轨迹有关，因为他列出了一长串显然更想从事的职位。他告诉我："我们这次过来是要建立一个对抗气候变化的路径。"

庆祝活动结束后回到酒店，我坐到阳台上去俯瞰泻湖。另一名房客是来自图瓦卢的空中交通管制员，他正在这里参加机场安全课程培训。这家机场由两名新加坡人运营，他们比邦里奇国际机场（Bonriki International），这个世界上最繁忙的机场之一更繁忙，邦里奇国际机场每周有两趟航班，他们还多几趟。他看上去特别高兴和放松，穿着背心坐在走廊上，手里拿着一瓶啤酒。

他心情非常愉悦地对我说："干杯，我的一个亲属刚刚去世了。"

当时我很纳闷为什么他听到亲属的死讯会如此高兴，一开始我把这归因于文化差异。

他继续说道："我在考虑翘哪一天的课——课程开始和结束后颁发证书时都必须在场。我原来打算翘周四的课，在培训中间，没人会注意到。但现在有了亲属的死亡理由，无所谓了，我可以不必继续参加培训了。谢谢你，婶子！"

说完这些，他又喝了一些啤酒。

*

过了一段时间，无论我走到哪里，都会有人问我关于气候变化的问题。在前总统汤安诺（Anote Tong）的领导下，基里巴斯倡导全世界开展相关运动，提高人们对这一问题的认识。基里巴斯最高海拔为3米，有些地方的环礁陆地只有几米宽，是最容易受到海平面上升影响的国家之一。汤在斐济购买了土地，并公开讨论了这个国家的长期生存能力。"有尊严地移民"是官方的承诺，而教育被视为实现这一目标的手段，通过教育确保人们获得技能、工作和职业，以利他们将来重新定居。

但是汤安诺已经不再掌权，他的继任者，一个福音派基督徒，选择了提高适应能力并拒绝搬迁。"诺亚的誓言"再次进入了该国应对气候变化的参考框架：不会再有第二次洪水。人们在科学与上帝之间陷入了两难，前环境部部长向我解释，他相信气候变化正在发生并会导致水位上升，他也相信上升的水会在基里巴斯四周打转而不会触及环礁——他在说这些话的时候，用手围绕着一个大椰子挥来挥去。

当我问及气候变化和基里巴斯的未来时，另一位前国会议员翻着白眼说："不要杞人忧天。"尽管人们都在谈论岛屿会被水突然淹没，但人们仍在过着日常生活。国际媒体关于一个无助的人溺水的形象已经变得令这里的人恼火，而这与一个骄傲和独立的民族正试图适应变化的环境的选择相偏离。有人向我指出，由于在各环礁之间修建了新的道路和堤道，塔拉瓦的陆地面积实际上大大增加了。虽然，这也揭示了这块陆地最初是多么小，几条道路就能产生如此巨大的改变。

在国家档案馆，我和图书管理员聊了聊，他也不认为海水上升会将基里巴斯淹没。她说："这在我们民族系谱里有记载。"她列出了基里巴斯的系谱图，其可以追溯到神秘的创始人，造物主纳罗（Nareau），一只在永恒的空间旋涡中沉睡的蜘蛛，当他梦见有人在叫他的名字时就醒了。纳罗最终用自己被肢解的肢体作为土地，创造了基里巴斯的环礁。图书管理员说："你看，造物主纳罗永远不能毁掉他自己创造的东西。他永远不会毁灭自己。我们的过去证明，我们将永远生存下去。"

这种种说辞让我很困惑，我觉得基里巴斯的人民，在某种程度上从来没有得到过关于气候变化方面的真实信息或知识。他们不仅仅会在未来某一天突然被海水淹没消失不见，原因并不是遇到台风、战争或突然发生的其他灾难，而是气候变化的影响已经出现在当前的日常生活中。我怀疑，这更像是破产的过程：一开始是缓慢的，然后是突然崩塌。大规模的城市化——这对塔拉瓦来说是全新的挑战——会进一步加剧气候变化。漫长的干旱期就是气候变化的后果之一，在此期间降水量的缺乏意味着本已紧张的水资源储备将面临更大的压力。

在我访问期间，南塔拉瓦的大部分地区都在实行供水配给制，人们拿着塑料桶在水管旁排队，供水系统每过一两天会启动几个小时。对进口的依赖、饮食转向罐装食品以及可怕的糖尿病和心脏病问题，都是应对气候变化的这一"缓慢"社会和经济变化阶段的后果。日常生活很少有戏剧性的大变化，但塔拉瓦人的确受到了气候变化的影响。我觉得只有当新的防波堤和道路在无情的海洋压力下开始破裂时，气候变化才会变得更加明显——而这是不可避免的。在最新一轮为适应气候变化而进行的基础设施投资之前，基里巴斯已经成为一个可以看到过去为适应气候变化留下大量残骸的地方，因为曾经为帮助国家适应气候变化而修建的"气候防护"道路、堤道和海堤已经开始崩溃。

在去机场的半路上，我在一个看上去并不稳定的碎石堆前停了下来。上面的标示牌写着"基里巴斯最高点"，碎石堆高度总共只有三米。即使对气温变暖和海平面可能上升做出最乐观的评估，这个环礁国家仍将承受巨大压力。

尽管基里巴斯向外面的人保证这里没有任何问题，但从人们想象中的画面来看，他们对前景并不那么乐观。埃梅莱（Emele）是在国家图书馆工作的档案保管员，她告诉我，她从父亲那里继承了在她的社区里解梦的传统角色。通常，人们向她描述的梦都是关于人际关系方面的——嫉妒、竞争、渴望和焦虑。但是有一种变化，一种不寻常的东西最近悄悄进入了当地人的潜意识中。很多人向她交代做了焦虑型梦，原本这种类型的梦通常指的是被突然坠落的感觉吓醒，而现在则是突然需要爬到更高的地方。

*

  我觉得需要探索南塔拉瓦以外的地方，以了解基里巴斯在大多数人搬到首都之前的样子。一天一大早，我就来到了码头，在等待开往北塔拉瓦的船时，我观察了好几个小时的这里的喧闹。人们聚在人工港口装卸货物的胶合板舷外支架旁。大家还没有弄清楚哪艘船要开向哪里时，已经有一个头发斑白的船长一只手拿着一个塑料水桶，另一手拿着破旧的学生习题本开始卖起票来，人群很快聚集过来，低下头报上自己的名字并交上船票钱。

  几米远的一个露天棚屋里，一些年轻人还在喝昨晚剩下的酒。随着温度升高以及长时间工作的劳累，这些人情绪崩溃，发生了一场打斗，这给周围的人带来极大的欢乐。有一段时间，这群年轻的饮酒者互相攻击，但除了偶尔撞到正在观看这一打斗的人群，他们没有造成其他的后果。后来，一些人觉得这些人的打斗不过瘾，似乎要加入进去，他们站在旁边，喘着粗气，眼神凶巴巴地瞪着任何跟他们有目光接触的人。

  天突然开始下雨。

  然后警察赶到了，但他们是来接一具尸体的，这具尸体是用一条船运来的。尸体从船上下来后被抬起来扔进一辆卡车后斗。尸体脸色苍白，露出半透明的脚。

  我乘坐的船终于来了。我的名字也出现在练习本上，很快登上船并站稳。当一些乘客紧紧张张、上上下下，慌乱中陆续把一包包面条全部搬上船后，船开始缓慢地嘎吱嘎吱地驶向碧绿的泻湖水域。在持续一段时间的嘎吱嘎吱声和喷喷声之后，孩子们随着船的轻轻晃动睡着了。他们的母亲抓住机会点上一只美味的露兜树香烟，深深地吸上一口，看着对面的泻湖，享受着片刻的休息。在发动机的嗡嗡声中度过了大约一个小时后，我被安置在北塔拉瓦的一个海滩上，旁边是一间用埋在水中的木桩架起来的房子，我将在里面过夜。

第二天早上，醒来时发现了一个奇观。当时是退潮期，泻湖已经完全消失了。天空下着雨，天气阴沉沉的，雾气蒙蒙。沙滩似乎一直延伸到地平线。在漫射的光线下，远处一些像黑竹竿虫一样棱角分明的身影，正在沙滩上为再次涨潮搭起渔网。我花了一天时间和当地村民交谈，他们邀请我到他们家里，既有阴凉又有椰子。

一个村民向我讲起他在独立前的学生时代的事。"你知道，英国人曾经来过这里，所以我英语说得很好。但对现在的年轻人来说就不一样了。他们说话很费劲，说英语时也常常很害羞。"

我跟他说我想知道这里独立之前是什么样子。

他说："我们以前的领导人是一个白人，戴着一顶很大的帽子。我们当时叫吉尔伯特群岛（Gilbert Islands），但现在属于基里巴斯。"他说这话的时候我能很明显地看出他对于国家独立的自豪。基里巴斯不再被其他任何人统治。

我遇到的另一个老人曾经在一个地区的政府服务部门担任过官员。随着殖民帝国统治的终结，基里巴斯人在政府中获得了更多的高级职位，而此前这些职位都是留给欧洲人的。老人告诉我："那些欧洲人很严肃，等级观念深重。任何一个本地人担任的职位都不能比白人高，而且一件事情该怎么做是由他们说了算。"

我又问他对他们来说，殖民制度的结束是一种解脱吗？

他答道："那当然了，我们终于可以堂堂正正做人了。我们从磷矿开采中得到了一些钱，作为我们的国家投资基金，这些钱现在价值超过10亿美元。我们还重新谈判了捕鱼权，这有助于提高我们的收入。更重要的是，我们可以弘扬我们的文化，让它更有生命力。"

我们在树荫下喝着新鲜的椰子汁，听着风吹过棕榈树的沙沙声，又继续聊了很久。

整整一天，我都在用相机捕捉这些瞬间：老人的追忆，清晨像月球表面一样坑坑洼洼的干涸泻湖，诅咒地嚼烟草的蛤蜊。但是蛤蜊有不同的想法。我在当地传统的马尼阿巴（maneaba）吃了晚餐，这是一个用珊瑚和椰子建造的餐馆。饭后，我要在漆黑的夜色中走到海滩，穿过泻湖的水面上用粗糙的棕榈树树干搭成的弯弯曲曲的小道，回到住处。我吃饭时顺便把所有的照片下载到电脑上，并从相机中删除，为第二天的拍照预备存储空间。我把电脑牢牢地夹在胳膊下，自信地沿着中间的木板走着——那天我已经这样走了好几次了。然而，突然刮起一阵大风，把我从主木板吹下来，落在另一块不稳的木板上。木板摇晃着，令人惊恐地往下掉。本能地，我伸出胳膊来保持平衡。这时电脑从胳膊下脱落，像一个金属飞盘一样在夜色中飞出去，在月光下闪闪发光，最后掉进了大海。当我沿着人行道爬回去把它捡起来时，我注意到风停了，木板结构又变得稳定了：没有一块木板摇晃，所有的木板都很牢固。

一个村民告诉我："那是蛤蜊作的法，它不想让你拍照。不过你们给它献祭了，所以对你的惩罚也打了折扣：让你的相机保留下来，但拿去了电脑。"

奇怪的是，虽然我的电脑报废了，但大部分照片却莫名其妙地留在了我的相机里，除了那张蛤蜊的照片。还有一张我不记得拍过的照片：一包绿色的加拉赫爱尔兰薄荷奶油蛋糕味嚼烟在下午的阳光下闪闪发光。

后记：过去、现在、将来永远与海洋搏斗的独木舟在太平洋的岛屿和环礁之间

当我不小心把手提电脑掉进基里巴斯泻湖的那一刻，我知道是时候停笔收工了。从我第一次踏上莫尔兹比港开启太平洋岛屿之行，至今已经十多年的时间了，在这些年里我已经参观访问了该地区 12 个独立国家中的 11 个，巴布亚新几内亚（Papua New Guinea）、密克罗尼西亚（Micronesia）、斐济（Fiji）、基里巴斯（Kiribati）、马绍尔群岛（Marshall Islands）、帕劳（Palau）、萨摩亚（Samoa）、所罗门群岛（Solomon Islands）、汤加（Tonga）、图瓦卢（Tuvalu）、和瓦努阿图（Vanuatu）以及 3 个附属地，库克群岛（Cook Islands）、新喀里多尼亚（New Caledonia）和北马里亚纳群岛（Northern Mariana Islands），以上大部分国家和地区在我书中都有出现。我唯一错过访问的国家是瑙鲁（Nauru），该国政府对记者和作家不够友好，要收取 8000 美元的签证费用，目的是试图阻止人们报道澳大利亚资助的寻求庇护者拘留中心，但这种做法是徒劳的。在马克·艾萨克（Mark Isaacs）的重要著作《不受欢迎者：瑙鲁内部管窥》（*The Undesirables: Inside Nauru*）中详细记载了那里的可怕情况。

尽管我是作为一名援助工作者开始接触该地区的，但对太平洋

社会本身产生兴趣却并不是通过曾经参与的，对该地区过去、将来都很重要的援助和发展项目，而是这种兴趣从我第一次踏上这块土地就产生了。我旅行得越多，就越觉得有更多的东西可以写，因为每一个国家、每一个岛屿和每一个环礁，都在我的不断探寻中慢慢地揭示出它的故事、它的现在和过去。每次来到一个新地方，我都只想去问一些有趣的问题，这可以迅速满足我的好奇心。我遇到的岛民都非常慷慨地抽出时间跟我交谈，并且对我想了解的他们社会的各方面情况也表现得特别宽容。在马绍尔群岛，原本打算只待几天的访问变成了几周，如果家里没事，不用赶飞机回家的话，很可能会持续更长的时间。访问中我遇到了一位前美国和平队志愿者（Peace Corps Volunteer），他在20世纪80年代初到达了马绍尔群岛共和国首都马朱罗。最初，他原本打算只待一年左右的时间，但由于他一直拖延回去，竟然在此度过了他的大半生。我可以预见同样的事情也可能会发生在我身上。尽管这些遥远的太平洋岛屿面临着种种问题，但这里总有一些神奇的东西，这群环岛上的小社会自相矛盾地在不断扩张着。对我来说，看得越多，文化之间的微妙差异就越明显，我发现自己正在越来越深入地探索人类学家弗朗西斯·希泽尔（Francis Hezel）所说的"旧岛屿文化的新形态"。探访过一个岛，总是有另一个岛等在面前。

我还感到，我对基里巴斯的访问具有某种特殊的意义。在我下榻的旅馆里，我发现了一本南希·费伦（Nancy Phelan）的书《环礁假日》(*Atoll Holiday*)，这本书是她根据自己1958年在此地的访问写成的。客房里有三个房间面对着泻湖，景色一览无余，更重要的是在炎热的太阳下走了几天之后，在这样的环境中捧读如此美妙的一本书作为歇息，无疑是一件无比愉悦的事情。晚上，湖面上吹起凉风，这里也是欣赏星座的绝佳位置。我发现这本《环礁假日》上的题字是南希·费兰本人写的。书的扉页上写着"致迪克（Dick）和佩吉（Peggy）",他们是她在基里巴斯的房东,她还希望主人们不要因为其中她关于基里巴斯的书写而生气。六十年后,正当我的东道主理查德（Richard）和他的妻子贝塔（Beta）不停地招待我喝当地的椰子棕榈酒,并非常幽默地回答我的各种问题时,我把这个发现给他们看了。理查德说:"扉页上提到的两人是我的父母。"理查德出生在北塔拉瓦（North Tarawa）,他的父亲曾在殖民政府工作。理查德也在书中以一个"淡黄色头发的孩子"的形象短暂出现过。也许是出于恶作剧,我说我正在追随南希·费伦的脚步,也准备写一本关于基里巴斯的书,并问他和贝塔希望如何被描述。

尽管我在书中谈到了城市化、气候变化、大国政治和核试验等诸多主题,但太平洋地区的生活中仍有许多值得我继续探索的东西。但天下没有不散的筵席。当我向理查德表达离开基里巴斯的难过之情时,他说:"别担心,生命如此漫长。你在该地区感受到的印记、故事和文化传统,就像大海中的洋流一样,会长久地保留在你的记忆中并且会越来浓烈。"

但情况正在改变,地势低洼的岛国正面临着不确定的未来。正如传统航海家阿尔森·凯伦（Alson Kelen）告诉我的那样,太平洋是"核时代与气候变化时代的交汇处"。如今,作为全球争议的焦点,太平洋岛国社会既是一个例子,也是一个警告。浩瀚海洋中的巨大洋流已不再像过去那样一成不变。当岛上的唱诗班成员聚集在一起,再次引吭高歌,我们必须聆听他们的鼓声和歌声。

参考文献

Evans, Julian, *Transit of Venus*, *Eland*, London, 1992.

Hezel, Francis, *The New Shape of Old Island Cultures*, University of Hawaii Press, Honolulu, 2001.

Jeffery, Laura, *Niuatoputapu: Story of a Tsunami*, Tonga Books, Nuku'alofa, 2010.

Johnson, Giff, *Idyllic No More*, Giff Johnson, Majuro, 2015.

Lawson, Stephanie, *TraditionVersus Democracy in the South Pacific*, Cambridge University Press, Cambridge, 1996.

Maclellan, Nic, (ed.), *Louise Michel*, Ocean Press, Melbourne, 2004.

Phelan, Nancy, *Atoll Holiday*, Angus & Robertson, Sydney, 1958.

Prichard, Katharine Susannah, *Child of the Hurricane*, Angus & Robertson, Sydney, 1963.

Prichard, Tom Henry, "Half-hanged!", *Bulletin* (Sydney), 18 July 1896, p. 28.

Scott, Owen, *Deep Beyond the Reef*, Penguin Books, Auckland, 2006.

Sahlins, Marshall, "Poor man, rich man, big man, chief: political types in Melanesia and Polynesia", *Comparative Studies in Society and History*, Vol. 5, No. 3 (April 1963), pp. 285–303.

Prichard, Tom Henry, "In sapphire seas: the earl and the Dutchman—a story of Levuka", *Leader* (Melbourne), 20 August 1898, p. 32.

Phelan, Nancy, *Pieces of Heaven*, University of Queensland Press, 1997.

Michel, Louise, *The Red Virgin* (trans. Lowry, Bullitt, & Gunter, Elizabeth), University of Alabama Press, Tuscaloosa, 2003.

Maclellan, Nic, & Chesneaux, Jean, *After Moruroa: France in the Pacific*, Ocean Press, Melbourne, 1998.

Laracy, Hugh et al. (ed.), *Tuvalu: A History*, University of the South Pacific, Suva, 1983.

Jetñil-Kijiner, Kathy, *Iep Jaltok: Poems from a Marshallese Daughter*, University of Arizona Press, Tucson, 2017.

Grimble, Arthur, *A Pattern of Islands*, Eland, London, 2011.

Fischer, Steven Roger, *A History of the Pacific Islands*, Palgrave Macmillan, Basingstoke, 2002.

Dorney, Sean, *The Embarrassed Colonialist*, Penguin, Melbourne, 2016.

Campbell, Ian, *A History of the Pacific*, University of California Press, Berkeley, 1989.

致　　谢

这本书经过十年的酝酿终于付梓,我要感谢本书所涉地区数以百计的人,他们接受我的访问,跟我探讨各种问题。

我特别要感谢弗兰·贝里(Fran Berry),最初是她委托我写这本书,在整个写作过程中,她表现出了极大的耐心、热情,并给我了专业的编辑建议。

多年来,我在澳大利亚红十字会太平洋团队的朋友和以前的同事一直是我的信息和灵感来源:他们是玛丽·贝塔普(MaryBateup)、扎赫拉·博洛里(Zahra Bolouri)、凯齐亚·布雷特(Kezia Brett)、凯琳·克拉克(Kerryn Clarke)、保罗·达文波特(Paul Davenport)、乔尔·杜奇(Joel Doutch)、卡拉·詹金森(Kara Jenkinson)、佩特拉·麦凯(Petra McKay)、卡特里娜·内维尔(Katrina Neville)、卡拉罗·宾逊(Caragh Robinson)、凯瑟琳·沃尔什(Kathleen Walsh)、唐娜·韦伯(Donna Webb)和保拉·菲茨杰拉德(Paula Fitzgerald)。

在太平洋地区,我很感激与许多朋友和前同事的长时间交谈,以及我为写这本书访问的那些人的慷慨帮助:韦纳·路易斯(Wayner Louis)、西泽·尤玛(Sizue Yoma)、苏比什·普拉萨德(Subesh Prasad)、希拉里·霍西娅(Hilary Hosia)、理查德·纽曼(Richard Newman)、参议员杰班·里克龙(Jeban Riklon)、阿尔森·

凯伦（Alson Kelen）、马塞拉·萨卡约（Marcella Sakaio）、阿巴卡·安杰恩·麦迪逊（Abacca Anjain–Madison）、凯利·洛伦尼（Kelly Lorennij）、查尔斯·雷克莱·米切尔（Charles Reklai Mitchell）、克莱门特·曼努里（Clement Manuri）、卡梅隆·恩加图鲁（Cameron Ngatulu）、汤米·陈爵士（Sir Tommy Chan）、辛恩·陶莫福劳（Sione Taumoefolau）、菲努·哈芬加·利穆洛（Finau Heuifanga Limuloa）、塔塔瓦·佩塞（Tataua Pese）、奥古斯丁·加拉（Augustine Garae）、瑞安·史密斯（Ryan Smith）、尼尔·鲍曼（Neil Bauman）、法恩·图伊图布·阿诺德（Fine Tu'itupou–Arnold）、查尔斯·瓦皮恩（Charles Wapinien）、约翰·何西阿（John Hosea）、奥古斯丁·维利亚里（Augustine Villiari）、布莱兹·奥娜（Blaise Ona）、兰·穆诺（Llane Munau）、伊斯梅尔·托罗阿马（Ishmael Toroama）、乔治·奥利（George Oli）、斯蒂芬·奥利（Stephen Oli）、阿格莱斯·英格丽什（Agnes English）、西蒙·阿托（Sione Atua）、理查德·图尔平（Richard Turpin）、贝塔·特瓦雷卡·坦托阿（Beta Tewareka Tentoa）、希拉里霍西娅（Hilary Hosia）、图布·阿伯拉姆（Toube Aberaam）、艾达·肯尼斯（Aidah Kenneth）和格拉迪斯（Gladys）。

在澳大利亚，我同样感谢以下分享了他们对该地区卓越知识和见解的人：蒂尔曼·拉夫（Tilman Ruff）、约翰·考克斯（John Cox）、帕特里克·邓恩（Patrick Dunn）、克拉拉·格莱斯顿（Clara Gladstone）、吉尔·班福思（Jill Bamforth）、罗杰·班福思（Roger Bamforth）、朱利安·舒尔茨（Julianne Schultz）、约翰·泰格（John Tague）、弗恩·菲尔德（Vern Field）和戈登·皮克（Gordon Peake）。还要感谢哈迪·格兰特出版社的阿尔文·萨默斯（Arwen Summers）、罗兰·麦克杜格尔（Loran McDougall）和佩妮·曼斯利（Penny Mansley）。

在莫尔兹比港，查尔斯·瓦皮尼安（CharlesWapinien）带我参观了很多地方，提供给我大量关于这个地方的知识和信息。他向我介绍了莫尔兹比港伯恩斯皮克的007帮派。这个团伙成员邀请我进入他们的社区，并慷慨地与我分享他们的故事，我要向他们表达我的无限谢意。他们要求我要把他们的名字写进书里，但希望这本书不会落入莫尔兹比港警察局的手中。他们的名字列在这里：安东尼·杰里·曼丁（Antony Jerry Mandin）、乔尔·雅戈马（Joel Yagoma）、约翰·弗朗西斯（JohnFrancise）、伊莱杰·迈科洛（Elaijah Maikolo）、亚历克斯·阿利科（Alex Alico）、奥桑·波拉卡利（Osan Porakali）、迈克尔·迈科洛（Michael Maikolo）、托尼·彼得（Tony Peter）、阿卢·比（Alu Bee）、劳伦斯·约翰（Lawrence John）、彼得·列维（Peter Levi）、塔米·蒂曼丁（Tamity Mandin）和沙德拉克·贾马尔（Shadrack Jamal）。

译 后 记

　　提起瓦努阿图、马绍尔群岛、斐济、汤加、巴布亚新几内亚、库克群岛、所罗门群岛、基里巴斯、新喀里多尼亚、帕劳这些太平洋岛国，我们往往首先会联想起白色的沙滩、摇曳的棕榈树和慵懒的假期。但汤姆·巴姆福斯先生的《潮起太平洋》一书却用生动的文字告诉我们，实际上，田园诗般的这里也是全球现实政治的热带迷宫，夹在世界超级大国、前殖民统治者和本地区国家争取独立以及文化生存的斗争之间。更重要的是，这些国家还处于气候变化的前沿，海平面上升、盐度升高、台风海啸都在威胁着它们的生存。《潮起太平洋》是作者十多年间在该地区的实地旅行与考察经历的结晶，书中穿插了大量观察与访谈的细节，巧妙地将处于全球变化前沿的太平洋岛国人民所面临的斗争与生存问题与一个个饱含温度的故事，具体可感的人编织在一起。所以，初次接触此书，我们就被深深地吸引，并特别感佩作者关于这一地区深刻的观察与研究功力。

　　我们希望借由这本书的翻译，向国内学者和民众展示了这一地区人民的古老文化和现代生活，更期冀借由书中所探讨的互动、种族、殖民、气候变化、核试验、抵抗、文化保护和城市生活等众多议题引发更多的讨论。另外，我们认为作者所主张的从岛民自我权益出发，揭示这个地区复杂、古老的社会及其变迁过程的研究视角也值得国内研究者借鉴与跟进。

在本书翻译出版之际，我们非常感谢作者汤姆·巴姆福斯先生充分的信任、大量的帮助，整个的沟通过程有效而愉快，希望我们疫情结束后在中国会面的愿望早日实现；特别感谢聊城大学太平洋岛国研究中心的机构奠基人与执行主任陈德正教授，没有陈教授的项目支持与多次鼓励，这本译作绝不可能出版；特别感谢中国社会科学文献出版社的编辑耿晓明女士，精深而专业的编辑对译作帮助甚巨，更耐心容忍我们一次次的拖稿。

我们愿以这本兼具学术与极强可读性的译作为起点，在太平洋岛国研究的路上走得更远、更稳。

译者
2023 年 6 月于聊城大学太平洋岛国研究中心